Alfred Lichtwark
Meister Bertram.

SEVERUS Verlag

Lichtwark, Alfred: Meister Bertram. Tätig in Hamburg 1367-1415. 2013
Neuauflage der Ausgabe von 1905
ISBN: 978-3-86347-699-1

Umschlaggestaltung: Annelie Lamers, SEVERUS Verlag

Bibliografische Information der Deutschen Nationalbibliothek: Die Deutsche Nationalbibliothek verzeichnet diese Publikation in der Deutschen Nationalbibliografie; detaillierte bibliografische Daten sind im Internet über https://dnb.de abrufbar.

Der SEVERUS Verlag ist ein Imprint der Bedey & Thoms Media GmbH,
Hermannstal 119k, 22119 Hamburg

SEVERUS Verlag, 2013
http://www.severus-verlag.de
Gedruckt in Deutschland
Der SEVERUS Verlag übernimmt keine juristische Verantwortung oder irgendeine Haftung für evtl. fehlerhafte Angaben und deren Folgen.

Alfred Lichtwark

Meister Betram
Tätig in Hamburg 137-1415

INHALT

VORWORT 9

I. TEIL
BERTRAMS PERSÖNLICHKEIT

MEISTER BERTRAMS ENTDECKUNG 17
WAS IST UNS MEISTER BERTRAM? 35
BERTRAMS LEBEN 44
BERTRAMS KÜNSTLERISCHE HERKUNFT 58
BERTRAMS PERSÖNLICHKEIT 65
BERTRAMS ENTWICKLUNG 74
BERTRAM UND SEINE STOFFE 78
DAS BILD 92
DIE GEBÄRDE 99
TYPUS UND BILDNIS 112
DAS NACKTE 118
DER FLEISCHTON 119
EINZELFORMEN 120
    AUGE 120
    NASE 121
    MUND 121
    OHR 122
    HAAR 123
    HAND 124
TIERLEBEN 126
LANDSCHAFT 131
ARCHITEKTUR 135
INNENRAUM 139
FARBE 144
SCHATTEN UND LICHT 149
HELLDUNKEL 151

INHALT

PERSPEKTIVE 152
BERTRAMS EINFLUSS 156
    DER TEMPZINER ALTAR 156
    DER GÖTTINGER ALTAR... 160
    DIE SKULPTUREN IN DOBERAN 161
BERTRAM UND FRANCKE 164
HANSEATISCHE KUNST 172

II. TEIL
BERTRAMS WERKE

DER GRABOWER ALTAR 181
    EINLEITUNG 181
    DIE GEMÄLDE 187
    DIE BILDWERKE 238
    DIE MITTELGRUPPE 245
    DIE STATUETTEN 250
    DIE AUFSTELLUNG 250
    DIE TRACHT 254
    EINE EINZELFIGUR 281
    DIE PREDELLA 319
DER BUXTEHUDER ALTAR 340
DER HARVESTEHUDER ALTAR 385
DER LONDONER ALTAR 394
BERTRAMS WERKE UND IHRE ERHALTUNG 404

VORWORT

Seit im Herbst 1900 der berühmte Grabower Altar von 1379 als ehemaliger Hauptaltar von St. Petri in Hamburg erkannt worden war, hat die Kunsthalle es für die dringlichste Aufgabe erachtet, den Spuren seines Urhebers, des durch Lappenberg seit zwei Menschenaltern bekannten Meisters Bertram, nachzugehen und seine Werke für die Vaterstadt zurück zu gewinnen. Es konnte seither eine große Anzahl von Bildern und Skulpturen des Meisters nachgewiesen und der weitaus bedeutendste und umfangreichste Teil der Kunsthalle zugeführt werden. Im August 1905 trafen die letzten der in den Werkstätten der Königlichen Museen zu Berlin von Übermalungen und Schmutz gereinigten Bilder und Skulpturen in der Kunsthalle ein.

Bei ihren Versuchen, die Hauptwerke Bertrams im Anschluß an die seines Nachfolgers Francke in der Kunsthalle zur Geltung zu bringen, hat die Direktion von vielen Seiten dankenswerte Unterstützung erfahren.

Die Verwaltung des St. Johannisklosters zu Hamburg hat im Einverständnis mit dem Direktor des Museums für Kunst und Gewerbe, Herrn Direktor Professor Dr. Brinckmann, den Harvestehuder Altar, den das Museum für Kunst und Gewerbe als Leihgabe besaß, der Kunsthalle unter demselben Titel überwiesen.

Schon auf dem Lübecker Kongreß 1900 konnte Friedrich Schlie zu dem Versprechen bewogen werden, daß er, wie früher bei der Erwerbung der Werke Meister Franckes, so auch bei der des Grabower Altars der Kunsthalle zur Seite stehen wolle. Bei seinem Tode waren die Verhandlungen, die durch die Großherzogliche Regierung im Sinne des Gesuchs der Kunsthalle entschieden wurden, dem Abschluß nahe.

Auch die preußische Regierung hat aus Rücksicht auf das allgemein deutsche Interesse ihre Zustimmung gegeben, daß unter besondern Bedingungen das andere Hauptwerk Bertrams, der Buxtehuder Altar, nach der Kunsthalle überführt werden konnte.

Dem Vorsitzenden der Kommission für das Museum hamburgischer Altertümer Herrn Senator Dr. v. Melle und dem Vorstand des Museums Herrn Landrichter Dr. Schrader ist die Kunsthalle für die Überweisung des von Coignet 1595 übermalten Flügels des Grabower Altars verpflichtet.

Die Beede von St. Petri, der die Kunsthalle bereits für die Leihgabe des Christus als Schmerzensmann von Meister Francke und die Kreuzschleppung von Franciscus Franck zu großem Dank verpflichtet ist, hat der Kunsthalle die im Frühjahr 1905 ebenfalls unter Coignets Bemalung entdeckte letzte fehlende Tafel des Grabower Altars überwiesen.

Dem Vorsitzenden des Kirchenrats Herrn Senator O'Swald und dem Vorsitzenden der Beede von St. Petri Herrn Dr. Ed. Brackenhoeft dankt die Direktion der Kunsthalle die Befürwortung ihres Gesuchs.

Wilhelm Bode, der als Unparteiischer den Vertretern der Grabower Kirche und der Kunsthalle durch ein Gutachten über die Entschädigung für die Überlassung des Grabower Altars den Abschluß der Verhandlungen ermöglichte, und Max Friedländer, der auf Bodes Wunsch den Altar an Ort und Stelle vorher noch einmal untersuchte, sei für ihre Mühewaltung der verbindlichste Dank ausgesprochen.

Um die Veröffentlichung über Meister Bertram weitern Kreisen in Hamburg zugänglich zu machen hat die Averhoffstiftung hochherzig einen erheblichen Zuschuß gewährt, so daß die Gesellschaft der Kunstfreunde das Werk in Hamburg annähernd für die Druckkosten zur Verfügung stellen kann.

Allen Forschern und Museumsvorständen, die mich bei meinen Untersuchungen unterstützt haben, besonders den Herren Carl Aldenhoven (Köln), Stephan Beissel (Luxemburg), M. von Brunn (Hamburg), Adolph Goldschmidt, Grafen v. Erbach, Arthur Haseloff (Berlin), Karl Lehmann (Rostock), Adolph Metz (Hamburg), Alexander Schnütgen (Köln), A. B. Skinner (London), Ernst Steinmann (Schwerin), Franz von Reber (München), sei noch einmal für ihre Mühewaltung gedankt.

Ganz besonders fühle ich mich Herrn Dr. J. H. Walther und Herrn Prof. Hans Brauneck in Hamburg verpflichtet, die, wie immer, bei Zweifeln und Fragen zu raten und helfen bereit waren.

Mit der Forschung nach erhaltenen Werken Bertrams und den Verhandlungen über ihre Zurückgewinnung gingen die Untersuchungen über Herkunft und Zusammenhang seiner Kunst Hand in Hand.

Diese Untersuchungen sind noch im Gange. Da sich aber die Ausstellung der Werke Bertrams nicht hinausschieben läßt, und da eine Einführung in die Kunst des Meisters nicht entbehrt werden kann, habe ich mich entschlossen, eine Charakteristik des Meisters auf Grund der bisher gewonnenen Einsicht zu versuchen. Ich habe dafür denselben Standpunkt gewählt wie bei den früher erschienenen Einzelschriften über hamburgische Künstler, den des heimischen Kunstfreundes, der die Kunstwerke ganz aus der Nähe und mit Muße betrachten kann. Der erste Teil versucht eine Charakteristik des Meisters, der zweite eine Einführung in die einzelnen Werke. Bei dieser Gruppierung und Gliederung des Stoffes waren gelegentliche Wiederholungen nicht zu vermeiden, wenn der Text nicht mit Hinweisen belastet werden sollte.

Soweit ich konnte, bin ich, nachdem die Erwerbung der Hauptwerke gesichert war, in den deutschen Sammlungen und Kirchen, in den Museen von Kopenhagen, Prag, Paris und London und auf den rückschauenden Ausstellungen in Brügge, Düsseldorf und Paris den Vorgängern und Zeitgenossen Bertrams nachgegangen, ohne jedoch irgendwo sichere Beziehungen zu finden.

Überraschend war dagegen bei der geringen Zahl der erhaltenen Werke an so vielen Stellen die Spuren

Bertramscher Ideen bei seinen Nachfolgern im weiten Umkreis anzutreffen. An verschiedenen Stellen, die ich in der Regel auch hervorgehoben habe, war ich gezwungen, die Verfolgung der aufsteigenden Probleme abzubrechen, wenn ich mit dem Abschluß der Arbeit zur rechten Zeit fertig werden wollte.

Besonders habe ich zu beklagen, daß es mir nicht möglich war, die Miniaturen des 14. Jahrhunderts auf Beziehungen zu Bertram zu untersuchen. Doch haben mir die namhaftesten Kenner des Stoffes erklärt, daß sie bestimmte Anknüpfungen für die Darstellungen bei Bertram, die auf Miniaturen zurückgehen, noch nicht angeben könnten.

Auch den übrigen Forschern auf dem Gebiet unserer mittelalterlichen Kunst, soweit ich sie zu Rate ziehen konnte, war Bertram, wie er sich nach und nach aus der Fülle der nunmehr um ihn zusammengezogenen Werke offenbarte, eine neue Erscheinung.

Herr Professor Hauser und Herr Maler Böhnke haben in der Werkstatt der königlichen Museen zu Berlin die Reinigung und, soweit erforderlich, die Restauration der Kunstwerke übernommen und mit dankenswertester Hingabe und Sorgfalt ausgeführt. Die Generaldirektion der königlichen Museen und die Direktion der königlichen Gemäldegalerie zu Berlin haben die Ausführung dieser Arbeiten in stets aufs neue bewährter Hilfsbereitschaft in den Werkstätten der königlichen Museen gestattet und zum Teil überwacht.

Um die Bedeutung, die der Erwerbung der Bilder und Skulpturen Bertrams beizumessen ist, auch äußerlich hervorzuheben, ist für ihre Einführung zum erstenmal eine zusammenhängende Ausstellung der seit 1888 ausgebildeten Sammlungen zur Geschichte der Malerei in Hamburg und der um dieselbe Zeit gegründeten Sammlung von Bildern aus Hamburg veranstaltet worden.

LICHTWARK

I. TEIL
BERTRAMS PERSÖNLICHKEIT

MEISTER BERTRAMS ENTDECKUNG

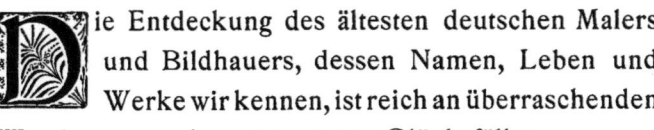ie Entdeckung des ältesten deutschen Malers und Bildhauers, dessen Namen, Leben und Werke wir kennen, ist reich an überraschenden Wendungen und unvermuteten Glücksfällen.

Aber wenn wir jetzt, wo ein Abschluß erreicht scheint, die mehr als sechzig Jahre stiller Forschung überblicken, dürfen wir uns gestehen, daß bei aller romanhaften Seltsamkeit ihres Verlaufs eigentlich nirgend der Zufall gewaltet hat, daß kein Ereignis hätte eintreten oder fruchten können, wenn nicht von Anfang an in der stetigen Weiterführung der Arbeit etwas wie ein fester Wille wirksam gewesen wäre, der auf ein ursprünglich nicht geahntes, nach und nach langsam aufdämmerndes, von einem bestimmten Zeitpunkt dann plötzlich in blendender Helle erkennbares Ziel hinstrebte.

Es ist der Wille der heutigen Wissenschaft, die umsichtig Tatsachen sammelt, prüft und ordnet, bis die Stunde kommt, wo Baustoffe daraus werden.

Diese entscheidende Wendung trat im Jahre 1900 ein, als Friedrich Schlie zur allerhöchsten Überraschung der wenigen, die sich damals um norddeutsche Kunst kümmerten, auf dem Kunsthistorikerkongreß in Lübeck verkündigte, daß der umfangreiche Altar zu Grabow in Mecklenburg, der nach der mündlichen Überlieferung aus Lübeck stammen sollte, als ein Geschenk nicht von

Lübeck, sondern von Hamburg nach dem großen Grabower Brande 1731 gestiftet war.

Es war kein Zufall, daß einer der Pastoren der Kirche zu Grabow auf den Gedanken gekommen, die Akten über den Fall zu prüfen. Schlies großartiges Werk über die Altertümer Mecklenburgs, das durch die Unterstützung einer einsichtigen Regierung wirklich in alle Häuser dringen konnte, hatte überall im Lande zu Nachforschungen angeregt.

Das Ergebnis hat Schlie noch selber im christlichen Kunstblatt veröffentlicht:

DER ALTARSCHREIN IN DER STADTKIRCHE ZU GRABOW I./M. KEIN LÜBECKER, SONDERN EIN HAMBURGER WERK

„Es ist in kunstgeschichtlichen Kreisen bekannt, daß die bei Goldschmidt, Lüb. Malerei und Plastik, sowie im mecklenburgischen Denkmälerwerk, Bd. III, abgebildeten Altarschreine in den Kirchen der kleinen mecklenburgischen Städte Grabow und Neustadt, jener vom Jahre 1379, dieser vom Jahre 1435, zu den bedeutendsten niederdeutschen Kunstwerken des Mittelalters gehören. Beide Werke galten bisher als Geschenke der Stadt Lübeck an die genannten Städte nach zwei großen verheerenden Bränden, von denen der zu Grabow am 3. Juni 1725 und der zu Neustadt am 26./27. Juli 1728 stattfand. Aber erwiesen war dies nur von dem Schrein in Neustadt, den einstmals die St. Jakobi-Kirche zu Lübeck beherbergte. Von dem Schrein in Grabow dagegen wußte man nichts Sicheres, wenngleich es nach Mitteilungen in den Jahrbüchern für mecklenburgische Geschichte und Altertumskunde X, S. 318 und XXXVIII, S. 200 ff. den Anschein haben konnte, als wenn auch dessen Herkunft aus Lübeck zweifellos sei. Demgemäß hat denn auch Goldschmidt in seinem Buch über die Lübecker Malerei und Plastik bis zum Jahre 1530 keinen Anstand genommen, den Grabower Schrein als ein Hauptwerk lübischer Kunst anzusehen und zu charakterisieren. Ebenso hat der Verfasser zur Zeit der Herstellung seines dritten Bandes der mecklenburgischen Kunst und Geschichtsdenkmäler (S. 187) keine besseren Nachrichten gehabt. Aber dieser dritte Band gab bald nach seinem Erscheinen den Anlaß, daß solche dem Verfasser zuteil wurden, und so ist es ihm möglich gewesen, noch in dem Nachtrage zur zweiten Auflage des dritten Bandes darauf hinzuweisen (S. 726). Auch hat er davon bereits den Mitgliedern des kunsthistorischen Kongresses in Lübeck eine kurze mündliche Mitteilung gemacht (Offiz. Ber. S. 31). Es liegt ihm daher nur noch ob, die besseren Nachrichten selbst, die dem Herrn Präpositus Sostmann in Grabow zu verdanken sind, hier zu veröffentlichen. Es sind „einige merkwürdige Nachrichten von der Kirche zu Grabow" im Archiv der dortigen Kirchenökonomie, angeblich von der Hand des im Jahre 1802 in den Dienst eingetretenen Kirchenökonomus Müller nach ihm vorliegenden älteren Schriftstücken aufgezeichnet. Sie lauten, soweit sie hier in Betracht kommen, folgendermaßen:

„1731, den 9. Februar, das Altar von Hamburg und den 10. in der Kirche gebracht. NB. Hinter dem Berge Golgatha 1596. Am Altare stehet die Jahreszahl, wann solches verfertigt worden, nämlich 1379. Herr Johann Helwig Gerdes aus Hamburg, welcher dieses Altar von der St. Petri-Kirche in Hamburg aus Liebe für unsere Kirche loosgebeten, auch die Reparatur-Kosten alldort verschaffet und in seinem Hause repariren lassen, auch anhero selbst gebracht. Das Fuhrlohn kostet 55 fl. 12$^1/_2$ s."

Dazu folgt hier eine 1869 von dem derzeitigen Kirchenökonomus Fr. Dunckelmann gemachte Aufzeichnung über die in diesem Jahre vorgenommene Restauration. Sie lautet:

„Das Altarblatt (Altarschrein) in der hiesigen Kirche ist restauriert vom Maler Greve in Malchin unter Leitung des H. Geheim-Archivrats Lisch in Schwerin im Jahre 1869. Dasselbe trägt die Jahreszahl hinter der Mittelgruppe auf dem Kreidegrund der Wand: Ano dni m · c · c · clxxix (1379)

Hinter dem Berge, auf dem das Crucifix steht, steht I · R · A · O · 1596."

 Grabow 1869. Gez. Fr. Dunckelmann,
         Kirchen-Ökonomus.

Durch diese aktenmäßige Mitteilung ist somit erwiesen, daß das wertvolle Werk eine der wichtigsten

Grundlagen für die Hamburger und nicht für die Lübecker Kunstgeschichte bildet. Möge es den Archivaren der Stadt Hamburg, denen ein reiches lokalgeschichtliches Urkunden- und Aktenmaterial aus alter und ältester Zeit zu Gebote steht, gelingen — und schon läuten die Glocken davon! —, für dies Werk ebenso einen zu einer lebendigen geschichtlichen Persönlichkeit werdenden Meister mit sicherem Namen zu entdecken, wie den Meister Francke aus dem ersten Viertel des XV. Jahrh. als Schöpfer jenes Schmerzensmannes im Hamburger Museum, der ohne alle Frage zu den herrlichsten Inkunabeln des Mittelalters gehört und nunmehr in den neun Tafeln vom Altarschrein der Englandsfahrer im ehemaligen Hamburger Dom (Verwechslung; soll heißen: Johanniskirche. L.) die ihm gebührende und seiner würdige farbenreiche Korona erhalten hat."

FRIEDRICH SCHLIE

* * *

Die Entdeckung, daß der Grabower Altar aus der Petrikirche in Hamburg stammte, fügte mit einem Schlage die zerstreute Einzelarbeit von zwei Menschenaltern zu einem festen Bau zusammen.

Der Altar gehörte zu den größten überhaupt erhaltenen deutschen Altarwerken seiner Zeit — mißt er doch bei offenen Flügeln 22 Fuß in der Breite — und enthielt, als er noch seinen ganzen Umfang besaß, mindestens vierundzwanzig Bildkompositionen und über achtzig Skulpturen. Somit konnte es sich, allein die Abmessungen in Anschlag gebracht, nur um den Hauptaltar handeln. In einer Kapelle war kein Platz für ihn. Es kommt hinzu, daß die Statuetten von St. Peter und St. Paul, den Schutzpatronen der Kirche, an der Hauptstelle stehen, was ebenfalls auf den Hauptaltar weist, und daß der gedankliche Inhalt des Werkes, die Heilsgeschichte des alten und neuen Testaments und der christlichen Kirche, nur mit dem allgemeinen Typus der Hauptaltäre stimmt. Franckes Englandsfahreraltar ist in seinen Stoffen der Typus des Bruderschaftsaltars. Daß die St. Petrikirche sich 1722 einen neuen Hauptaltar hatte bauen lassen, spricht ebenfalls für die Identität. Sie konnte nun den alten verschenken, der bei seinem riesigen Umfange im Wege sein mußte.

Über diesen Hauptaltar von St. Petri aber waren wir schon durch Lappenberg unterrichtet in seinen Beiträgen zur ältern Kunstgeschichte Hamburgs. Unter seinen Nachrichten über Meister Bertram, den meistgenannten hamburgischen Maler aus dem Ende des 14. Jahrhunderts, ist aus einer hamburgischen Chronik die Nachricht angeführt, daß Meister Bertram von Minden 1383 die Tafel des Hochaltars von St. Petri angefertigt habe. Daß der Grabower Altar die Jahreszahl 1379 trägt und die Notiz einer Chronik das Jahr 1383 angibt, ist unschwer zu vereinigen: das erste Jahr dürfte den Beginn der Arbeit, das zweite die Aufstellung bezeichnen. Ein Chronist wird nicht den Beginn der Arbeit kennen, der Künstler setzt das Datum des Anfangs oder des Abschlusses. Auf einem Bilde müßte es das des Abschlusses sein. Bertrams Datum steht jedoch auf dem Gipsgrund des Holzwerks. Übrigens kann sich der Chronist eher in der Jahreszahl als im Namen des Künstlers geirrt haben. Es mag in Erinnerung gebracht werden, daß Adam Kraffts Sakramentshäuslein zu St. Lorenz in Nürnberg die Jahreszahl 1496 trägt, aber nach Neudörffer erst um 1500 vollendet worden ist.

Meister Bertram ist nun obendrein der einzige oft genannte hamburgische Meister jener Tage. Auch wenn der Chronist seinen Namen nicht erwähnte, würden wir ein Recht haben, ihm den Altar mit erheblicher Wahrscheinlichkeit zuzuschreiben. Von 1367 anfangend führt Lappenberg zahlreiche Nachrichten über Bertram auf und veröffentlicht im Anschluß daran seine noch heute erhaltenen beiden Testamente.

Daß Bertram aus Minden i. W. stammte, war durch einen Fund Nordhoffs im Archiv zu Minden nachgewiesen. Adolf Goldschmidt hatte den Grabower Altar in seinem grundlegenden Werk über die ältere Lübecker Malerei und Skulptur als das wegweisende älteste datierte Werk der Malerei und Plastik unserer Gegend veröffentlicht.

Die Zusammenstellung aller dieser Daten ergab nunmehr das reich mit individuellen Zügen ausgestattete Bild eines hamburgischen Malers und Bildhauers aus dem Ende des 14. Jahrhunderts, einer Zeit, aus der uns in ganz Deutschland Malernamen die Fülle, typische Lebensnachrichten in großer Menge und auch — in sehr beschränkter Zahl — Bilder und Skulpturen erhalten waren, aber bisher nicht ein einziges Mal nachgewiesen ist, was uns nun Bertram sein wird: ein in Leben und Werken leibhaft vor uns stehender Künstler.

Die Zusammenfassung der Ergebnisse unserer ältern Forschung diente als Grundlage für die weitere Arbeit.

Einmal mußte die Forschung weiter geführt werden durch das genauere Studium der nunmehr bekannt gewordenen Werke des Meisters und durch die Untersuchung des aus seinem Zeitalter überhaupt vorhandenen Denkmälervorrats. Es war ja nicht unmöglich, wenn auch zunächst höchst unwahrscheinlich, daß noch andere Werke Bertrams auf uns gelangt wären. Sodann mußte der Versuch gemacht werden, den Grabower Altar, das Hauptwerk der norddeutschen Malerei und Plastik der ganzen Epoche, für Hamburg zurückzugewinnen.

* * *

Bei der Untersuchung des Grabower Altars an Ort und Stelle bestätigte sich zunächst die schon vorher geäußerte Ansicht, daß der in Hamburg noch vorhandene Harvestehuder Altar von Bertram sein müsse. Lappenberg hatte ihn vermutungsweise einem Hamburger Meister Funhof von 1483 zugeschrieben und Martin

Gensler hatte ihn veröffentlicht. Der Altar war seither in der deutschen Kunstgeschichte unbesehen unter diesem Namen und Datum geführt worden. In der Arbeit über Francke (Hamburg 1899) hatte ich ihn schon zurückdatiert. Von Meister Bertram hieß es, der aus Lappenbergs urkundlichem Material als bedeutendster hamburgischer Künstler seines Zeitalters gekennzeichnet sei, schiene kein Werk erhalten. „Doch dürfte ihm der Altar aus dem Archiv des Johannisklosters (der Harvestehuder Altar), der als ein Werk des Meisters Funhof (1483, also gerade ein Jahrhundert zu spät angesetzt) durch die Literatur geht, nahestehen. — Unter den Werken der benachbarten Schulen kommt den Bildern dieses Altars am nächsten der Grabower Altar, der in Lübeck 1379 entstanden ist. Die altertümlichen tutenförmigen Falten, die Art, wie die Arme in den Mänteln stecken, und einzelne Typen, so der des Simeon mit dem quadratischen Vollbart, sind fast identisch." Auch Goldschmidt hatte nach einer mündlichen Äußerung diese Werke unabhängig bereits zusammengestellt.

Aber nun tauchte in Grabow vor dem Altar Bertrams noch ein anderes Kunstwerk in meiner Erinnerung auf, das ich seit meiner Kindheit kannte und bei der Arbeit über Francke in der Hoffnung untersucht hatte, daß es auf dessen Entwicklung Licht werfen könnte, das Marienleben im Museum zu Buxtehude. Es war eins der liebenswürdigsten und reichsten Werke der norddeutschen Kunst vor 1400. Ein scharfes Auge und ein mitfühlendes Herz hatten die Erzählung mit einer erstaunlichen Fülle inniger, anmutiger und sogar pathetischer Züge wirklichen Lebens ausgestattet. Je mehr ich mich in den Grabower Altar hineinsah, desto fester wurde meine Überzeugung, daß auch der Buxtehuder Altar von Bertram sei. Die besonderen Kenner der Zeit, zuerst Goldschmidt, der auf meine Bitte den Altar in Buxtehude untersuchte, haben diese Annahme sodann einmütig bestätigt.

Das Werk Bertrams war damit um eine Anzahl von achtzehn Bildkompositionen erweitert.

Aber das Füllhorn der unerwarteten Gaben war noch nicht geleert.

Bei einem Besuch des South Kensingtonmuseums in London sah ich die mittelalterliche Abteilung auf Arbeiten aus Bertrams Zeit durch und fand ein umfangreiches Altarwerk, das auf den Außenflügeln verschiedene Heiligenlegenden, bei geöffneten Flügeln die ganze Apokalypse ausbreitete. Schon beim ersten Anblick kam mir der Name Bertrams auf die Lippen. Eine genaue Prüfung befestigte den Eindruck. Max Friedländer, den ich um eine Besichtigung des Altars bat, trat meiner Ansicht bei. Adolf Goldschmidt, der auf meine Bitte den Altar ebenfalls aufsuchte, rückte ihn ganz in die Nähe Bertrams, mußte jedoch, weil der Tag ungünstig gewesen war, sein Urteil aufschieben. Die den Ausschlag gebenden, in dem dunkeln Raum nur mit Hilfe einer Leiter zugänglichen Flügel, hatte er nicht sehen können.

Das Unwahrscheinlichste ereignet sich jedoch ganz zuletzt.

Lappenberg erwähnt in seinen Beiträgen zur ältern Kunstgeschichte Hamburgs bei der Aufzählung der alten Kunstwerke in der St. Jacobikirche, nachdem er die wichtigsten Altäre und Bildnisse besprochen, unter den übrigen Bildern eine Auferstehung des Herrn, von dem bekannten, in dieser Kirche beerdigten, infolge religiöser Unruhen aus Antwerpen nach Hamburg geflüchteten Aegidius Coignet, mit dessen Namen und der Jahreszahl 1595 bezeichnet.

Dieses Bild sei über ein älteres auf Goldgrund gemalt, wovon noch im Vordergrunde eine nackte, sich verbeugende Gestalt, von den Füßen bis in die Hälfte des Rückens, oben Sonne, Mond und Sterne — also vermutlich eine Darstellung der Schöpfung — zu erspähen seien.

Lappenbergs Beobachtung regte ein Gewirr von Fragen auf. Das Bild, das Coignet übermalt hatte, mußte ein altes Hamburger Bild sein. Denn auf der Flucht hatte Coignet schwerlich ein altes Holzbild aus der Heimat mitgenommen. Und Sonne, Mond und Sterne deuteten sicher auf den dritten Schöpfungstag. Nun fehlten aber auf dem Hauptaltar von St. Petri, den wir von Grabow zurückerworben hatten, die ersten drei Schöpfungstage. Sollte Coignet sein Bild über einen der verlorenen Flügel des Bertramschen Altarwerks gemalt haben?

Es sprachen allerlei Umstände für die Möglichkeit. Auf Altarbildern kommt die Schöpfungsgeschichte nur bei Bertram vor. Sie gehörte eigentlich dem Reich der Miniatur an, das in seinen Stoffen sehr viel weitere Grenzen hat als das Altarbild.

Nun hat Coignet für die Petrikirche besonders viel gearbeitet. Noch heute ist ein großes — jüngst restauriertes — Abendmahl von seiner Hand im Turmsaal zu sehen. Zu Coignets Zeit war überdies der Hauptaltar von St. Petri restauriert worden. Die naturalistische Darstellung der Schädelstätte unter den Konsolen, die die Statuetten von Maria und Johannes tragen, stammt aus dieser Zeit, und zwei von den vierundvierzig Statuetten haben damals neue Köpfe erhalten. Es war denkbar, daß Coignet sich einen der vielleicht damals schon aufgegebenen Flügel ausgebeten hatte. Ihre Abgabe an Grabow war nicht verbürgt und nicht wahrscheinlich. Der Altar wurde restauriert, ehe er nach Grabow ging. Wären die beiden Flügel erhalten gewesen und mit restauriert worden, hätte man sie in Grabow aufzugeben keine Veranlassung gehabt.

Es galt mithin, Coignets auferstehenden Christus wiederzufinden.

In der St. Jacobikirche wußte man jedoch nichts mehr von diesem Bilde. Die Verwaltung war so liebenswürdig, alle Nebenräume mit zu durchsuchen, sogar die weitläufigen Böden unter dem Dach. Doch ohne

Erfolg. Auch in den andern Hamburger Kirchen war keine Spur zu entdecken.

Bald darauf fand sich das Bild jedoch an anderem Ort. Die Sammlung hamburgischer Altertümer hatte es eben von einem Vorsteher der im großen Brande zerstörten Kapelle St. Gertrud, einer Filiale von St. Jacobi, als Geschenk erhalten. Bei der Untersuchung an Ort und Stelle ließen sich nicht nur die Himmelskörper, sondern auch einzelne Figuren erkennen. Das dünne Brett war genau von der Art und den Abmessungen der Tafeln auf dem Grabower Altar, auch die Sechsteilung schien unter Coignets Malerei deutlich hervor. In der obern Reihe mußten die drei Schöpfungstage, in den untern drei Darstellungen aus dem alten Testament vorhanden sein.

Die Prüfung der obern Farbenschicht führte zu der erfreulichen Gewißheit, daß unter Coignets Gemälde der Goldgrund des alten Bildes vorzüglich erhalten sei. Einzelne Kratzer aus alter Zeit gaben es deutlich zu erkennen. War nun aber der Goldgrund erhalten, so mußte auch die ganze alte Malerei Bertrams unversehrt sein. Denn bei einer gründlichen Reinigung, hätte Coignet sie vorgenommen, würde der Goldgrund zuerst zerstört sein, da er unvergleichbar empfindlicher ist als die Malerei.

Es fragte sich nun, ob der Versuch gemacht werden sollte, Bertrams Bilder freizulegen. Da Coignets Auferstehung ein Bild von sehr mäßigem Kunstwert war, erschien es nicht zweifelhaft, daß Bertrams Gemälde unendlich wichtiger für uns sein würden. Die obere Farbenschicht ließ sich entfernen, wenn Bertrams Bild noch den alten Firnis hatte. Daß Coignets Farbe sich durch zufällige Kratzer vom Goldgrund gelöst hatte, machte es wahrscheinlich.

Die Sammlung hamburgischer Altertümer überwies der Kunsthalle das Gemälde und erklärte sich mit der Bloßlegung der Bilder Bertrams einverstanden. Die Tafel wurde zu Professor Hauser nach Berlin geschafft, und nachdem auch Geheimrat Bode und Dr. Friedländer der Auffassung beigetreten waren, daß der Coignet unbedenklich geopfert werden könnte, wenn damit sechs Bilder von Bertram gewonnen würden, machte Professor Hauser die ersten Versuche.

Als aus einer Ecke zuerst probeweis ein Kopf herausgeholt wurde, konnte an der Urheberschaft Bertrams nicht mehr gezweifelt werden.

Es stellte sich ferner dabei heraus, daß der alte Firnis erhalten war, daß also die Übermalung sich entfernen ließ.

Durch Coignets Übermalung allen Angriffen und dem Licht entzogen, ist nun Bertrams Tafel in ausgezeichneter Erhaltung bewahrt worden. Von einem fußgroßen Stück alter Malerei, das schon zu Coignets Zeit in der Arche auf dem Noahbilde fehlte, und einigen Kratzern abgesehen, ist alles in besserm Zustand als auf den Tafeln, die in Grabow waren. Der Goldgrund, der so empfindlich ist und so selten auf Bildern selbst des fünfzehnten Jahrhunderts unversehrt blieb, hat seine alte Frische und Pracht.

Es lag nun nahe, anzunehmen, daß Coignet 1595 nicht nur den einen, sondern beide Flügel des Altars an sich genommen und den zweiten genau wie den ersten benutzt habe. Obwohl die Wahrscheinlichkeit sehr gering war, daß auch der zweite auf unsere Zeit gelangt sei, mußten alle in Hamburg und auswärts erhaltenen Bilder des Künstlers daraufhin untersucht werden.

In Hamburg besaß die Petrikirche, deren Hauptaltar Bertrams großes Werk einst geschmückt hatte, noch zwei Gemälde von Coignet, ein Abendmahl und die Ausgießung des heiligen Geistes. Beim Brande von 1842 waren sie mit dem Christus als Schmerzensmann von Francke und einer Anzahl anderer alter Kunstwerke von Otto Speckter und den Brüdern Gensler mit Gefahr des Lebens gerettet worden.

Die Ausgießung des heiligen Geistes wurde, weil auf Holz gemalt und in den Maßen stimmend, zuerst von der Wand genommen und untersucht. Ein flüchtiger Blick genügte, um unter Coignets Bild die Umrisse der sechs Kompositionen Bertrams zu erkennen. Es hatte freilich einer äußern Anregung bedurft, das gleichgültige Bild in gutes Licht zu bringen.

Auf Antrag der Kunsthalle hat die Kirche der hamburgischen Gemäldesammlung das Werk als Leihgabe überwiesen mit der ausdrücklichen Erlaubnis, Coignets Bild zu entfernen. Es war noch unbedeutender als der auferstehende Christus.

Schon die erste Untersuchung des Zustandes ergab wiederum, daß der Goldgrund der Bertramschen Bilder vorzüglich erhalten war. Somit konnte als gewiß angenommen werden, daß sich auch die Farbe in ähnlich gutem Zustand befinden müsse, wie auf der andern von Coignet übermalten Tafel.

Die von Prof. Hauser in Berlin vollzogene Reinigung hat die Annahme vollauf bestätigt. An zwei Stellen nur scheint in den Gewändern ein Versuch gemacht zu sein, die Malerei Bertrams mit einem scharfen Messer zu beseitigen. Es dürfte der steinharten Masse gegenüber aufgegeben sein.

Nunmehr war die Wand von vierundzwanzig Bildern, die der Altar bei geöffneten Außenflügeln ausbreitete, wieder vollständig.

* * *

Die Behandlung der Außenseiten bleibt noch heute Problem. Coignet hat auch beide Rückseiten der Tafeln bemalt. Die Bilder sind noch weitaus flüchtiger als die der Vorderseiten, und sie waren durch wiederholte rohe Parkettierung sehr mitgenommen. Weshalb er diese Bemalung vorgenommen, läßt sich nur vermuten. Es wäre denkbar, daß die Kirche die Tafeln dem Altar wieder hat einfügen wollen. Aber dann hätten der auferstehende

Christus und das Pfingstfest als Seitenstücke wirken müssen, und dazu waren sie weder nach Farbe noch Form geeignet. Vielleicht hat der Künstler, der eine flinke Hand besaß, die Rückseiten bemalt, um die Holztafel besser zu schützen. Bei der Dünnheit der Tafeln erscheint es ziemlich sicher, daß die Außenbilder der Flügel auf besondere Tafeln gemalt waren. Doch das bleibt Vermutung. — Irgendwelche Spur einer Bemalung aus Bertrams Zeit war auf den Rückseiten bei der sorgfältigsten Prüfung nicht zu entdecken.

* * *

Bei der Durchforschung der Kirchen und Museen in den umliegenden Staaten fand sich noch mancherlei, das auf die bedeutende Stellung, die Bertram in seiner Zeit für den ganzen Umkreis zukommt, hinweist. Die Ausstattung des Hauptaltars in der Gruftkirche der mecklenburgischen Herzöge zu Doberan dürfte zum Teil von ihm selber herrühren, wenigstens die untere Reihe der geschnitzten Figuren des Hauptaltars; anderes, wie das Ciborium und das Laienkreuz mit seiner Fülle von Figuren und Reliefs könnte ihm oder seiner Werkstatt zugeschrieben werden. Die Christusseite des Laienkreuzes steht wiederum dem Landkirchner Altar im Thaulow-Museum zu Kiel so nahe, daß dieselbe Werkstatt angenommen werden muß. Die Entscheidung muß künftiger Forschung vorbehalten bleiben.

Zu diesen zahlreichen Werken, die von Bertram

oder vielleicht aus seiner Werkstatt stammen, gesellen sich noch einige Arbeiten, die von Schülern oder Nachahmern herrühren. Der Altar der Antoniterkirche in Tempzin in Mecklenburg wiederholt die Motive des Buxtehuder Altars. Diesem Tempziner Altar ist ein sehr restaurierter in Wismar nahe verwandt. Der Göttinger Altar im Provinzialmuseum in Hannover (1424) enthält zwei Motive, die aus Bertrams Buxtehuder Altar stammen. Die nahe Verwandtschaft des Engels der Verkündigung beim Meister des Neukirchner Altars mit Bertrams Engel auf der Predella des Grabower Altars, hat schon Friedrich Knorr nachgewiesen. Der Meister des Neukirchner Altars aber ist einer der bedeutendsten Lübecker Künstler aus der Generation nach Bertram.

Der Bilderkreis, der sicher von Bertram herrührt oder ihm nahe kommt, hat damit einen Umfang erreicht, der die Künstlergestalt des Meisters zu einer in jener Zeit völlig unerhörten Erscheinung macht. Es läßt sich danach erkennen, daß Meister Bertram zu seiner Zeit für einen weiten Umkreis dasselbe bedeutet hat, was in der folgenden Generation sein Nachfolger in Hamburg Meister Francke war.

WAS IST UNS MEISTER BERTRAM?

Lohnt es für den Kunstfreund, der nicht Forscherneigungen hat, sich mit Meister Bertram zu beschäftigen? Ist er für den Laien mehr als eine Kuriosität?

Beim Eintritt in den Saal, der die Werke Bertrams vereinigt, wird die Empfindung von einer leuchtenden Glut der Erscheinung gepackt, die keine spätere Kunst mehr überboten hat.

Die große goldene Wand zierlicher Architektur als Umrahmung einer Fülle von Statuetten, Halbfiguren und Reliefs, die Bilderreihen farbiger Gestalten auf altem Goldgrund entfalten eine feierliche Pracht, von der wir bisher in Hamburg kein Beispiel besaßen, auch durch Franckes Werke nicht, die kein Ganzes mehr bilden und einer andern Entwicklungsform angehören. Es gibt nur spärliche Reste dieser großen schmückenden Kunst in Norddeutschland und darunter sehr wenig, das bei derselben Wertigkeit so unberührt erhalten ist. In Bertrams Buxtehuder Altar ist uns die Lebensäußerung eines dekorativen Gefühls aufbewahrt, das dem Realismus der folgenden Zeitalter nicht standhalten konnte. Schon Francke hat es ein Menschenalter nach Bertram nicht mehr in demselben Sinne. Tafeln wie der Tod und die Krönung Mariä vom Buxtehuder Altar strahlen in einer so überwältigenden Kraft und Schönheit der Erscheinung, daß man sie als Ganzes genießen kann, wie man sich bei einem Meisterwerke byzantinischer Goldschmiedekunst von der Gesamtwirkung berücken oder von einer in Goldmosaik und satten Farben schimmernden Kapelle von San Marco bezaubern läßt, ohne sich um Einzelheiten zu kümmern.

Wenn ein französischer Forscher in der „Gazette des beaux arts" über den Franckesaal in der Kunsthalle gesagt hat: „il est permis d'écrire qu'il n'existe pas un ensemble aussi important de la peinture allemande du XVe siècle dans l'Allemagne entière" — so gilt nun künftig ganz dasselbe für das vierzehnte Jahrhundert vom Bertramsaal.

Die schmückende Schönheit wird vor allem den Eindruck bestimmen, den der Künstler empfängt. Und der Künstler wird, mehr oder weniger gleichgültig gegen alles übrige, den Mitteln nachgehen, mit denen diese Wirkung erreicht ist.

* * *

Dem Freund der heimischen Geschichte hat der Meister etwas ganz anderes, aber darum nicht weniger zu bieten als dem Künstler.

Wer auch nur mit der Teilnahme für den sachlichen Inhalt, die der Geschichtsforscher hegt, an Bertram herantritt, wird seine Werke so leicht nicht ausschöpfen.

Von unsern Hamburger Vorfahren, die zu Bertrams Zeit das Elbkap eroberten und mit den Lübeckern und Bremern im Bunde die glänzende Machtstellung der

Hansa heraufführen halfen, wissen wir unendlich wenig. Wie sahen die Menschen aus, in denen ein so großer Wille lebte? Wie trugen sie sich, wie gebärdeten sie sich, wie waren ihre Wohnungen beschaffen und welchen Ausdruck trugen ihre Züge?

Das alles können wir nun aus den Bildern und Bildwerken Bertrams ohne Mühe ablesen, denn er malte die heiligen Geschichten, als hätten sie sich um 1380 in Hamburg zugetragen, und bildete die heiligen Gestalten, als wären sie zu seinen Tagen über die Straßen und Plätze Hamburgs gewandelt. Es ließe sich aus den Trachten und Rüstungen, die er mit einer seinen Vorgängern noch unbekannten Verliebtheit schildert, eine Übersicht der Moden von 1379 bis 1400 zusammenstellen. Seine Bilder sind eine Fundgrube für die Gewebe, die getragen wurden, für die Trachten und Geräte und für mancherlei dekorative Ideen, vom Schmuck des Spazierstocks bis zur Behandlung von Wand und Decke.

Noch wichtiger für uns sind die Menschentypen, die er für immer aus der verfließenden Erscheinungswelt herausgehoben hat. Neben den Idealgestalten von Gott Vater, Christus, Maria und den Heiligen taucht ein Gewimmel auf von Menschen aller Stände, die mit sichtlicher Freude an bildnismäßiger Kennzeichnung festgehalten sind. Stellenweise, wie auf der Hochzeit zu Kana, machen einzelne Gesichter durchaus den Eindruck von Bildnissen. Bertram kennt die vornehme

Dame in Modetracht und ihren behäbigen Partner so gut wie den derben Hirten auf dem Felde oder den brutalen Kriegsknecht, der die bethlehemitischen Kinder umbringt. Gelegentlich stellt er zwei Gesichter mit offenbarer Freude an dem Gegensatz des vornehmen rassigen gepflegten Patriziers und des gewöhnlichen rohen ungepflegten Plebejers zusammen, und er hat das Gefühl, daß die Priester im Tempel und der heilige Joachim Juden waren und gibt ihnen semitisches Gepräge.

* * *

Dieser vielseitige Sachgehalt würde den Werken des Meisters für jeden Hamburger unschätzbaren Wert verleihen, auch wenn sie weiter nichts böten.

Aber sie drücken nun obendrein das Wesen eines ganz bestimmten Einzelmenschen aus, und das ist wiederum etwas Neues für die heimische Geschichte jener Tage. Wir kennen den Gang unserer Geschichte, kennen die Namen der handelnden Personen, kennen ihre Verwandtschaftsverhältnisse, aber ich weiß keinen Hamburger aus Bertrams Zeit, und es hat mir niemand einen seiner Zeitgenossen nachweisen können, dessen inneres Wesen erkennbar vor uns stände.

Meister Bertram wird für uns durch seine Werke und die zahlreichen Nachrichten über sein Leben zum einzig greifbaren Menschen jener Tage. Wir erfahren, welche Empfindungen er gehegt, welche Einsicht er besessen hat, welche Neigungen ihn beherrschten und welche Entwicklung Anschauung und Ausdrucksvermögen bei ihm genommen haben. Als Gesamterscheinung wird Meister Bertram von nun an ein Hauptgegenstand der historischen Seelenkunde seines Zeitalters sein, denn von dem innern Leben der Menschen aus der Zeit der aufstrebenden Hansa kann er allein uns eine deutliche Vorstellung vermitteln.

* * *

Es ist auch nicht schwer, das geistige Band der bestimmten Persönlichkeit zu entdecken, die im Mittelpunkt aller Lebensäußerungen des Menschen Bertram steht: Meister Bertram ist ein großer Künstler, eine reiche, mitfühlende Natur von einer sehr entwickelten und allseitigen Teilnahme für den schönen Schein und für das Weben der atmenden Welt. Er hat im höchsten Grade das Gefühl für das Schwelgen der Kreatur, wie sich mehr als ein Menschenalter vor Bertram der Mystiker Meister Eckart ausdrückte. Sein Gefühl lehrt ihn mit traumgeborener Sicherheit gestalten, wie Mann und Frau und Kind sich unter den einfachsten wie den verwickeltsten seelischen und äußern Antrieben gebärden, und seine Teilnahme beschränkt sich nicht auf die Vorgänge im Menschenleben: Er ist unser frühester Tiermaler und Landschafter.

Wer sich in ihn vertieft, wird den begnadeten Erzähler erkennen, der alle Mittel zur Verfügung hat bis zur drastischen Schlagkraft im Sinne der heutigen Karikatur großen Stils, er wird den Physiognomiker bewundern, der überall, wo er nicht Idealtypen zu bilden hat, vollrunde Individuen schafft, er wird fühlen, wie eine räumliche Anschauungs- und Bildungskraft sehr seltener Art aus ihm wirkt, er wird einen hochbegabten, erfindungsreichen, feinfühligen und starken Koloristen bewundern und einen Künstler, der mit offenbarer Lust ein Maler ist und in der Schilderung der Welt und des Menschen überall die Richtung einschlägt, die geradenwegs auf die Höhepunkte unserer germanischen Kunst zustrebt. Es ist Schongauer, es sind Dürer, Holbein, Peter Brueghel und Rembrandt bei Meister Bertram im Keim vorgebildet.

Wem der Inhalt eines Bildes, wie etwa des Christusknaben im Tempel, erzählt wird, ohne daß er wüßte, in die Formen welches Jahrhunderts er sich den Reichtum der Erfindung einzukleiden hat, dürfte am ehesten an eine Radierung von Rembrandt denken.

*   *   *

Die deutsche Kunstgeschichte wird mit Bertram als der aufschlußreichsten Erscheinung seines Zeitalters für immer zu rechnen haben. Nach unserer bisherigen Kenntnis des Denkmälervorrats ist die Wahrscheinlichkeit gering, daß für die Zeit von 1360—1400 noch einmal eine solche Fülle von eigenen Werken und abhängigen Arbeiten sich um eine einzelne Persönlichkeit zusammenschließen wird.

Was wir von Bertrams eigenen Arbeiten und denen seiner Nachfolger kennen, beantwortet Fragen, die bisher nicht einmal gestellt werden konnten.

Denn wir können an Bertram zum erstenmal in jener fernen Zeit die Entwicklung des einzelnen Künstlers beobachten. Seine Hauptwerke offenbaren uns, wie das Farbengefühl, das Raumgefühl sich in dem begabten Einzelwesen ausarbeiten, wie die Fähigkeit, Bilder zu schaffen, sich steigert, wie der Künstler Aufgaben verschiedenen Charakters löst — den Hauptaltar im Gegensatz zum Kapellenaltar —, wie er verfährt, wenn er denselben Gegenstand wiederholt zu bearbeiten hat und schließlich, in welcher Gestalt ein Künstler damals zugleich Bildhauer und Maler sein konnte. Denn seine Werke sind wiederum das einzige sichere Beispiel aus dem Ende des vierzehnten Jahrhunderts, daß ein Künstler zugleich den malerischen und den bildhauerischen Teil eines Altarwerks ausgeführt hat.

Nun kommt zu alledem noch hinzu, daß wir in Meister Francke seinen Nachfolger und vielleicht Schüler kennen und an einer Fülle von Bildern des verschiedensten Inhalts in derselben Sammlung studieren können. Auch das begegnet uns um die Wende vom vierzehnten zum fünfzehnten Jahrhundert so durchsichtig nicht wieder. Denn auch bei Francke kennen wir nun in großen Zügen die Entwicklung. Die Beobachtung wird um so anziehender und ergebnisreicher, als beide ganz fest ausgeprägte Individuen sind, die sich wohl berühren, die aber schließlich nicht sehr viel gemein haben. An mehr als einem Punkte führt Francke die Entwicklung, die bei Bertram vorgezeichnet ist, nicht weiter, und der ältere Künstler erscheint uns stellenweise sogar als der Fortgeschrittnere, der weit davon entfernt ist, sich als Vorläufer und Wegbereiter seines großen Nachfolgers zu bescheiden.

Bertrams hohe Bedeutung für die örtliche und die deutsche Kunstgeschichte ist damit auf alle Zeit sicher gestellt.

* * *

Das geistige Leben und die künstlerische Empfindungswelt in Hamburg aber erfahren durch die Einfügung seiner Hauptwerke in den Besitzstand unserer Sammlungen eine ungeahnte Vertiefung und Bereicherung und gewinnen eine Fülle neuer Ausgangspunkte zur Eroberung des edelsten, was unsere Kunst hervorgebracht hat.

Wir haben es erlebt, wie im Laufe weniger Jahre sich für Meister Francke, den Nachfolger Bertrams, das Gefühl entwickelt hat. Meister Bertram mit seinem unendlich reicheren sachlichen Inhalt, mit der Allseitigkeit seiner künstlerischen Gestaltungskraft und seiner künstlerischen Teilnahme, mit der für uns ganz neuen Welt einer ursprünglichen großen, auch uns noch unmittelbar verständlichen und auf neue ferne Ziele weisenden Skulptur, wird sich vielleicht noch rascher das Herz erschließen.

Es ist bisher nicht möglich, die künstlerische Stellung und Bedeutung Bertrams annähernd einzuschätzen. Dazu haben wir sein Zeitalter noch viel zu wenig erforscht. Trotz seiner unvollkommenen Ausdrucksmittel und seiner ringenden Anschauung ist er denen, die ihn bisher kennen gelernt, immer mehr als eine der anziehendsten Begabungen in unserer gesamten Kunst erschienen, in allem, was die Natur geben kann, seinem großen Nachfolger Meister Francke ebenbürtig.

Da ich die Überzeugung gewonnen habe, daß seine Kunst auch dem Laien zugänglich ist, wenn er von der Erkenntnis ausgeht, daß kein Menschengeschlecht alles zugleich besitzt, daß aber auf jeder Stufe einige Kräfte das höchste Maß der Entwicklung erreichen können, so will ich den Versuch wagen, dem hamburgischen Kunstfreund zu jener mehr als ein halbes Jahrtausend hinter uns liegenden Kunst den Weg zu weisen, den ich selber gegangen bin. Er führt nicht durch die Kritik der offenbaren Unzulänglichkeiten des alten Meisters, sondern durch andächtige Hingabe an seine große Persönlichkeit.

BERTRAMS LEBEN

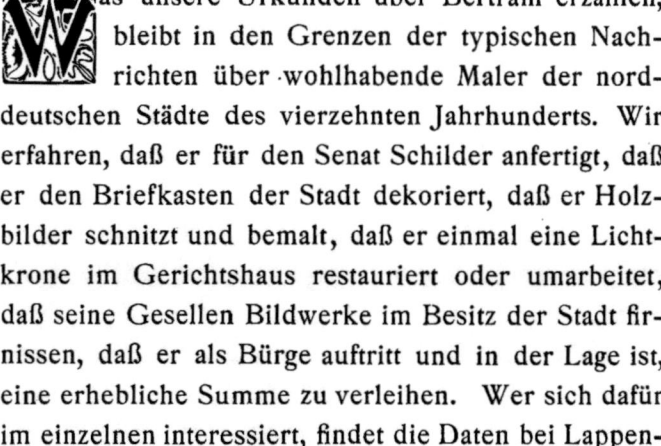as unsere Urkunden über Bertram erzählen, bleibt in den Grenzen der typischen Nachrichten über wohlhabende Maler der norddeutschen Städte des vierzehnten Jahrhunderts. Wir erfahren, daß er für den Senat Schilder anfertigt, daß er den Briefkasten der Stadt dekoriert, daß er Holzbilder schnitzt und bemalt, daß er einmal eine Lichtkrone im Gerichtshaus restauriert oder umarbeitet, daß seine Gesellen Bildwerke im Besitz der Stadt firnissen, daß er als Bürge auftritt und in der Lage ist, eine erhebliche Summe zu verleihen. Wer sich dafür im einzelnen interessiert, findet die Daten bei Lappenberg, Nirrnheim u. a. a. O.

Auch Bertram gehörte danach zu den Künstlern, die sich in der letzten Hälfte des 14. Jahrhunderts als Leiter einer Werkstatt zu großer Wohlhabenheit aufschwangen.

Außer durch diese Notizen, von denen die wichtigste angibt, daß Bertram schon 1367 für den Rat von Hamburg ein Bildwerk ausführt, sind wir über Bertrams Leben und Verhältnisse durch zwei lange Testamente unterrichtet. Wir erfahren viele Einzelheiten daraus, aber leider das nötigste nicht, sein Lebensalter. Es gilt zu versuchen, ob sich aus der Kombination der Notizen eine Vermutung darüber rechtfertigen läßt.

Das erste Testament stammt aus dem Jahre 1390:
In nomine Domini amen. Ik Bertram malre

hebbe willen to wanderne to Rome to troste miner zele. Unde were dat ik afghenghe von dodes weghene, so hebbe ik ghesat unde sette min testamentum unde minen willen mines ghudes also hir nabeschreven steyt: To dem ersten so hebbe ik ghegheven unde gheve Bertramme Snellen, miner suster zone, 4 mark gheldes in Tideken Brandes hus bi der molenbrugghe, unde darto gheve ik em min sulverne gordel unde mine sulverne kedenen von minem dele ghudes. Item so gheve ik Greten, miner husfrowen, tovoren der delunghe al ere kledere, de to erme live sneden sint, alse sint; unde darto dat bedde alse dat is, dar wi uppe pleghen to slapende. Item gheve ik to den bowen deser godeshus to Hamborch: to sunte Peter minen besten hoyken, to dem dome minen mengheden hoyken, to sunte Jacope 1 mark, to sunte Katherinen 1 mark, to sunte Nicolawus 1 mark, to dem hilghen gheste 1 mark, to sunte Johanse 1 mark unde darsolves to den almissen der ersten misse 1 mark, to sunte Gherdrude 1 mark, to dem hilgen likam to sunte Peter 1 mark. Item schal men gheven Snellen vader 5 mark, oft he levet. Item dese vorschreven gave, de ik Snellen vorschreven gheven hebbe, de scholen mine testamentarii bewaren em to truwer hant wente to der tiid, dat se seen, dat het solven wislike vorstan konne. Item wes ik hebbe boven desse vorschreven ghave, des gan ik nemande bet dan Corde, minem rechten broder unde minem erven, unde dat scholen ok mine testamentarii hirna beschreven schicken unde bewarent em to truwer hant, dat hes bruke de tiid sines levendes, wante he solven so vorstendich nicht en is, dat he dat solven wislike vorstan konne, alset em nutte is. Wan he dot is, so schal dat vort erven an unse nesten. Item to al dessen vorschreven stucken unde artikelen hebbe ik ghekoren unde kese mine leven vrende Johanne Bremer, den bodeker, vnde Ludeken, sinen zone, mine testamentarii to wesende unde dit to vorstande, — unde wil, dat alle stucke stede unde vast gheholden unde vultoghen werden, — unde mines wives vormunde to wesende. Et en were, dat ik et wederspreke bi wolmacht miner redelicheit, so scholdet machtlos wesen. Unde is schreven unde gheven na Gades bort dusent jar dre hundert jar in dem neghentighesten jaer, des sonavendes in der quatertemper vor sunte Micheles daghe. Hir hebben over ghewesen de erliken heren her Heyne Vorrad unde her Albert Elbeke, de von des rades weghene hirto ghevoghet sint, dit to horende unde sig des to vordenkende.

> Nach dem Originale im Hamburger Staatsarchive. Die Texte der beiden Testamente, die ich Lappenberg entnehme, sind auf dem Hamburger Staatsarchiv mit den Originalen verglichen.

Wir erfahren aus diesem Schriftstück, daß Bertram 1390 verheiratet ist und daß er noch keine Kinder hat. Seine Schwester ist verheiratet, ihr Mann heißt Snell. Sie hat einen Sohn Namens Bertram. Er ist unmündig und nach der Formel, mit der ihm Vormünder bestellt werden, wohl als Kind zu denken. Vater Snell scheint leidend zu sein: er soll fünf Mark bekommen, falls er beim Tode Bertrams noch am Leben ist (oft he levet). Neben Bertrams Frau Grete ist Haupterbe sein Bruder Cord, aber er muß schwachen Geistes gewesen sein. Die Testamentsvollstrecker werden ihm als Vormünder eingesetzt, seinen Anteil zu getreuer Hand zu verwalten, da er selber nicht verständig genug ist.

Frau Grete erhält tovoren der delunghe — vor der Teilung zwischen ihr und Cord — alle ihre Kleider und das Ehebett. Sie wird selber nicht besitzlos gewesen sein, denn Bertram spricht von seinem Teil des Vermögens (von minem dele ghudes). Der Schwestersohn bekommt vier Mark, dessen Vater — wenn er am Leben sein sollte — fünf Mark. Daneben werden die Kirchen genannt, St. Peter voran. St. Peter bekommt seinen besten Mantel, der Dom seinen Mantel aus Beiderwand. Jede andere Kirche erhält eine Mark. Besonders bedacht wird noch der „heilige Leichnam" von St. Peter (die Brüderschaft des Namens).

Als Testamentsvollstrecker treten auf der Böttcher Johan Bremer und dessen Sohn Ludeke, des Erblassers „lieben Freunde".

Das zweite Testament stammt aus dem Jahre 1410:
In nomine Domini amen.

Ik Bertram maler, borgher tho Hamborch, betrachte unde besinne, dat neyn dingh wisser en is den de dot unde neyn dingh unwisser den de stunde des dodes, hirumme so sette ik myn testamentum unde mynen lesten willen by wolmacht van Godes gnaden mynes lives unde by redelicheyt myner synne aldus: To deme ersten so gheve ik to Unser Vruwen to deme buwe 1 mark. Item to sunte Peter 1 mark. Item to sunte Nicolaus 1 mark. Item to sunte Katherinen 1 mark. Item to sunte Ghertrude 1 mark. Item to den almissen to sunte Johanse 1 mark. Item gheve ik den juncvruwen to Utersten 1 mark, de scullet se under sik ghelike deelen. Item den juncvruwen tho der Hervedeshude 1 mark, ok ghelike under ynen to delende. Item den juncvruwen to deme Reynevelde 1 mark ghelike tho delende. Item den juncvruwen to deme nygen closter by Buxstehude 2 mark, de scullet se under sik ok ghelike delen. Item gheve Bertramme, mynes swaghers Henneken Westersteden soyne, 20 mark ute mynem reedesten gude, wur ik dat hebbe. Item scal men gheven na mynem dode Ghescken, myner dochter, alle iar dre mark, dat men se dar mede holden late. Wanner se to jaren komet, also dat se manbare wert, so scal men oyre gheven 10 mark, ysset dat to der tit myne testamentarii hirnascreven unde myne erven also vele hebben van mynem gude unvorteret. Wes ik hir boven hebbe van gude, et sy beweghelik ofte un-beweghelik, dat boret mynem brodere Corde van Byrde, wente he unde ik brodere sint echt unde recht van eneme vadere unde van ener modere gheboren, dat neme ik up myne zele unde up myn stervent, unde dar scullet oyne myne testamentarii af vorstan na syner nottroft, nadem leyder dat he dar sulven unnutte to is unde umbequeme. Wanner dat he denne stervet, so mach syner dochter Metteken unde eren kynderen dat gut boren van rechte. Item an alle dessen vorscreven stucken mynes testamentes so scal de rat van Hamborch oyres rechtes in allen dinghen unvorsumet wesen. Unde ik kese Wilken van Vilsen, Hinrike Lammespringhe unde Johanne Westerstede, mynen swagher erghenomet, myne testamentarii to wesende unde mynen willen unde begheringhe, alset vorescreven steyt, to vorvullene, als ik em des truweliken to belove. Hir an unde over hebben ghewesen desse erbaren heren, her Hinrik Yenevelt unde her Diderik van deme Haghen ute deme sittenden stole des rades van Hamborch, hirto voghet umme myner bede willen desset testamentum to horende unde sik des to vordenkende. Ghegheven unde screven an deme jare unses Heren dusent veerhundert darna in deme teynden jare, uppe den soyndach, alse men singhet in der hilghen kerken Jubilate Deo.

Nach dem Originale im Hamburger Staatsarchive.

In den zwanzig Jahren bis zum zweiten Testament haben sich Familienstand und Lebensverhältnisse stark verschoben.

Frau Grete wird nicht mehr erwähnt, scheint also verstorben zu sein. Dafür tritt eine Tochter Gesa auf

(Ghescken: Geseke). Von der Familie Snell wird niemand genannt. Vater Snell mag nicht mehr am Leben sein.

Mit Henneke Westerstede, den Bertram als Schwager bezeichnet, und seinem Sohn Bertram treten neue Personen auf. Schwager konnte damals ziemlich jeder angeheiratete männliche Verwandte genannt werden, der Bruder der Frau, der Mann der Schwester, der Mann einer Schwester der Frau, und — dem heutigen Sprachgebrauch entgegen — der Schwiegersohn und der Schwiegervater. Wenn Bertram als Schwager einen Mann bezeichnet, dessen Sohn wieder Bertram heißt und ein erhebliches Erbteil erhält, so wird es sich um die Familie einer Schwester handeln. Es fällt auf, daß im ersten Testament nur eine erwähnt wird, obwohl der Neffe Bertram Westerstede, der 1410 als mündig zu denken ist, da ihm keine Vormünder bestellt werden, 1390 schon gelebt haben müßte. Sollte er mit Bertram Snell, dem Neffen des ersten Testaments dieselbe Person sein? Möglich wäre es, denn vom Vater Snell wird 1390 gesagt, er solle sein Erbteil erhalten, wenn er beim Tode Bertrams noch am Leben sei. Es liegt darin, weil das Testament vor Antritt von Bertrams Reise gemacht wird, eine Andeutung auf unsichere Gesundheit. Vater Snell wäre nach dieser Rechnung, der nichts widerspricht, und die vieles für sich hat, früh gestorben, seine Frau hätte den Westerstede geheiratet, ihr Sohn, nach seinem Stiefvater genannt, wäre der um 1410 mündige

Neffe Bertram, dem im ersten Testament Vormünder gesetzt werden. Daß Henneke Westerstede und Vater Snell eine Person sein könnten, wäre um die Wende des 14. und 15. Jahrhunderts in Deutschland schon höchst unwahrscheinlich.

Cord wird in diesem zweiten Testament mit dem Familiennamen genannt, den er vielleicht unterdes erst angenommen hatte: van Byrde. Damit dürfte das Dorf Bierde bei Minden i. W. als Ursprungsort der Familie genannt sein. Cord hat nach 1390 geheiratet und hat 1410 eine noch unmündige Tochter Metteke (Meta).

Das Verzeichnis der Vermächtnisse an Kirchen und Klöster ist gegen 1390 sehr angeschwollen, und es werden nicht nur die geistlichen Anstalten Hamburgs bedacht. Obenan steht diesmal der Dom. Dem Spital zum heiligen Geiste ist sein Legat entzogen, dafür tritt das Kloster zu Harvestehude ein. Nach auswärts gehen an die Jungfrauen zu Uetersen und zu Reinfeld je eine Mark. Die Jungfrauen in dem Neuen Kloster bei Buxtehude aber bekommen zwei Mark.

Geseke, Bertrams Tochter, scheint noch in den Kinderschuhen zu stecken. Sie soll alle Jahre drei Mark für ihren Unterhalt haben. Wenn sie aber in die Jahre kommt, daß sie heiraten kann, soll man ihr zehn Mark auskehren, falls dann von seinem Gut noch so viel unverzehrt sein sollte.

Alles übrige aber geht auf den Bruder Cord, für den es, da er selbst dazu nicht imstande ist, die Testamentsvollstrecker verwalten sollen. Nach dessen Tode soll seiner Tochter Metteke und ihren Kindern das Gut zufallen. Im ersten Testament sollte es an die weitere Familie Bertrams gehen — „unse nesten". —

Da der Vermögensstand Bertrams uns nicht bekannt ist, läßt sich nicht abschätzen, wie sich der Anteil, den Bertrams Tochter aus seinem Nachlaß erhält, zu dem des Bruders verhalten mag. Daß Bertram für seinen Bruder Cord mit einer besondern Hingebung sorgt, die sich auch auf dessen Nachkommen erstreckt, geht aus seinen Anordnungen klar hervor.

Der Stand der Testamentsvollstrecker — diesmal sind es drei, Wilke van Vilsen, Hinrik Lammespringhe und Johann Westerstede — wird nicht genannt. Sie werden also wohl bekannt genug gewesen sein.

*   *   *

Wie weit lassen sich aus diesen Angaben Schlüsse ziehen auf Bertrams Lebensalter? Es wäre für die Mutmaßungen über Bertrams künstlerische Erziehung von Wichtigkeit, zu wissen, ob wir ihn 1367, wo er zuerst für den Hamburger Rat arbeitet, als jungen oder als reifen Mann zu denken haben.

Bertram gelobt 1390 eine Pilgerfahrt nach Rom. Damals kann er mithin kein älterer Mann gewesen sein, er hätte sonst die Strapazen nicht auf sich nehmen dürfen. Diese Pilgerfahrt wird er ausgeführt haben, da im zweiten Testament von dem Gelöbnis nicht weiter die

Rede ist. Wäre er an der Erfüllung verhindert gewesen, hätte er im Testament einen Stellvertreter betrauen müssen.

Um 1390 ist er verheiratet, hat aber noch keine Kinder. Sein Bruder ist noch unverheiratet, seine Schwester hat einen unmündigen Sohn. Nimmt man sie als zwischen dreißig und vierzig an, so könnte Bertram um 1390 als in den Vierzigern gedacht werden. Er hätte dann bei der Abfassung des zwanzig Jahre spätern zweiten Testaments in den Sechzigern gestanden und wäre gegen 1415 um sein siebzigstes Lebensjahr gestorben.

Nimmt man ihn dagegen 1415 als Achtziger an, so hätte er 1410 mit etwa fünfundsiebzig Jahren noch eine unmündige, nach dem Text des Testamentes eher als Kind zu denkende Tochter gehabt, was die Wahrscheinlichkeit nicht für sich hat.

Wir werden der Wirklichkeit am nächsten kommen, wenn wir annehmen, daß Bertram gegen 1345 geboren ist. Dann hätte er als junger Mann von etwa 25 Jahren 1367 den Auftrag des Rats ausgeführt, wäre, als er den Grabower Altar in Angriff nahm, 1379 in der Mitte der dreißiger Jahre gestanden und hätte in der Mitte der vierziger Jahre 1390 das Gelübde der Romfahrt abgelegt.

In diese Lebensdaten würde sich die Entstehungszeit der Werke Bertrams am ungezwungensten einfügen. Aus dem Testament läßt sich wahrscheinlich machen, daß der Buxtehuder Altar später entstanden ist als der Grabower. Um 1390 werden die Jungfrauen des Neuen Klosters bei Buxtehude noch nicht bedacht, 1410 höher als alle andern geistlichen Anstalten. Der Altar für die Nonnen dürfte mithin nach 1390 anzusetzen sein. Alle Merkmale, die aus der Stilvergleichung mit dem Grabower Altar gewonnen werden, rücken den Buxtehuder ebenfalls in eine spätere Entwicklungsphase des Meisters. Aber er ist sicher nicht das Werk eines Greises, denn alle Kräfte des Künstlers erscheinen gesteigert. Es dürfte geraten sein die Entstehung des Buxtehuder Altars nicht über die Mitte der neunziger Jahre des vierzehnten Jahrhunderts hinauszurücken.

Der Vergleich der Vermögenslage von 1390 und 1410 zeigt Bertram gegen Ende seines Lebens auf einer höheren Stufe des Wohlstandes. Damit hat sich seine gesellschaftliche Stellung, wie aus der Wahl der Testamentsvollstrecker zu schließen, entsprechend gehoben, und während er sich um 1390 noch einfach als Bertram, Maler, bezeichnet, nennt er sich 1410 als Bertram, Maler, Bürger zu Hamburg. Aus dem Vergleich der Listen der geistlichen Anstalten, die Bertram bedenkt, geht hervor, daß sich nach 1390 seine Beziehungen erheblich erweitert haben. Die Klöster zu Buxtehude, Uetersen und Reinfeld, das vor den Toren Lübecks liegt, scheinen seine Werkstatt beschäftigt zu haben. Nach dem Dokument, daß Nordhoff im Archiv zu Minden i. W. entdeckt hat (jetzt im Archiv zu Münster i. W.)

bemühen sich 1415 Mindener Verwandte des Meisters um eine Empfehlung an den Rat von Hamburg, um Erbrechte geltend zu machen. Bertram wird also kurz vorher gestorben sein.

* * *

In beiden Testamenten bezeichnet sich Bertram als Maler. Doch hat seine Werkstatt vielleicht ebensoviel Bildschnitzerei hervorgebracht als Malerei. Aus den Nachrichten, die Lappenberg bekannt waren, glaubte dieser mit Recht auf überwiegend bildhauerische Tätigkeit Bertrams schließen zu müssen. Den Hauptaltar von St. Petri dachte er sich bereits als Schnitzwerk.

Auf Grund der von Lappenberg gesammelten Nachrichten und der jüngsten Entdeckungen läßt sich die Tätigkeit Bertrams vermutungsweise überblicken.

1367 Bild der h. Jungfrau Maria vor dem Mildernthor (nicht Millerntor sondern Tor der h. Milderade). Bemalung eines Briefkoffers (Brefvad civitatis) für den Boten Gerlach. — Herstellung des Bildes des Engels über dem Stadthause.

1368? Die Skulpturen in Doberan. Sicher scheint mir die untere Reihe der Figuren auf dem Hochaltar. Noch näher zu untersuchen sind das Sakramentshaus und der Laienaltar. Im Jahre 1368 wurde das neue Langhaus der Kirche zu Doberan geweiht. Erst von diesem Zeitpunkt ab wird der Schmuck der Kirche bestellt worden sein, schwerlich viel später, denn das reiche Kloster und das Fürstenhaus werden die bedeutsamste Kirche des Landes nicht lange kahl gelassen haben. Die Aufhöhung der Altartafel mußte bei der Benutzung des neuen Langhauses Bedürfnis werden, da sie nun über einen viel weitern Raum zu wirken hatte. Es bedarf noch einer nähern Prüfung aller Monumente, um das Verhältnis des Laienaltars und des Sakramentshauses zu Bertram ins Klare zu bringen. Was am Laienaltar mit Bertram oder seiner Werkstatt in Beziehung gebracht werden kann, trägt altertümlichere Züge als die Skulptur des Grabower Altars von 1379.

1377 Bild der Jungfrau Maria für das Lübecker Tor. Wie das für das Mildernthor wohl ein bemaltes Holzbild.

1379 Der Grabower Altar.

1385 Drei Holzbilder und sechs Schilder für den Rat.

1387 Holzbild des h. Christoph mit dem Christkinde.

Nach

1390 Der Harvestehuder Altar (?).

Der Buxtehuder Altar.

Der Londoner Altar.

Zu Bertrams Kunst in Beziehung stehen:
    1) Das Laienkreuz in Doberan.
    2) Der Landkirchner Altar im Thaulowmuseum zu Kiel.
    3) Das Sakramentshäuschen in Doberan.

4) Der Altar in Tempzin (Mecklenburg-Schwerin).
5) Der Krämeraltar in Wismar.
6) Der Neustedter Altar im Thaulowmuseum in Kiel.
7) Der Göttinger Altar von 1424 im Provinzialmuseum zu Hannover.
8) Die Werke Meister Franckes in Hamburg.

BERTRAMS KÜNSTLERISCHE HERKUNFT

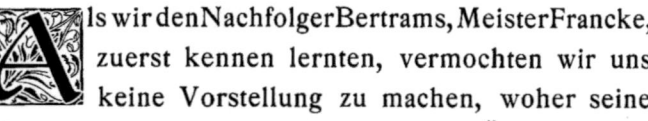ls wir den Nachfolger Bertrams, Meister Francke, zuerst kennen lernten, vermochten wir uns keine Vorstellung zu machen, woher seine Kunst stammen könnte. Allgemeine Ähnlichkeiten wiesen auf Westfalen und Köln, einige Klänge schienen von Italien oder Avignon zu kommen, aber nirgend fand sich etwas Greifbares. Daß Francke im Boden einer hamburgischen Überlieferung wurzeln könnte, mußte als Möglichkeit zugegeben werden. Wir kannten den Namen und das Hauptwerk seines Vorgängers Bertram, beides freilich nur aus der literarischen Überlieferung.

Mit einem Schlage erhebt sich nun in Hamburg hinter Francke nicht mehr ein bloßer Name, sondern das reiche Lebenswerk eines bedeutenden Meisters.

Und heute stehen wir vor Bertram genau wie vor einem Jahrzehnt vor Francke.

Wir kennen ihn als Künstler sehr genau, aber über die Herkunft seiner Kunst können wir sicheres noch nicht angeben.

Die Möglichkeit, daß auch er eine hamburgische Überlieferung fortführt, läßt sich nicht von der Hand weisen. Aus seinen Lebensdaten geht mit größter Wahrscheinlichkeit hervor, daß er sehr jung nach Hamburg gekommen ist. Die Kunst, die er dort antraf, hatte schon eine lange Vergangenheit. Bis zurück auf die Bildsäule der törichten Jungfrau vom Portal des Hamburger

Doms (in der Sammlung Hamburgischer Altertümer), auf deren Bedeutung Adolph Goldschmidt hingewiesen hat, und auf Meister Carolus, der 1255 für den Domherrn Barthold die dreibändige Bibel illustrierte, die jetzt in Kopenhagen aufbewahrt wird — Arthur Haseloff hat sie für Deutschland wieder entdeckt — sind uns einzelne Kunstwerke, Malernamen und Nachrichten über Kunstwerke erhalten, die anziehendste gleich aus der Zeit, in der Bertrams Kunst wurzeln müßte.

Wir verdanken Lappenberg die Kopie der im Brande zerstörten inhaltreichen Urkunde über das Ereignis, dessen Humor auch für uns noch nicht schal geworden ist.

Das Hamburger Domkapitel hatte den Rat beim Papst in Avignon verklagt, im Rathaussaale befände sich eine Darstellung des Jüngsten Gerichts, ein schändliches Bild zur Verhöhnung der Geistlichkeit und der Kirche. Es wäre darauf nämlich ein Priester vor dem Altare zu sehen und über ihm ein Teufel, der ihm aus einer Flasche Unrat (immunditias) in den Kelch gösse. Der Propst des Klosters von Harvestehude, Willekin, erhielt den Auftrag, das Bild zu untersuchen. Er berichtet darüber in der von Lappenberg zitierten Urkunde. Um der Sache auf den Grund zu kommen (volentes scire veritatem et an res sic haberet), sei er mit dem Guardian und Lector der Minoriten und andern glaubwürdigen Leuten ins Rathaus gegangen, wo besagtes Gemälde sich befinden sollte, und auf Leitern hinaufsteigend hätten sie das Bild genau betrachtet.

Sie hätten aber weder die beschriebene noch irgend eine andere ruchlose oder unschickliche Darstellung entdeckt. Sie erinnerten sich auch nicht, daß solche Sachen sich im Rathaus befänden oder früher vorhanden gewesen wären (nec meminimus aliquam picturam talem aut aliam turpem vel inhonestam in dictu consistorio esse vel fuisse). Freilich wären auf dem beanstandeten Bilde wie herkömmlich Paradies und Hölle mit Geistlichen und Laien dargestellt.

Wir haben keine Vorstellung, wie dies Jüngste Gericht ausgesehen haben mag. Es muß ein großes Bild gewesen sein, da man Leitern gebraucht, um die Einzelheiten genau zu untersuchen. Malernamen aus Hamburg sind uns um 1350 zwei bekannt, Meister Herman, der 1347 und 1350 erwähnt wird, 1350 als Mieter eines Hauses oder einer Schilderbude, und Meister Gerhard, der 1354 zehn Pfund Pfennige für Schilder am Rathaus erhält.

Es ist nach diesen Daten durchaus denkbar, daß Bertram sich einer hamburgischen Überlieferung angeschlossen hat, wenn er nicht gar unmittelbar aus ihr hervorgewachsen ist. Da auch seine Geschwister in Hamburg lebten, kann er sehr wohl mit den Eltern eingewandert sein.

Sowenig wie früher die Kunst Franckes können wir bisher die seine irgendwo einordnen. Da er jung nach Hamburg gekommen, wird er sicher nicht unbeeinflußt geblieben sein von den künstlerischen Neigungen des

Ortes. Er muß sich sehr früh die Gunst erobert haben, denn als er 1367 zuerst (soweit unsere Nachrichten gehen) für den Senat arbeitete, wird er schwerlich eben erst zugewandert gewesen sein.

Aus Lübeck, Bremen und Lüneburg sind Bilder der nächsten Vorgänger Bertrams nicht erhalten, es lassen sich nach dieser Richtung nicht einmal Vermutungen aufstellen.

Ähnlich steht es in Westfalen. Von den Zeitgenossen seiner ersten Entwicklungszeit bis 1379 sind keine Tafelgemälde auf uns gelangt. Bertram ist schon 1379 sehr viel mehr Maler und ein sehr viel fortgeschrittnerer Kolorist als die Meister der gegen oder nach 1390 anzusetzenden Gemälde der Soester Schule, der Predella vom Altar der Nordseite der Wiesenkirche und des Kruzifixus in St. Patroklus. Die Werke Meister Conrads von Soest, vor allem der herrliche Wildunger Altar von 1403, gehören der auf Bertram folgenden Entwicklungsstufe eines jüngeren Zeitgenossen an. Aus der Zeit unmittelbar vor Bertram ist, soviel mir bekannt, nur der 1904 von der Kunsthalle erworbene Altar aus Liesborn erhalten. So mögen die Werke der Meister ausgesehen haben, bei denen Bertram gelernt hat, vorausgesetzt, daß dieser Altar, was wir noch nicht mit Sicherheit sagen können, nicht etwa um 1370 datiert werden muß. Aber über den Ursprung der gänzlich verschiedenen Kunst Bertrams läßt uns auch dieses Werk im Dunkeln.

Es gibt nun einen Umweg, den Zusammenhang zwischen Bertram und der Entwicklung der westfälischen Schule zu erschließen. Wenn künstlerische Gedanken, die er hat, später in einer weitern Entwicklung in Westfalen nachweisbar sind, so könnten sie aus einer gemeinsamen Quelle stammen. Aber auch dieses Mittel versagte bisher. Von dem Reichtum der Erfindung, die, um nur ein Beispiel anzuführen, Bertrams Darstellung des Christusknaben im Tempel belebt (Buxtehuder Altar) müßte sich wohl, wenn er sie aus Westfalen mitgebracht hätte, dort eine Spur erhalten oder fortgebildet haben. Aber wie verschieden faßt der Meister des vielleicht mehr als ein Menschenalter später entstandenen Fröndenberger Altars (Clemen, Publikation der Düsseldorfer Ausstellung von 1904) diese Szene auf. Von dem stillen Pathos, der lärmenden Leidenschaft, der großen Gebärde, die bei Bertram so nachdrücklich wirken, findet sich nicht die Spur. Dasselbe gilt, soweit ich es habe verfolgen können, von den übrigen Motiven Bertrams, von seiner Malweise und seinem Kolorit. Meister Conrad ist in allem grundverschieden und viel eher mit Broederlam verwandt.

Weiterhin wäre beim kölnisch-niederrheinischen Kreis Umschau zu halten. Sicher datierbare Werke vor Bertram gibt es auch hier nicht. Was erhalten ist, hat keinerlei engere Verwandtschaft. Der Clarenaltar, dessen Entstehungszeit immer noch unsicher geblieben ist, entspringt sowohl in seinen altertümlichen wie in seinen fortgeschrittneren Teilen einer ganz verschiedenartigen Stimmung. Von dort zu Bertram führt keine Verbindung.

Von der niederländischen Tafelmalerei, bei der Bertram gelernt haben könnte, wissen wir nichts. Auch mit der französischen von Paris oder Avignon kann ich einen Zusammenhang nicht nachweisen.

Nürnberg und Mitteldeutschland haben höchstens gleichzeitige Werke hinterlassen oder solche, die mit der späteren Zeit Bertrams zusammenfallen, aber nirgend habe ich Spuren gefunden, die auf Bertram hinweisen.

Es bleibt nur noch die in Prag unter Karl IV. erblühte Kunst. Hier finden sich einige äußerliche Ähnlichkeiten, aber es ist schwer, sie in Worte zu fassen. Am nächsten kommt Bertram vielleicht die Tafel mit den Bildnissen Karls, Wenzels und des Bischofs Ocko im Rudolfinum in Prag. Aber es fehlt bei Bertram der selbst in dem nordischen Teil der Prager Produktion so starke italienische Zustrom, und in seiner Architektur findet sich nirgend eine Anlehnung an die Holzarchitektur aus Brettern, die, wohl aus Frankreich stammend, für die Prager und die mitteldeutsche Schule charakteristisch sind. Wo er einen hölzernen Baldachin baut (Krönung Mariä), denkt Bertram in Steinformen.

Hie und da glaubt man ferne italienische Erinnerungen zu fühlen. Aber greifbar sind mir bisher die künstlerischen Motive nicht geworden. Der einzige Zug, der auf einen Besuch Italiens zu weisen scheint, ist die rammsnasige langohrige Ziege auf der Verkündigung an die Hirten. Aber schließlich kann ein Pflanzenfresser wohl auch einmal als „Meerwunder" mitgebracht sein.

Vielleicht ergibt das Studium der Miniaturen günstigere Aufschlüsse, vielleicht daß auch, wenn wir Bertram länger beobachten, in der Tafelmalerei Beziehungen nachweisbar werden, die mir entgangen sind.

Da auch alle Fachgenossen, die ich um ihre Erfahrungen angegangen bin, vor denselben Problemen stehen wie ich, so bleibt nichts anderes übrig, als diese Fragen einer späteren Lösung zu überlassen und zunächst nur darzustellen, was sich aus den vorhandenen Werken über Meister Bertrams künstlerische Persönlichkeit schließen läßt.

MEISTER BERTRAMS KÜNSTLERISCHE PERSÖNLICHKEIT

as sicherste Mittel, den Eigengehalt eines Künstlers zu bestimmen: der Vergleich mit dem Zustande der Kunst, die er vorfand, versagt vorläufig bei Bertram.

Wir können jedoch daraufhin der Frage nicht ausweichen, ob es andere Stützpunkte für eine Triangulation seines Wesens gibt.

Bei der außerordentlich großen Zahl gesicherter Werke seiner Hand sind wir in der Lage, Untersuchungen anzustellen und Schlüsse zu ziehen, die nicht zu rechtfertigen wären, wenn wir zwei oder drei Bilder vor uns hätten, und der zeitliche Abstand, der sich wenigstens zwischen den beiden Hauptwerken, dem Grabower und dem Buxtehuder Altar nachweisen läßt, gewährt Einblick in seine Entwicklung.

Eine Untersuchung der Lebensarbeit des Meisters hinterläßt die Vorstellung einer sehr geschlossenen Persönlichkeit. Wie Bertram den äußern Menschen sieht und den innern erraten läßt, wie er das Drum und Dran der Kleidung und der Häuslichkeit schildert, wie er für Tier und Pflanze eine so lebhafte Zuneigung fühlte, daß er in ihrer Wiedergabe selbst der Nachwelt zu viel tat und von seinem unmittelbaren Nachfolger, dem großen Meister Francke nicht begriffen wurde, wie er Farbe fühlt und mit Mitteln ausdrückt, die weder zu seiner Zeit versucht wurden noch bei seinen Nachfolgern, soviel ich heute sagen kann, zu beobachten sind, das läßt sich ohne Zwang als eine Gruppe von wesensgleichen Lebensäußerungen einer in sich selbst ruhenden Natur auffassen.

Dieser unmittelbare Eindruck überhebt uns allerdings nicht der Nötigung, nachzuprüfen, ob das alles nicht doch aus anderer Quelle stammen könnte.

Doch zeigt die Untersuchung des Tatbestandes, daß schon die Annahme, Meister Bertram habe das Wesentliche seines Besitzes entlehnt, sein Bild bis zur Unkenntlichkeit verwirrt.

Es gibt zwei Möglichkeiten. Entweder hat er bei einem einzelnen Lehrer oder Vorbild geborgt, oder er hat aus verschiedenen Meistern und Schulen zusammengetragen.

Hätte er sich an einen Meister gehalten, so müßte er sein Leben lang dessen Entwicklung getreulich verfolgt haben, denn der Buxtehuder Altar, der spätere, ist in jedem Zug eine Weiterbildung der menschlichen und künstlerischen Probleme des Grabowers. Wie wäre ein solcher Vorgang zu denken? In Hamburg, wo die gewaltigsten Aufgaben Bertram zufielen, war für diesen größern Meister kein Platz. Saß dieser in einer andern Stadt, wie hat man sich dann die fortlaufende Verbindung zwischen Bertram und ihm vorzustellen? Und wie kommt es, daß alle Spuren von ihm fehlen, wo auch andere ihn sicher benutzt hätten? Überdies kennen wir mit

Sicherheit kein Beispiel einer solchen Gefolgschaft, die durch ein Lebensalter andauert. Der Typus des in der Abhängigkeit verharrenden Schülerverhältnisses sieht anders aus. Nun kommt hinzu, daß dies Vorbild zur selben Zeit und in derselben Reihenfolge genau dieselben seltenen Stoffe wie Bertram hätte in Auftrag bekommen müssen, die Geschichte des alten Testaments, das Marienleben, die Apokalypse. Die Entlehnung aus einer Quelle ergibt sich somit zum mindesten als höchst unwahrscheinlich.

Wird angenommen, Bertram hätte sich bei verschiedenen Meistern Rat geholt, so erscheint das Problem noch verwickelter. Er müßte den verschiedensten Meistern genau dasselbe, seiner Natur gemäße ausgewählt und in der Bearbeitung zu etwas Einheitlichem verschmolzen haben.

Auch die Tatsache der Entwicklung steht bei Bertram einer Entlehnung aus verschiedenen Quellen entgegen. Nur eine sehr selbständige Natur schreitet in der Entwicklung vorwärts. Der Handwerker, der Akademiker bleiben stehen bei dem, was sie einmal oder zweimal gelernt haben, oder sie verkümmern. Beispiele aus älterer Zeit und aus unsern Tagen gibt es die Fülle.

Schließlich wäre es wahrscheinlich, daß er, als Entlehner angenommen, es sich bequem gemacht hätte, wenn er zwei oder mehrmal denselben Gegenstand zu behandeln gehabt hätte. Das liegt aber nicht vor. Selbst wenn er viermal oder fünfmal dieselbe Aufgabe zu lösen bekommt, schafft er jedesmal neu, auch wo er ein Motiv nur in Einzelheiten abwandelt.

Während eine Entlehnung nicht nachgewiesen und nicht wahrscheinlich zu machen ist, fällt auf der andern Seite auf, daß sich schon bei der noch nicht zureichenden Denkmälerdurchforschung der letzten Jahre in Göttingen, in Lübeck, in Doberan, in Wismar-Tempzin unverkennbare Spuren der Nachahmung seiner Werke gefunden haben. Bei der geringen Zahl der erhaltenen Werke fällt diese ins Gewicht für die Wahrscheinlichkeit, daß wir es bei Bertram mit einer ausgesprochenen Künstlerpersönlichkeit zu tun haben.

* * *

Wir besitzen nun noch ein anderes Mittel, Bertrams Eigengehalt zu erschließen.

Die zehn großen Bilder Franckes, die die Kunsthalle besitzt, sind an demselben Ort entstanden, der die Hauptwerke Bertrams besaß, und Francke war, das ist in der Monographie über ihn nachgewiesen, kein in reifer Meisterschaft Zugewanderter, sondern hat in Hamburg mindestens einige Jahrzehnte gewirkt. Auch muß er, wenn nicht in Hamburg geboren, doch jung sich hier angesiedelt haben. Denn ein weiter Entwicklungsabstand trennt den frühen Christus als Schmerzensmann von dem spätern, und dazwischen fällt der Thomasaltar von 1424.

Da nun Francke in der kleinen Stadt sicherlich die

Werke Bertrams gekannt hat, kann bei der Bestimmung von Bertrams Charakter das Verhältnis der beiden Meister befragt werden. Hat Francke übernommen, hat er Gedanken von Bertram weiter gebildet?

Am raschesten führt der Vergleich der Bildbestandteile zum Ziel, in denen sich die Entwicklung besonders augenscheinlich vollzieht, der Landschaft und der Tierdarstellung. Anderthalb Menschenalter — genau 45 Jahre — liegen zwischen Bertrams Grabower Altar von 1379 und Franckes Thomasaltar von 1424.

Auf dem Grabower Altar ist bei der Erschaffung der Pflanzen der ganz ergreifend groß gefühlte Wald dargestellt, der in mehr als einem Zusammenhange betrachtet werden muß. Es ist durchsichtiges Helldunkel unter den dick belaubten Kronen, in denen Luft und Licht spielen, und deren Darstellung unserem Empfinden gar nicht fremd geworden. In allem Wesentlichen hat das siebzehnte Jahrhundert den Wald nicht stärker ausgedrückt. Das Grün des Baumschlags hat eine Vornehmheit, die an Constable gemahnt.

Die künstlerische Arbeit von fünfundvierzig Jahren bis 1424, sollte man meinen, müßte die hier eingeschlagene Fährte weiter verfolgt und eine Vollendung erreicht haben, die mindestens der Landschaft des Genter Altars gleich käme.

Aber auf den Feldhölzern im Hintergrund der Geburt Christi bei Francke fehlt jede Erinnerung an Bertrams Eindringlichkeit. Die Stämme sind· ganz gleichartig und gleichmäßig, einer in Form und Farbe genau wie der andere, dunkel auf den gleichmäßig hellen Grund gemalt. Keine Spur Helldunkel oder Raumtiefe unter den Kronen; diese selbst bleiben ungegliedert, eine verfließende Masse, der Baumschlag ganz naturfern.

Wer Bertrams und Franckes Walddarstellung nach einem Ausschnitt dieser Bilder zu datieren hätte, würde ohne Zweifel die Zeitfolge umkehren.

Ebenso verhält es sich mit der Tierdarstellung. Gegen die Charakterisierung des Schwans, der Fische, des Hummers, der Säugetiere auf der Erschaffung der Tiere von 1379, gegen die Lebendigkeit und Mannigfaltigkeit der Tierdarstellungen auf dem Marienleben Bertrams erscheinen die Schafe auf der Geburt Christi bei Francke gänzlich schematisch. Es ist, als ob sie mit einer einzigen Schablone mit dem Kopf bald nach links, bald nach rechts aufgetragen wären.

In beiden Fällen zeigt der jüngere Künstler keinen Sinn für die fortgeschrittene Beobachtung und sachliche Vertiefung seines Vorgängers. Seine Neigungen führen ihn andere Wege.

Die Erscheinung ist auch an sich sehr wichtig, daß eine Leistung wie die Landschaften und Tiere Bertrams von 1379 noch 1424 von einem sehr großen Nachfolger nicht verstanden oder doch nicht beobachtet, jedenfalls nicht nach ihrer Bedeutung geschätzt werden. Wir haben dasselbe in einer ähnlichen Entwicklungszeit erlebt, dem 19. Jahrhundert, wo in Deutschland die Bedeutung der Neuerungen von Friedrich und Runge 1810 erst nach 1890 als solche wiedererkannt, von der Entwicklung der Zwischenzeit jedoch nicht oder kaum beachtet worden sind.

Daß Bertram 1379 Landschaften und Tiere malt wie die auf dem Grabower Altar, muß wohl als ein starker Beweis für seine künstlerische Selbständigkeit sein. Nur die unmittelbare Berührung mit der Natur, die selbständige Beobachtung, ergibt in ringenden Zeiten solche Kunst. Wer eine Tierform, eine Landschaft einem anderen entnimmt, sieht nicht so genau zu und versteht nicht alles. Was wird später bei Dürer und Burgkmair aus der Palme, aus dem Drachenblutbaum, die Schongauer wie für ein wissenschaftliches Lehrbuch nach der Natur studiert hatte, und die sie von ihm übernahmen? Und sollte Bertram, der noch kein unmittelbares Studium der Natur kannte, Landschaften und Tiere von andern genau kopiert haben? Denn daß es vor ihm einen Künstler gegeben hätte, nach dessen Werk der Wald auf dem Schöpfungsbilde bei Bertram nur eine flüchtige unzureichende Erinnerung sein könnte, widerstreitet unsern Erfahrungen. Der Altar des niederländischen Meisters Broederlam in Dijon hat 1394 zwar Architektur, Weg und Wasser in der Landschaft, aber seine Bäume sind nicht so gut wie bei Bertram und ein Wald wie der auf dem Grabower Altar findet sich bei Broederlam nicht vor.

Die Schlüsse, die sich daraus ergeben, liegen auf der Hand.

Nun kann aber nicht leicht ein Künstler in Nebendingen so frei und groß schalten, wie Bertram mit Tier und Landschaft, und dabei in allem andern unselbständig sein. Es ist ein Zeichen grosser persönlicher Freiheit, wenn ein Künstler des vierzehnten Jahrhunderts eine Landschaft malt wie die Verkündigung an die Hirten des Buxtehuder Altars.

Zu ähnlichen Ergebnissen führt ein Vergleich der Technik Bertrams und Franckes.

Bei Bertram kommen sehr auffallende Ausdrucksmittel vor. Der Grabower Altar läßt sie an zwei oder drei Stellen erst ahnen. Auf dem Buxtehuder Altar jedoch verwendet er ganz bewußt gewisse Mittel des Pointillismus, um einen Farbenton zu erzielen, der sich auf der Palette in der angestrebten Kraft nicht mischen läßt. Auf der Krönung der Maria bedeckt er das Feuerrot eines Futterstoffes mit kleinen gelben Punkten, die auf zwei Schritt Entfernung schon verschwimmen; auf dem Christusknaben im Tempel behandelt er das Mennigrot einer Jacke ebenso. Gelegentlich gibt er einem Gelb durch kaum sichtbare weiße Haken den Ton, den er will, oder er spinnt über ein Karmin das Netz einer zarten weißen Schraffierung.

Soweit ich beobachten konnte, finden sich diese Mittel bei keinem Zeitgenossen oder Vorgänger. Freilich habe ich sie erst erkannt, als ich im Sommer 1905 die gereinigten Gemälde in der Kunsthalle studieren konnte. Vielleicht — doch glaube ich es nicht — habe ich sie bei andern übersehen.

Meister Francke aber verwendet keins von all diesen Mitteln, obwohl er ihre Wirkung bei Bertram beobachten konnte. Nun kommt noch hinzu, daß Bertram im Ringen mit den grundlegenden Problemen des Raumes (der Perspektive) nicht nur in Anrechnung des Zeitabstandes, sondern absolut genommen weiter vorgerükt ist als Francke. Eine Perspektive wie die des Thrones auf der Krönung Maria, wo der Linie schon die Luftperspektive zu Hülfe kommt, ein Raumgebilde von solcher Geschlossenheit und Klarheit wie die Ecke des Paradieses auf der „Verwarnung" des Grabower Altars, eine so völlig von allen Fesseln der Flächenkunst losgelöste Gruppierung von Figuren im Raum wie die des Adam und der Eva auf demselben Bilde findet sich bei Francke nirgend.

Alles dies gibt uns ein Recht, bis auf weiteres Meister Bertram aus sich heraus zu erklären.

BERTRAMS ENTWICKLUNG

Der große Grabower Altar von 1379 und der Buxtehuder Altar Meister Bertrams liegen um mehr als ein Jahrzehnt auseinander. Der Buxtehuder Altar mag vielleicht gar in die Mitte der neunziger Jahre fallen.

An diesen beiden Werken kommt für eine Beobachtung der Entwicklung des Künstlers nur die Malerei in Betracht. Skulptur haben wir sicher datierbar nur von 1379. Die am Harvestehuder Altar und die in Doberan vermag ich heute noch nicht bestimmt einzuordnen, doch scheinen mir die Doberaner Arbeiten vor dem Grabower Altar von 1379 entstanden zu sein, weil, von anderen Anzeichen abgesehen, die Opferung Abrahams auf dem Laienaltar nicht wohl später als der, eine höhere Stufe der Entwicklung bezeichnenden Fassung dieses Vorwurfs 1379 erdacht sein kann. Die Malerei des Harvestehuder Altars erscheint mir als Werkstattarbeit, doch möchte ich sie zeitlich in die Nähe des Buxtehuder Altars rücken. Den Londoner Altar habe ich zuletzt 1901 gesehen, als der Grabower Altar noch unter der Übermalung steckte und seine beiden besterhaltenen Flügel unter Coignets Bildern noch nicht entdeckt waren. Auf die Beobachtungen hin, die ich damals machen konnte, möchte ich eine Datierung nicht vornehmen. Die große Freiheit im Aufbau der Magdalenenbilder scheint mir jedoch eher auf eine spätere Zeit zu weisen. Doch genügt die Gegenüberstellung der beiden großen Altäre aus Grabow und Buxtehude, um für das Gebiet der Malerei die für die Beurteilung seiner künstlerischen Eigenkraft mit ausschlaggebende Frage, ob bei Bertram eine Entwicklung nachweisbar ist, zu bejahen.

Am klarsten tritt der Abstand bei der Behandlung des Innenraums hervor. Der Grabower Altar kennt noch keine Figuren, die von den drei Wänden eines Raumes umhegt sind. Wo ein Innenraum angegeben wird, erscheint er hinter den Figuren. Auf dem Buxtehuder Altar ist die Maria der Verkündigung mit ihrem Betschemel eingeschlossen durch die Wände ihres Kämmerleins.

Auch bei dem andern Innenraum des Buxtehuder Altars, der Geburt der Maria, geht das Vermögen des Meisters weit über die Mittel hinaus, die auf dem Grabower Altar vorkommen.

Neben dieser Weiterführung der Raumdarstellung bietet der Buxtehuder Altar in seinen technischen Ausdrucksmitteln den Beweis, daß Bertram nicht stillgestanden oder zurückgegangen ist.

Alle die Mittel, die an den Pointillismus von heute erinnern, kommen auf dem Grabower Altar nur zwei- oder dreimal, also sehr selten und schüchtern vor, erst auf dem Buxtehuder Altar bilden sie die Regel. Hier erst finden sich überall die Rot, die durch kaum sichtbare Pünktchen von Gelb zum Leuchten gebracht werden; die Gelb, in denen weiße Tupfen ein zitterndes Leben erwecken; die Grau, die sich durch zarte bräunliche und weißliche Strichelung lockern; die Karmin, die durch eine leichte Schraffierung mit weißen Linien, die Zinnober, die mit gelben Stricheln aufgelichtet werden. Schon auf dem Grabower Altar weiß Bertram die Funktion der Grau im Farbenaufbau eines Bildes zu benutzen. Aber erst auf dem Buxtehuder bringt er graue Körper fast überall als Massen oder als Flecke an. Bald setzt er den grauen Altar in den Mittelpunkt, bald gibt er ein Tor, einen Thronsitz, oder eine Architektur als graue Masse an, ein andermal verwendet er das graugetönte Weiß eines Betttuches oder die zerstreuten grauen Flecke einer Schafherde.

Neben diesen mit Sicherheit zu bezeichnenden Merkmalen einer Ausbildung der künstlerischen Ideen und Mittel treten andere auf, die nicht ganz so deutlich in Worte zu fassen, aber doch zweifellos vorhanden sind. Dazu gehört vor allem ein breiterer und in höherem Grade naturalistischer Aufbau der Landschaft. Wenn auch auf dem Buxtehuder Altar keine Waldpartie von der Größe und Durchbildung vorkommt wie auf dem Grabower bei der Erschaffung der Pflanzen, so ist doch die altertümliche Bildung der Erdstürze des Grabower Altars überwunden. Das Gelände auf der Verkündigung an die Hirten des Buxtehuder Altars geht in der Natürlichkeit der Anlage und Farbe weit über die verwandten Motive des Grabower Altars hinaus.

Der Aufenthalt in Italien nach 1390, der zwischen der Entstehung der beiden Altäre liegt, hat keine Spuren hinterlassen, die ich mit voller Sicherheit bezeichnen könnte. Es ist nicht ausgeschlossen, daß Bertram die afrikanische Ziege mit der Rammsnase und den Hängeohren, die bei der Verkündigung an die Hirten auffällt, auch in seiner Heimat gesehen haben kann. Gestalten wie der Engel der Verkündigung an Joachim und die Frau hinter der Maria der Darstellung im Tempel fallen durch besondere Anmut auf und weisen vielleicht auf eine durch den Anblick italienischer Kunst bewirkte Steigerung des Gefühls für formale Schönheit. Doch kann ich eine unmittelbare Beziehung zu einem Werk der italienischen Kunst nicht nachweisen, und schließlich sprechen die Gestalt der Eva und die Skulpturen des Grabower Altars für das selbständige Vermögen des Meisters, Schönheit im Sinne der südlichen Welt auszudrücken.

Diese Tatsache einer Entwicklung des Meisters auf unserm Boden deutet auf einen frühen Anschluß an eine heimische Überlieferung. Für Künstler, die aus Zentren energischer Entfaltung in kunstlose Gegenden auswandern, gilt die Regel, daß sie das mitgebrachte künstlerische Kapital nicht allein nicht weiter entwickeln, sondern nach und nach aufzehren.

BERTRAM UND SEINE STOFFE

is auf die Jugendjahre Bertrams, also etwa auf die Jahre um 1350, reicht eine feste Überlieferung in der Gestaltung der biblischen Stoffe. Für jede der herkömmlichen Szenen aus dem Leben der Maria und der Passion Christi gibt es ein Schema, das in Einzelheiten abgewandelt, aber in seinen Hauptzügen nicht geändert wird. In dem Künstlergeschlecht, dem Bertram angehörte, entsteht mit einem Schlage das Bedürfnis dies Schema zu verlassen und die heiligen Vorgänge zu erzählen, als seien sie noch nie geschildert worden.

Zur selben Zeit kommt in der Behandlung der menschlichen Gestalt ein neuer Typus auf. Die Körper waren überschlank, fast gestreckt gewesen, jetzt wurden sie kurz und erschienen kürzer, weil die Köpfe im Verhältnis zu groß waren. An die Stelle der langen schmalen Gesichter, die zu den langen Körpern paßten, traten derbere; schematische, aber edle Bewegungslinien und Gebärden machten weniger vornehmen aber unmittelbar ausdrückenden Platz. Auch die langen graziösen Linien des Faltenwurfs wurden durch neue Formen derberer Art ersetzt, bei denen lange, hangende Formen öfter durch kräftige Querfalten gekreuzt werden. Auf den ersten Blick schmeichelt die ältere Formengebung einem akademischen Geschmack. Aber eine unbefangene Prüfung muß in dem schwerfälligen Neuen, das auf so viele Zartheit und Feinheit der Linien verzichtet, die ersten Ansätze zu einer neuen Entwicklung anerkennen. Sind die Körper und die Gesten schwerer als vorher, so spricht aus jeder Bewegung eine neue Erfassung des inneren Lebens; verlieren die Züge ihren äußern Adel, so gewinnen sie an individuellem Ausdruck und wechselndem Leben. In der Gesichtsfarbe wird das herkömmliche Braun aufgegeben und der Ton des Fleisches angestrebt, die Augen, die als schwarze Punkte in den Augenwinkeln saßen, werden braun oder blau und erlangen freie Bewegung zwischen den Lidern, so daß ihr Ausdruck jedesmal der Gebärde entspricht.

Und wie mit einem Ruck wird sich der Künstler der umgebenden Welt bewußt. Der Mensch ist ihm nicht mehr alles, er sieht den Raum mit, das Zimmer in dem er wohnt, mit Wand, Decke und Hausrat, sieht die Landschaft, durch die er schreitet, mit Bäumen und Kräutern und von allerlei Getier belebt.

Für alles dies muß der Künstler neue Darstellungsmittel suchen. Er beobachtet scharf den Ausdruck der Gemütsbewegung, er prüft die Farbe der Gewänder, der Architektur und der neuen Welt der Landschaft. Er tastet sich, zunächst unbeholfen und hilflos, in die Gesetze der Perspektive hinein und entdeckt die Zauber des Helldunkels. Alles das ist das Werk einer Generation, und Bertram steht, seit wir seine Werke wiedergewonnen, für Deutschland als ihr typischer Vertreter da.

Was dieser weite Schritt in die Richtung des Naturalismus bedeutet, lehrt in unserer Sammlung der Vergleich einiger Szenen auf dem westfälischen Altar von etwa 1350 mit den entsprechenden Darstellungen bei Bertram. Es ist schwer zu sagen, wie weit diese beiden Meister zeitlich auseinanderliegen, da wir bisher noch keine sichere Daten über die westfälische Malerei des vierzehnten Jahrhunderts besitzen. Vielleicht lebten sie fast gleichzeitig. Wir müssen uns begnügen, in dem westfälischen Altar der Kunsthalle die Stufe des Meisters zu erkennen, bei dem Bertram in die Lehre gegangen ist.

Nach alter Überlieferung stehen die Jungfrau und der Engel der Verkündigung aufrecht nebeneinander. Eine Andeutung des Raumes fehlt, wenn man nicht die Vase mit der Lilie zwischen den Figuren als Hinweis auf das Zimmer nehmen will. Maria hält das Gebetbuch in der Linken, neigt den Kopf und erhebt abwehrend die Rechte.

Auf den fünf Darstellungen der Verkündigung bei Bertram kniet der Engel stets, Maria viermal, und zwar im Gebet vor ihrem Betpult vom Engel überrascht. Einmal thront sie mit dem Buch in der Linken. Auf dem Buxtehuder Altar ist aus der Andeutung des Innenraums durch eine Vase, mit der sich Bertrams Vorgänger begnügten, das Zimmer selbst geworden, das mit seinen drei Wänden die Bewohnerin umschließt, von dessen zierlicher Decke die ewige Lampe herabhängt, und durch dessen Fenster das Licht nach den Gesetzen einströmt, die der Künstler in der Wirklichkeit beobachtet hatte.

Die Geburt Christi wird auf dem westfälischen Altar erst ganz leise mit neuer Empfindung belebt. Die Anordnung bleibt noch die feierliche des dreizehnten Jahrhunderts. Maria ruht auf dem Lager, das Kind liegt in der Krippe, die in symbolischer Absicht auf einen Altar gestellt ist. Joseph sitzt und schläft. Nach strengem Kanon müßte Maria vom Kind abgewendet liegen, als Göttin in Nachdenken über den Erlösungsplan versunken. Der alte westfälische Meister hat in seiner Seele etwas wie eine Witterung des Kommenden gespürt. Maria wendet sich dem Kinde zu, es zuckt ihr schon in den Armen, das Kind neigt sich zu ihr aus der Krippe. Aber sie wagen es noch nicht, sich zu berühren und zu herzen. Das gestattet ihnen erst die folgende Generation, der Bertram angehört. Bei ihm hat Joseph das Kind an sich genommen und reicht es der Mutter, wobei Mutter und Kind einander die Hände entgegenstrecken. Oder Maria hält es glückselig in den Armen und legt es in die Krippe, die nun nicht mehr Altar ist. Die dann folgende Generation, der Bertrams Nachfolger Francke angehört, hat noch wieder einen neuen Typus ausgebildet, Maria liegt nicht mehr nach alter Weise auf dem Lager, sie herzt oder pflegt das Kind nicht mehr, sie kniet vor ihm und betet es an.

Die Ursachen dieser großen Stilwandlung, die alle Form, alle Farbe, alle Raumanschauung und die Gestaltung aller überlieferten Stoffe umfaßt, lassen sich nur zum Teil bezeichnen.

Wir verstehen sie vielleicht am besten, wenn wir uns daran erinnern, daß wir von den letzten Jahrzehnten des achtzehnten Jahrhunderts an bei den Völkern des Kontinents ein ähnliches Phänomen beobachten können: die Neuentdeckung des Menschen und der Natur, die in dem Aufstreben eines neuen Standes, des Bürgertums, ihre Wurzel hat. Eine aristokratische Kunst der großen Gebärde und der einseitigen Teilnahme für den Menschen, die das Volksleben, die Landschaft, das Tierleben (von aristokratischen Vorgängen des Sports und der Jagd abgesehen) ausschließt, wird durch eine äußerlich weniger vornehme aber innerlich unendlich reichere ersetzt.

Wir haben auch in der Wandlung der Kunst des vierzehnten Jahrhunderts bei uns in Deutschland den Einfluß des eben zum Bewußtsein seiner Selbständigkeit und Macht erwachsenen Bürgertums zu sehen, das dann während des fünfzehnten und sechzehnten Jahrhunderts der Träger der deutschen Kunst werden sollte.

Dieser neue Stand hätte keine Veranlassung gehabt an die Stelle einer erstarrten religiösen Kunstform eine neue lebendige zu setzen, wenn nicht seine Religiosität, aus frischen Quellen genährt, neue Ausdrucksmittel gesucht hätte.

Henry Thode hat in seinem Werk über den h. Franz von Assisi und die Anfänge der Kunst der Renaissance in Italien nachgewiesen, wie diese starke

Seele die Empfindung und Anschauung seines Volkes erneuert hat. In einem dichterischen Werk seines engsten Kreises, den Meditationen über das Leben der Jungfrau Maria und die Passion Christi, die dem h. Bonaventura zugeschrieben werden, hat er die Quelle der neuen Formen nachgewiesen, in denen sich die italienischen Künstler von diesem Zeitpunkt ab die heiligen Geschichten vorgestellt haben.

Emile Mâle hat sodann in der Gazette des beaux Arts 1904 dasselbe Werk als eine der Hauptquellen der nordischen Mysterienspiele nachgewiesen, in deren dramatischem Getriebe wir seit langer Zeit das Stück realistischen Lebens sehen, das die Phantasie der Künstler mit unmittelbarer Anschauung nährte. Im vierzehnten Jahrhundert an Verbreitung gewinnend, haben sie jedoch erst im fünfzehnten überall gleichmäßig und gleichzeitig gewirkt, nördlich der Alpen wahrscheinlich von Paris ausstrahlend. Aus den Meditationen des h. Bonaventura stammt, durch das Mysterienspiel vermittelt, die Madonna, die bei unserm Hamburger Francke vor dem neugeborenen Christkinde kniet.

Wie weit dem Wirken Bertrams schon die Anschauung der Mysterien zugrunde liegt, ist nicht zu entscheiden. Hier und da möchte man geneigt sein, an den lebendigen Vorgang eines geistlichen Spiels zu denken, so bei dem erstaunlichen Reichtum der Handlung des bethlehemitischen Kindermords. Nachrichten über Mysterienspiele in Hamburg besitzen wir jedoch erst aus dem fünfzehnten Jahrhundert, womit freilich nicht gesagt ist, daß das 14. Jahrhundert sie nicht gekannt hat. Für das Verständnis Bertrams gibt uns Bonaventura noch keinen Schlüssel.

Auch läßt sich nur ganz allgemein als Hintergrund für Bertrams besondere Art die Wirksamkeit der deutschen Mystiker des dreizehnten und vierzehnten Jahrhunderts andeuten. Unmittelbare Bezüge habe ich noch nicht gefunden. Das Wesen der mystischen Geistesstimmung, das auf Jahrhunderte die Kunst befruchten sollte, war die Versenkung in die heiligen Begebenheiten mit der Absicht, sie als Vision leibhaft vor sich zu sehen. Seit dem 13. Jahrhundert war in Deutschland eine Art Andachtsübung in Form visionärer Zustände aufgekommen, in denen die Hingerissenen das Leben der Jungfrau und das Leiden Christi in ihrem ganzen Verlauf, dazu alle Seligkeit des Himmels und alle Qualen der Hölle wie Wirklichkeit vor sich sahen. Seit der Mitte des vierzehnten Jahrhunderts dringt diese Fähigkeit, gedachte Dinge wie wirklich vor sich zu sehen, in die Seele der nordischen Künstler. In diesem Sinne gehört auch Bertram mit all seinem Lebensgefühl und Realismus zu dem Stamm der Mystiker. Wie viel Traumhaftes in der Sicherheit seiner Vorstellung wirkt, lernt man erst nach und nach fühlen. Am stärksten äußert sich das traumhaft visionäre Wesen der Mystiker vielleicht im Besuch der Engel des Marienlebens. Verwandt mit der Form der Predigten der Mystiker ist schließlich auch der starke dramatische Einschlag bei Bertram.

* * *

Was uns an Tafelbildern der Zeit der ersten Morgendämmerung der modernen Kunst verloren gegangen ist, läßt sich nicht ermessen. Es fehlt fast alles, was die Niederländer vor 1400 geschaffen haben, die auf unsere Zeit gelangten französischen Gemälde des 14. Jahrhunderts sind an den Fingern einer Hand zu zählen, aus Westfalen ließe sich aus demselben Zeitraum kaum dieselbe Zahl zusammenbringen, aus Köln blieb etwas mehr übrig; wenn man den Clarenaltar mitrechnet, erheblich mehr. Je weiter nach Osten, desto reichlicher wird die Menge. Auf eigentlich deutschem Boden steht jetzt Hamburg voran, einiges weist Thüringen auf, ein paar Bruchstücke der Nürnberger Bereich (Heilsbronn). Dichter stehen die Monumente im Umkreis der Prager Kunst.

In den Ländern des Westens, den Niederlanden und Frankreich, in Süddeutschland haben teils die weitere Entwicklung der Kunst, die in Norddeutschland ausblieb, teils die bis zur französischen Revolution wiederkehrenden Erschütterungen der Bilderstürme und des Vandalismus gründlich aufgeräumt.

Auch von Meister Bertrams Werk ist nur ein Teil auf uns gekommen, so reich die Überreste im Vergleich zu dem sonst erhaltenen erscheinen mögen. Es fehlt unter den mit Sicherheit ihm gehörenden Bildern der ganze Kreis der Passion, wenn es von ihm schon eine Passion gegeben hat. Was wir von ihm besitzen beschränkt sich auf das alte Testament, das Marienleben, die Apokalypse und einige Heiligenlegenden, merkwürdiger Weise lauter Seltenheiten auf dem Gebiet der Tafelmalerei.

Das alte Testament kommt unter den erhaltenen Altarwerken seiner Zeit überhaupt kaum vor, das Marienleben, wenn der Kölner Clarenaltar mitgerechnet wird, nur einmal neben ihm, die Apokalypse und die Legenden stehen wieder allein.

Es ist also nur beim Marienleben, das als abgeschlossener Zyklus auch wieder einzeln bleibt, ein Vergleich der typischen Szenen mit einem gleichzeitigen Werk möglich, dem Clarenaltar, der dann freilich noch die Passion enthält.

Aber wenn bei Bertram die vergleichende Heranziehung anderer Tafelbilder wegfällt, führt die Zusammenstellung der Szenen, die er selber behandelt, zu einem Ergebnis, das ihn bis weit ins fünfzehnte Jahrhundert zu einer ganz einzigen Erscheinung macht: derselbe Stoff wird in seinem Werk wiederholt behandelt, zwei seiner Altäre, der Buxtehuder und der Harvestehuder, sind Marienaltäre, und auch auf dem Grabower und dem Londoner kommen Szenen aus dem Leben der Jungfrau vor.

Wie Bertram sich zur gegebenen Aufgabe stellt, geht

aus der Veränderung der Motive hervor, die bei wiederholter Darstellung desselben Vorwurfs auftreten.

Die Verkündigung bildet er nicht weniger als fünfmal. Dreimal sind die Typen wesentlich verschieden, und dreimal wandelt er dasselbe Motiv um.

Auf dem Grabower Altar kommt die altertümlichste Anordnung vor. Der Engel kniet und auch Maria steht schon nicht mehr, aber sie kniet nicht sondern thront, ganz von vorn gesehen, während der Engel in Seitenansicht neben ihr kniet. Maria hält das Gebetbuch mit der Linken — ein altertümliches Motiv; schon bei den übrigen Verkündigungen Bertrams überrascht der Engel die Jungfrau beim Lesen — die Rechte hebt sie erstaunt und erschrocken ausgestreckt bis zur Kopfhöhe und sieht erschüttert vor sich in die Höhe. Ein reizvolles Motiv, wie die erhobene Hand den Mantel zerrend in straffe Falten zieht. Im Blick des Auges und der Bewegung der Hand klingen Staunen, Schreck und Abwehr zusammen.

Der zweite Typus erscheint wenig aber doch sichtbar abgewandelt dreimal. Zuerst ebenfalls auf dem Grabower Altar 1379. Maria wendet sich, den Blick in die Ferne gerichtet, lauschend zum Engel, die Linke preßt sie auf die Brust, die Rechte spielt verloren mit den Blättern des Gebetbuchs. Auf der Außenseite des Harvestehuder Altars ist die Stellung nahe verwandt. Nur daß die Hände sich umgekehrt bewegen. Die Rechte liegt auf der Brust, die Linke preßt sich mit dem Rücken gegen das Blatt des Gebetbuchs. Die Szene auf dem Londoner steht der Anordnung bei Francke und dem Lübecker Meister des Neukirchner Altars am nächsten. Maria wendet sich, die Augen niederschlagend, zu dem knieenden Engel. Die Linke liegt auf dem Buch, die Rechte ist mit der Handfläche nach außen abwehrend erhoben.

Das letzte und höchste in der Ausarbeitung des Themas bietet auch hier der Buxtehuder Altar, der das Kämmerlein der Jungfrau schildert. Sie kniet und hört den Engel mit gesenktem Blicke an. Ihre Hände liegen noch im Gebet zusammen, der Engel ist ihr genaht, während sie betete.

Die Geburt Christi kommt dreimal vor.

Das Schnitzwerk auf dem Harvestehuder Altar vertritt den ältern Typus. Maria liegt noch auf dem Lager, richtet sich auf und streckt beide Hände nach dem Kinde aus. Das Christkind lag in der noch fast als Altar gebildeten Krippe und war schon der Mutter zugewandt. Das war annähernd schon von den Meistern der Generation vor Bertram erreicht (westfälischer Altar von 1350 in der Kunsthalle zu Hamburg). Das neue steckt diesmal im Joseph. Er sitzt nicht mehr und schläft, sondern er hat Brei gekocht und kommt mit dem eisernen dreifüßigen Tiegel in der einen und dem Napf in der andern Hand gebückt heran. Ochs und Esel sind noch als Köpfe über der Krippe sichtbar, ebenfalls ein altertümlicher Zug.

Auf dem Grabower Altar hat sich die Szene ganz geändert. Ochs und Esel liegen zu Füßen der Jungfrau neben der Krippe. Joseph, ein müder Greis, hält der Jungfrau das Kind entgegen, das ihr mit gespreizten Fingern zustrebt. Maria, noch auf dem Lager, breitet die Hände aus, das Kind zu empfangen.

Der Buxtehuder Altar gibt alles reicher. Maria hält das Kind in den Armen und schickt sich an, es in die Krippe zu legen, an die das Öchslein gebunden ist. Joseph ruht aus und stärkt sich durch einen Zug aus der Pilgerflasche. Engel schwingen Weihrauchgefäße, wie ein schmeichelnder Hund macht sich der Esel heran, eine Katze streckt sich neugierig im Gebälk des Stalles, ein Schwein macht sich gleichgültig neben der Krippe zu schaffen. Dieser Stich ins Tiermärchen gehört ganz Bertram.

Bei der Anbetung der Könige, die auf dem Grabower und dem Buxtehuder Altar vorkommt, ist das Bewegungsmotiv des Kindes jedesmal von großer Ursprünglichkeit und Schönheit, und jedesmal grundverschieden. Auf dem älteren Altar steht es mit dem linken Fuß auf dem Knie der Mutter, und als der kniende Greis seinen Arm umfaßt, um die Hand zum Munde zu führen, greift es mit der Rechten nach der Mutter und hebt zuckend das freie Bein. So auffallend dies Motiv ist, das auf dem Buxtehuder Altar gibt noch mehr zu denken. Das Kind sitzt quer auf dem Schoß der Mutter und stemmt sich mit den rechten Fuß gegen.

Die Mutter stützt das Kind mit der Rechten unter der Schulter und spielt mit seinem linken Fuß. Aus dieser Querlage des Körpers dreht das Kind Kopf und Schultern dem Greise zu und langt nach seinen Gaben.

Auf den beiden Schilderungen des bethlehemitischen Kindermordes hat Bertram dasselbe Schema verwendet. Drei Figuren gliedern die Komposition, links thront Herodes, in der Mitte steht hochaufgerichtet einer der Krieger, von rechts fällt ihn die Mutter des Kindes an, das er ermordet. Dazwischen allerlei Nebenfiguren. Die Einzelmotive und die Menschentypen sind dann wieder sehr verschieden. Auf dem Grabower Altar holt der mordende Krieger zum Schlage aus und hält das Kind bei den Händen, auf dem Buxtehuder hat er es eben durchbohrt und der Künstler legt den Nachdruck auf die Schilderung des Kindes. Die Mutter, die den Soldaten anfällt, tritt auf dem Buxtehuder Altar mit weit stärkerer Energie auf und wird hier mit flatterndem Haar feiner charakterisiert. Nur auf dem Grabower Altar kommt jedoch die Frau vor, die sich flehend dem König zu Füßen wirft. Etwas anders gewendet ist auf dem Buxtehuder Altar das Motiv des Gewappneten, der mit Herodes spricht. Während man aus der Darstellung des Grabower Altars nicht wissen kann, wonach er so eindringlich fragt — man braucht es schließlich nicht, er ist im Eifer und verlangt Befehle — weist er auf dem Buxtehuder mit der einen Hand auf den mordenden Krieger, mit der andern auf die Frau, die ihn anfällt, als wollte er fragen, ob er dem Kameraden nicht zu Hilfe kommen dürfe.

Eine eigentliche Wiederholung kommt mithin in keinem einzelnen Falle vor. Wenn auch das Schema, wie beim Tod der Maria, dasselbe bleibt, im Einzelmotiv bewegt sich der Künstler völlig frei.

Für die Beurteilung alles dessen, was stoffliche und dramatische Erfindung heißt im Werke Meister Bertrams, ist dies Ergebnis grundlegend wichtig. Wir dürfen dieselbe Freiheit auch in den Szenen, die nur einmal vorkommen, voraussetzen und bis auf weiteres annehmen, daß die Gedanken, die sich nachweisen lassen, dem Künstler selbst gehören.

DAS BILD

Bei Meister Bertram gibt es keine einheitliche Formel für die Anlage des Bildes, denn in ihm vollzieht sich ein Stück Entwicklung auf ein neues Ziel. Er ist der Vollender einer überkommenen Form und dann wieder ihr erster Zerstörer.

Wenn wir andere künstlerische Persönlichkeiten seiner Zeit und Entwicklungsstufe so gut kennten, wie ihn, so würden wir feststellen können, was wir aus der Entwicklung der Kunst des neunzehnten Jahrhunderts zu ahnen beginnen: daß sich gleichzeitig und in verwandter Form die Entwicklung unabhängig in verschiedenen Einzelwesen vollzieht.

Bertram kennt noch die Gesetze des Goldgrundes und handhabt sie, wo er es für gut hält, meisterhaft. Aber er weiß schon in allem Wesentlichen auf ihn zu verzichten, wo er neue Anschauung ausdrücken will. Er läßt seine Figuren in voller Freiheit auf dem schmalen Bodenstreif zwischen Rahmen und Goldgrund sich bewegen, aber er drängt auch hie und da die goldene Fläche, die keinen platten Abschluß bedeutet, sondern das Wesen von Luft und Raum hat, weit zurück und läßt seine Menschen eine erhebliche Strecke in den Raum hineinwandeln.

Die Beobachtung der Kunstmittel, durch die er Bilder schafft, zeigt ihn als einen Künstler, der auf keinerlei Rezepte eingeschworen ist. Sein Verhältnis zum Goldgrund lehrt der Gegensatz der Krönung Mariä und der Geburt der Jungfrau Maria erkennen, beide vom Buxtehuder Altar, also derselben Entstehungszeit angehörig.

Auf der Krönung Mariä umfließt der goldene Grund alle ragenden Formen bis zur schmalen Bodenleiste herab. Die beiden Thronenden, der Thron und sein Baldachin erheben sich in leuchtenden Farben gegen den goldenen Raum. Soweit das Bild sichtbar bleibt, stehen alle Hauptsachen klar und bestimmt da. Aber sie kleben nicht auf dem Grund. Das leichte Rankenmuster nimmt ihm die Starrheit und Plattheit, die dem restaurierten Goldgrund eigen zu sein pflegt, und mit leisen Mitteln werden die Gestalten vom Hintergrund gelöst. Der geigende Engel rechts und der harfespielende links, die vom Thron überschnitten werden, kommen soweit los, daß der Goldgrund ein wenig durchscheint und eine Verschmelzung ihrer Silhouetten mit der des Thrones verhindert. Dieselbe Vorsicht wird bei den Engeln um den Baldachin angewendet.

Diese einfache, klare Gliederung der belebten farbigen Massen und ihre geschmackvolle Verteilung über dem goldenen Grund geben dieser Tafel eine seltene Ruhe und Größe der dekorativen Wirkung. Bertram wendet hier die überlieferten Prinzipien mit sicherstem Takt an. Daß er die einzelnen Menschengestalten mit einem ganz neuen Leben erfüllt, sieht erst, wer nahe herantritt. Das neue Gefühl für die Wirklichkeit der Dinge spricht überraschend und auf die weiteste Ferne aus der räumlichen Behandlung des Vordergrundes.

Der Besitz dieser Tafel hat großen Wert für uns, denn sie ist das einzige ganz reife und überzeugende Werk mittelalterlicher dekorativer Kunst, das uns in Hamburg aus unserer eigenen Vorzeit erhalten blieb.

Einer andern Welt gehört die Behandlung des Goldgrundes auf der Geburt der Maria an. Er ist im Grunde schon aufgegeben. Von den sechs Figuren silhouettiert nur eine auf eine kurze Strecke gegen den Goldgrund. Oben läuft er nicht viel mehr als fingerbreit über das Dach, links steigt er in einem schmalen Streifen herab, etwa bis zur Hälfte des Bildes. Er wird schon fast wie Luft behandelt: aus einem Schornstein schwebt der Rauch vor ihm empor. Er könnte zugestrichen werden, ohne daß das Bild etwas verlöre.

Die Schilderung der Umwelt hat ihn von unten aufsteigend hinausgedrängt. Wand und Decke des Zimmers, in dem die Frauen um Mutter Anna und die Neugeborene beschäftigt sind, das Dach darüber sind nicht mehr Silhouetten. Das Raumbild ist da. Ähnlich ist es auf andern Bildern gegangen.

Schon auf dem Grabower Altar finden sich zwei Kompositionen, die sich ganz anders zu dem Goldgrund verhalten als die Krönung Mariä. Es ist die „Verwarnung" und der Segen Jakobs. In der Verwarnung silhouettieren nur Gott Vater und die vordere Hälfte von Adams Oberkörper gegen den Goldgrund, Eva schon nicht mehr. Beim Segen Jakobs aber tritt der Goldgrund so weit zurück, daß er nicht mehr gefühlt wird. Er berührt durch ein Fenster gelegentlich ein Stückchen Körper oder Haar. Die Körper und Köpfe der drei Figuren stehen gegen ein Helldunkel, das sie zusammenfügt zu einer geschlossenen Gruppe.

Von der dekorativen Geschlossenheit und Sicherheit der Krönung der Maria kommt kein Bild mehr vor, selbst das Seitenstück, der Tod der Maria, in mancher Beziehung noch bedeutender, kann sich im Sinn der Erfüllung des dekorativen Gesetzes nicht mit ihm messen.

Es liegt nahe, Meister Franckes Mittel und Kunst zu vergleichen. Ein Bild auf Goldgrund von demselben Gehorsam gegen die Gesetze des Stils erfüllt, finden wir bei ihm nicht mehr. Nur einmal silhouettiert noch eine Figur gegen den Goldgrund, der Christus der Auferstehung. Aber hier forderte es der Stoff. Auf andern Bildern liegt der Goldgrund platt auf den Köpfen der dichten Gruppen, auf einem, der Geißelung, hat ihn die Architektur schon fast ganz überwuchert, er tritt ganz oben nur noch als ein schmaler Streifen auf, der für die dekorative Wirkung des Bildes nichts mehr bedeutet. Francke fühlt auch nicht mehr so sicher das dekorative Verhältnis des Fleisches zum Goldgrund. Während es sich bei Bertram als feste energische Dunkelheit abhebt, wird es bei Francke schon fast flau und weichlich.

Beim Christus als Schmerzensmann beginnt dagegen der blaue Himmel eben so sachte an derselben Stelle und in derselben Form einzuziehen, in der der Goldgrund zum Bilde hinausgedrängt ist.

Wir können bei Bertram und Francke somit beobachten, durch welche Mittel und auf welche Art der Goldgrund selbständig aufgegeben wird.

* * *

Für die andere Neuerung des Meisters, die Vertiefung der Fläche, auf der sich die Gestalten bewegen, bieten zwei benachbarte Bilder des Grabower Altars ein drastisches Beispiel.

Beim Sündenfall stehen Adam, der Baum mit der Schlange und Eva noch fast in derselben Linie und silhouettieren gegen den Goldgrund. Räumlich wirkt der Künstler nur erst leise. Die beiden Gestalten bewegen sich im Gegensinne. Adam steht fast im Profil und sieht ins Bild hinein, Eva, ihm gegenüber, steht halbwegs von vorn gesehen und blickt zum Bild heraus. Gegen den Baum der Erkenntnis steigt der Boden sachte an.

Aber auf der „Verwarnung" nebenan ist das Raumbild stereometrisch bereits völlig verschieden. Aus der Anordnung in der Reihe ist die im Raum geworden. Auf einer Flächenkarte des Terrains würden die Fußpunkte der Menschen nicht mehr in gerader Linie liegen, dem Rahmen parallel, sondern in der Figur eines Sternbildes. Die Bodenfläche schiebt sich als wirklich gefühlte Ebene — mit perspektivischer Aufsicht — bis an die Mauer, die Figuren stehen frei in diesem Raum und überschneiden nur teilweise noch den Goldgrund. Adam steht vorn, Eva weiter im Bilde rechts, Gott Vater beugt sich links von hinten über die Mauer, vor ihm steht der Baum- wieder in einer anderen Schnittlinie. Doch tritt dies, obwohl es den wesentlichen Fortschritt von dem Flächenbild zum Tiefenbild enthält, noch zurück gegen die Genialität, mit der Meister Bertram den von der Fessel des Vordergrundes erlösten Gestalten die volle Bewegungsfreiheit gibt.

Der Vergleich dieser beiden Bilder lehrt die Raumprobleme kennen, mit denen Bertram rang. Wie beim Innenraum vollzieht sich die Entwicklung im Unbewußten oder im Dämmerungszustand und mit beständigen Rückfällen. Benachbarte Bilder wie die Erschaffung der Eva und die Verwarnung könnten durch ein Menschenalter getrennt sein. Die gewonnene Einsicht auf die andern Bildkompositionen des Grabower und des Buxtehuder Altars angewandt, macht es leicht, in jedem einzelnen Falle den Punkt zu bezeichnen, den Bertram in der Lösung des Raumproblems erreicht hat. Daß auf dem Buxtehuder Altar der Bildgedanke in bezug auf Anschauung und Vertiefung des Raumes einen erheblichen Fortschritt aufweist, lehrt fast jedes einzelne Bild. Doch kommen auch hier neben fortgeschrittenen Raumbildern wie der Landschaft mit den Hirten noch ganz reine Flächenbilder vor wie die Anbetung der Könige.

Die „Verwarnung" gehört als Erzeugnis eines Raumgefühls von unerhörter Bildungskraft zu den wichtigsten Denkmälern der ältern deutschen Kunst.

DIE GEBÄRDE

Solange wir nicht imstande sind, Entlehnungen nachzuweisen, gehört Meister Bertram in der Kennzeichnung seelischer Vorgänge zu den größten Erfindern. In Deutschland kennen wir unter seinen Vorgängern und Zeitgenossen nicht einen von ähnlicher Fähigkeit, alles endgültig und mit den sichersten und knappsten Mitteln auszudrücken. Diese straffe Zusammenziehung des Wesentlichen bei Vermeidung aller Nebensachen gibt seinen Bildgedanken oft etwas epigrammatisches, und gelegentlich unterscheiden sie sich in nichts als dem Gegenstande von der Schlagkraft der künstlerischen Karikatur unseres Zeitalters.

Es überrascht, zu beobachten, wie sich Bertram je nach der Natur seiner Aufgabe beschränkt oder ausgibt. Auf dem Grabower Altar hatte er schmale hohe Flächen vor sich, die nur für zwei oder drei Figuren Platz boten: hier greift er kurz und bündig die Hauptsache heraus und erschöpft sie in wenigen alles ausdrückenden Zügen. Der Buxtehuder Altar bot ihm kleinere Flächen breiterer Form, und hier malt er aus und fügt Nebenfiguren ein, in denen der Vorgang sich spiegelt, oder die die Handlung weiter führen. Will er ausführlicher schildern, so begnügt er sich, zwei Figuren ganz zu geben und von den übrigen nur die Oberkörper in die Komposition hineinragen, oder sie am Boden kauern zu lassen. So bringt er es fertig, beim bethlehemitischen Kindermord auf der schmalen Fläche fünf Nebenfiguren unterzubringen. Überhaupt fällt es bei ihm auf, wie kühn er Figuren vom Rahmen überschneiden läßt, so die Eva bei der Entdeckung des Sündenfalls und die Engel, die das Christkind besuchen.

Ein Bild vom Grabower und eins vom Buxtehuder Altar mögen Bertrams Art erläutern: der Baum der Erkenntnis und der Christusknabe im Tempel. Es könnten freilich zwei beliebige andere gewählt werden.

Wie sich Adam und Eva benehmen, als ihnen Gott Vater den Baum der Erkenntnis zeigt, dürfte kaum jemals erschöpfender versinnlicht worden sein. Bertram gibt nicht nur zwei nackte Menschen in einer räumlich höchst originellen Anordnung — der Körper Adams, von hinten gesehen, überschneidet den der weiter rückwärts im Dreiviertelprofil Gott Vater zugewandten Eva—, er schöpft das Motiv der Gebärde aus dem Gefühl des Gegensatzes zwischen dem männlichen und weiblichen Wesen. Die Ureltern haben die Warnung gehört, Adam zeigt mit der hoch gehobenen Linken auf den Baum und sieht Gott Vater fragend an. Seine Rechte skizziert in Brusthöhe eifrig dieselbe zeigende Bewegung. Es ist klar, er denkt nicht an eine Übertretung. Er will sich vergewissern, damit er nicht im Irrtum sündige. Eva dagegen, die als Weib viel rascher aufgefaßt hat, erhebt sofort Einsprache gegen den Gedanken, daß sie des Ungehorsams fähig sein könnte. Die erhobene Linke kehrt sie in energischer Abwehr mit der Handfläche nach außen, und kneift, Gott Vater anblickend, ein wenig die Augen, als ob sie den verbotenen Baum fernerhin nicht ansehen wolle. Dazu stimmt auch das leicht angedeutete Zurücklegen des Kopfes und Oberkörpers, eine leise aber deutliche Gebärde der Verneinung. Die Rechte legt sie gespreizt auf den Leib, als fühle sie einen Schmerz beim bloßen Gedanken, daß sie von der Frucht gegessen haben könnte. Adam steht breitbeinig wie ein Mann, Eva als Frau mit geschlossenen Füßen. Auch die gebogene Achse ihres Körpers drückt das weibliche Wesen aus. Man könnte fragen, ob das alles vom Künstler so gemeint sei. Da gleichartige Züge auf allen Bildern wiederkehren, bleibt keine Wahl.

Ebenso sicher, aber mit einem unendlich reichern Aufgebot von Mitteln erschöpft Bertram das Erlebnis des Christusknaben unter den Schriftgelehrten. Christus hockt auf dem Lehrstuhl, das Buch auf den Knieen, und wendet sich, die Linke darbietend ausgestreckt, gegen die Vertreter des alten Bundes. Es ist die Gebärde der persönlichen Überzeugung, die die Gründe auf der „flachen Hand" bietet. Seine Linke rollt in unbewußter Gleichgültigkeit ein Blatt des Buches auf. Nicht energischer als durch die Gebärde dieser beiden Hände kann das Loskommen vom Buch ausgedrückt werden. Viel später noch geben die Künstler dem Christusknaben das Buch in beide Hände.

Daß Bertram nicht durch Zufall so richtig gegriffen hat, beweist die Haltung der Schriftgelehrten.

Einer ist aufgesprungen und schwingt, cholerische Erregung in den Zügen, das Buch über seinem Haupt. Man könnte meinen, er wolle es wie ein Panier hochhalten und verteidigen, wenn nicht die Linke auf den Boden zeigte: er will es an die Erde schleudern. Wenn Christus spricht, sind Moses und die Propheten überflüssig. Unten sitzt ein Alter in langem weißen Bart und Haar. Er stützt den Kopf nachdenklich in die Rechte, der Zeigefinger der Linken hält eine Textstelle fest. Dabei wendet er das Haupt in der Hand schon nach Christus um. Neben ihm hockt ein Junger, das Buch auf den Knieen, mit der Linken krault er sich, zu Christus hinaufblickend, nachdenklich unter dem Kinn. Kann in diesen Gebärden Christi und der drei Schriftgelehrten etwas anderes gesehen werden als das Verhältnis zum Buch und zum Buchstaben? Es ist, als äußere sich hier in der Malerei derselbe freie und kühne Geist des vierzehnten Jahrhunderts, den wir in den Predigten der Mystiker bewundern. Tiefer noch berührt der Ausdruck eines andern Mannes, der staunend die flach ausgestreckten Hände zu Haupteshöhe erhebt, und dessen Blick sich sinnend in ungewisse Fernen verliert. In seinem Innern beginnt die neue Wahrheit zu wirken. Überraschend zart ist die Beobachtung, daß in solchem Zustand plötzlichen Gepacktseins die Augen nicht geradeaus, sondern, wie aus dem Gefühl nichts sehen zu wollen, aus den Winkeln blicken. Eine Gebärde nur scheint der Überlieferung zu entstammen:

Im Hintergrund zeigt einer auf Christus. Noch ein Menschenalter später hat der Fröndenberger Altar der Westfälischen Schule nur diese eine Gebärde und nichts von allem übrigen. Auch Joseph und Maria, die von rechts kommen, geben sich, wie es, soviel mir bekannt, weder vorher noch nachher vorkommt. Beide haben plötzlich den Sohn erkannt. Maria erhebt schüchtern die Hände, als wolle sie, in der Erregung des mütterlichen Gefühls, ihn an sich ziehen. Joseph zeigt mit dem Finger auf ihn und wendet sich scharf gegen Maria: Da ist er! Das ist eine Bewegung, für die es in der Seele der Maria, in der Seele der Mutter keinen Raum gibt. Es ist ihr unmöglich, in diesem Augenblick an einen andern als den Sohn zu denken. Wie bei Adam und Eva ist wiederum die Gebärde aus dem Gefühl für das innerste Wesen von Mann und Frau entwickelt. Auch Dürer hat mehr als ein Jahrhundert nachher nicht tiefer charakterisiert.

Wer im Zweifel ist, ob ein Künstler in der kleinen Stadt Hamburg, die am Ende des vierzehnten Jahrhunderts kaum acht- oder zehntausend Einwohner zählte — freilich müssen wir sie angesichts ihrer Leistungen höher werten als zehntausend unserer Zeitgenossen — solche Gedanken haben konnte, braucht nur Szene für Szene aufmerksam zu verfolgen, wie tief Bertram seinen Stoff durchdacht und durchschaut hat und wie energisch er sein Gefühl durch die Gebärde ausdrückt.

Was fühlt Eva, als sie zum Bewußtsein erwacht?

Den Drang zum Gebet empfindet Bertram nicht als die natürliche Regung. Er läßt sie in tiefem Staunen über sich und die Welt Hände und Augen erheben. Noch gewaltiger packt er den Zustand des schlafenden Adam. Es hält schwer, sich ihn mit einer Gebärde zu denken. Bertram findet eine Lösung: es liegt nicht nur Schlaf sondern Traum auf Adams Zügen, es ist Traum in der Hand, die sich staunend spreizt. Aber das Alles ist so leise gesprochen, daß man zuhören muß.

So holt der Meister auch beim Sündenfall die Gebärde wie aus dem eigenen Erlebnis des Dramas. Eva führt den Apfel zum Munde und weist auf die Schlange: sie hat es gesagt. Aber ihr Blick ist nicht sicher. Adam ist in Miene und Gebärde ganz Zweifel und Unsicherheit. Er hält mit hochgehobener Hand der Schlange den Apfel hin und sieht sie fragend an, die Züge drücken ohne Übertreibung und besondere Betonung wirklich Zweifel und Sorge aus. Aber das stärkste ist dann die Gebärde der linken Hand. Sie ist erhoben und in der Haltung so sicher eingestellt, daß man fühlt, sie bewegt sich im Zweifel um ihre Achse. Sehr ungewöhnlich ist, daß die Schlange sich zu ihm und nicht, wie das Herkommen verlangt, zu Eva wendet. Hier liegt eine Weiterbildung vor, die wohl Bertram gehört.

Mit großer Energie ist beim Verhör der Eva Gott Vater ausgedrückt, der im raschen Ansturm den Mantel um die Hüfte gezogen hat, drohend die Hand erhebt und mit zornsprühenden Augen und verachtend herabgezogenen Mundwinkeln spricht. Adam und Eva haben noch nicht ganz gefaßt, was ihnen bevorsteht. Es ist sehr bezeichnend, daß Eva sich dieser Situation besser gewachsen zeigt als Adam. Wundervoll ist die halbe Bewegung, mit der sie, hoch aufgerichtet, sich von Gott Vater abwendet und über die Schulter blickend, auf die Schlange zeigt, während Adam sich bestürzt in sich zusammen krümmt und auf Eva weist.

Erst bei der Vertreibung aus dem Paradiese sind beide ganz gebrochen, eine sehr nachdrückliche Steigerung. Beide sind genau in derselben Linie geknickt, beide machen genau dieselbe Gebärde, doch wirkt es nicht absichtlich und arm, weil Eva die Hände im umgekehrten Sinne gebraucht.

Zwei Bilder erschöpfen die Tragödie von Kain und Abel. Beim Opfer kniet Abel im langen Gewand, das seinem ruhigen Sinn entspricht und bietet Gott Vater, der sich segnend aus den Wolken zu ihm neigt und für Kain nur eine halbabwehrende Bewegung der Hand hat, sein Opfer. Kain, dem es aufdämmert, daß Gott den Bruder vorzieht, schickt sich zögernd zu knieen an. Er hält seine Opfergarbe dabei, um Gottes Aufmerksamkeit auf sich zu lenken, viel höher als Abel sein Lamm. Während Abel Haar und Bart weich und lang trägt, ist Kain dem Simsontypus angenähert. Er trägt knapp anliegendes modisches Gewand, das ihn beweglicher macht.

Beim Brudermord geht der Meister dem Äußersten

nicht aus dem Wege. Abel ist unter den ersten Schlägen zusammengebrochen und erhebt, schon fast hingestreckt, flehend die Hände und das blutüberströmte Antlitz. Sein Gesicht und seine Gebärde sagen aus, daß er völlig überrascht ist und nicht weiß, was ihm geschieht. Kain stürzt sich nach neuem Anlauf über ihn, springt mit einem Fuß auf seinen Leib und holt mit dem Eselskinnbacken zum letzten Schlage aus. Der Eselskinnbacken und das wilde fliegende Haar Kains scheinen eine Anlehnung an den Simsontypus zu bedeuten. Herkömmlich sind die Keule oder der Stein als Mordwaffe.

In kühnem Schwunge schleudert ein Gehilfe Noahs beim Bau der Arche den hölzernen Schlegel über den Kopf, als wollte er ihn loslassen, und zieht statt dessen im letzten Augenblick an, um das Werkzeug sausend herabzuzwingen. Hier handelt es sich nicht um eine seelische Erregung, sondern um eine rein mechanische Bewegung, die aber ebenso sicher gepackt und als beherrschender Zug in der Komposition verwendet wird. Sehr gut beobachtet sind der Ausdruck der Anstrengung in seinem Gesicht und neben ihm Blick und Bewegung des Einschenkenden.

Das Opfer Abrahams offenbart wiederum, mit welcher dramatischen Kraft Bertram seine Aufgabe packt. Abraham holt, mit der Linken den Kopf seines Sohnes niederdrückend, zum Schlag mit dem Schwerte aus. In diesem Augenblick fällt ihm der Engel in den Arm und weist nach unten, wo ein Bock sich mit dem gewundenen Horn an einem Ast aufgehängt hat. Abraham sieht sich erschrocken und mit sprachlos offenem Munde um. Isaak ist dem Meister nicht das geduldig ergebene Opferlamm, sondern das Kind, das sich sträubt. Er windet sich unter der Hand seines Vaters, zieht die Knie an den Leib, spreizt krampfhaft die gebundenen Hände und schreit aus Leibeskräften. Dies schreiende Antlitz gibt den Ausdruck von Schmerz und Entsetzen so drastisch, daß ich, als es noch unter dem Schmutz der Jahrhunderte steckte, an eine Übermalung des siebzehnten Jahrhunderts dachte. Wer würde bis heute einem Künstler von 1379 eine solche Unerschrockenheit zugetraut haben?

Den Gipfel dramatischer Kürze erreicht Bertram in der Geschichte Isaaks und Jakobs. Er schließt sich so eng an den biblischen Text, als hätte er ihn selbst gelesen.

Isaak erhebt sich mühsam mit dem Oberkörper von seinem Lager, ein blinder alter Mann. Mit der Rechten tastet er nach Esaus Hand, die senkrecht ausgestreckte Linke, im Bogen nach auswärts bewegt, drückt die Resignation aus, die in seinen Worten liegt: siehe, ich bin alt geworden. Rebekka hat hinter dem Lager mit offenem Munde gehorcht. Bei der Verheißung des Segens erhebt sie im Schreck die übereinander geschlagenen Hände mit einem Ruck ans Kinn und senkt den Blick, entschlossen, ihrem Lieblingssohn Jakob den Segen zu verschaffen.

So ist die Erschleichung des Segens vorbereitet. Der blinde Alte hat die Linke um des verkleideten Jakobs Schulter geschlagen, mit der Rechten tastet er nach der fellumhüllten Hand, in der Erregtheit des sprechenden Gesichts drückt sich der Zweifel aus: „Aber deine Stimme ist Jakobs Stimme." Jakob zuckt bei dem Worte des Verdachts mit aufgerissenen Augen zurück, doch Rebekka wacht: mit beiden Händen drängt sie den Weichenden dem Alten entgegen.

Gesichtsausdruck und Gebärde spielen in diesen Darstellungen scharf zusammen. Das ist von Rembrandt und von der Karikatur des neunzehnten Jahrhunderts nicht überboten.

Die Gebärde der Maria bei der Verkündigung drückt in zarter Abschattung ihren Schreck aus. Die Linke preßt sie aufs Herz, die Rechte spielt verloren mit dem Blatt im Gebetbuch. Bei der Geburt Christi und bei der Anbetung der Könige beherrscht die Gebärde des Kindes das Bild. Als der gebeugte alte Nährvater es der Jungfrau reicht, langt es mit gespreizten Fingern nach ihr. Bei der Anbetung steht es mit einem Fuß auf dem Knie der Mutter, greift, als es die Berührung des knieenden Greises fühlt, mit der Rechten schutzsuchend nach der Mutter und zuckt mit dem freien Bein. Das höchste Pathos entfaltet Bertram beim bethlehemitischen Kindermord des Grabower Altars. In Verzweiflung wirft sich eine händeringende Mutter vor Herodes auf die Knie, rasend fällt eine andere den

Mörder ihres Kindes an. Die Lebendigkeit des Ausdrucks, mit dem ein Krieger auf den König einredet, kann nicht überboten werden.

Das Marienleben des Buxtehuder Altars bietet nur beim bethlehemitischen Kindermord Anlaß zur Entfaltung sehr starker dramatischer Mittel.

Bei der Begegnung der Eltern der Jungfrau unter der goldenen Pforte hat auch Bertram wie Dürer das Bedürfnis, die Gebärde aus dem Wesen des Mannes und der Frau entstehen zu lassen. Mutter Anna schmiegt sich an ihren wiedergefundenen Gemahl, Joachim streichelt seiner Frau die Wange, eine Liebkosung, die in dieser Form ein Recht des Überlegenen ist.

Auch auf der Geburt der Jungfrau wird alle Gebärde aus dem Innersten des Vorganges geschöpft.

Mutter Anna auf ihrem Lager hat die erste Nahrung bekommen und fühlt die Muttermilch in die Brust einströmen. Sie läßt das Gefäß mit dem Löffel in den Schoß sinken, preßt die Rechte auf die Brust und offenbart sich der Frau, die hinter dem Bette steht. Die alte Magd zieht mit der Linken die Decke vom Kinde, das im Badetrog liegt, während sie mit der Rechten aus dem Krug auf dem Feuer Wasser schöpft. Hinter ihr wartet, den Blick auf das Kind gerichtet, eine junge Magd mit dem zur Erwärmung am Feuer über die Hände gebreiteten Badetuch.

Die Erschöpfung des alten Joseph auf der Geburt Christi wird fühlbar durch die auf dem Knie ruhende Linke ausgedrückt.

Auf dem bethlehemitischen Kindermord überrascht die divinatorisch erfaßte Gebärde des Kindes, dem der Kriegsknecht das Schwert durch den Körper stößt. Es blickt erschrocken zu dem wilden Manne auf, greift nach der Wunde und zieht im Schmerz das Bein an. Am Boden hockt eine Mutter und preßt ihr gemordetes Kind, dessen Kopf willenlos zurücksinkt, in ihren Mantel eingehüllt an die Brust. Eine Freundin wendet sich mitfühlend zu ihr. Über ihnen fällt eine Mutter mit flatterndem Haar und im Schreien aufgerissenem Munde den Kriegsmann an.

Auch auf der Flucht nach Ägypten ist jede Bewegung motiviert. Der Mutter, die das Kind anlächelt, strecken sich die beiden kleinen Arme entgegen. Da der Weg steil bergauf geht, wendet sich Joseph besorgt zu ihnen um.

Das Idyll aus Nazareth, der Besuch der Engel, enthält eine aus der Beobachtung stammende Bewegung des Kindes. Es hat, am Boden ausgestreckt, wie es Kinder lieben, ein Buch besehen, den Kopf in eine Hand gestützt. Als es die nahenden Engel hört, wendet es den Kopf zu ihnen um, und die stützende Hand bleibt stehen.

Die Gäste der Hochzeit zu Kana haben das Wunder bemerkt. Eine Dame wendet sich in lebhafter Gebärde sprechend zu ihrem Tischnachbarn, hinter ihr legt ein vornehmer Mann als Aufforderung zum Schweigen zwei Finger auf den Mund.

Die sterbende Maria, deren herber Mund im Todeskampf zuckt, schließt greifend die Finger der einen Hand, aber die Finger der rechten spreizen sich staunend, als wäre der Mutter des Herrn in ihrem letzten Augenblick noch die Glorie des Sohnes erschienen, der sich über sie neigt. Ein weißbärtiger Apostel — Petrus — beugt sich bekümmert über den Körper und fühlt mit beiden Händen in zarter Berührung, ob die Wärme schon entwichen sei. Hinter ihm verhält sich ein anderer, aus dem Buche betend, mit der Hand den Atem.

Nicht in feierlicher Ruhe der Assistenz, sondern in der lebhaften Bewegung des Eifers, mit der Kinder einen Auftrag ausführen, umgeben die Engel den Thron Salomonis, auf dem die Jungfrau Maria die Krone empfängt. Sausend sind sie herangeflogen wie im letzten Augenblick eintreffend, schleudern in weitem Bogen die Räuchergefäße oder spielen mit keckem Strich die Geige.

In der Skulptur Bertrams regt sich derselbe Geist, nur daß er sich bei der Einzelgestalt anders äußert. Charakteristisch für die dramatische Kraft Bertrams sind namentlich die Propheten Jeremias, Joel und Obadja.

TYPUS UND BILDNIS

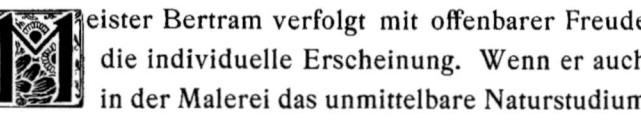eister Bertram verfolgt mit offenbarer Freude die individuelle Erscheinung. Wenn er auch in der Malerei das unmittelbare Naturstudium noch nicht kennt, ist er doch so reich an scharfen Erinnerungsbildern, daß er überall lebendige Charaktere hinstellen kann. Als Bildhauer scheint er vielleicht sogar bis zum unmittelbaren Naturstudium vorzudringen.

Im allgemeinen ist der Mann stärker individualisiert als die Frau. Bertrams Eva, seine Maria sind noch allgemeine Typen, lange volle Gesichter mit hoher Stirn, schmalem Kinn, kleinem Munde, blauen (seltener braunen) Augen und langem, blondem Haar. Auf den Bildern individualisiert er die Frau nur gelegentlich ein wenig, so die vornehme Dame auf der Hochzeit zu Kana, besonders die Alte mit Runzeln und breitem Munde, die auf der Geburt der Maria das Kind badet, und die Megäre, die mit fliegenden Haaren auf dem bethlehemitischen Kindermord den Soldaten anfällt. Ganz anders bei den Skulpturen. Die heilige Maria Magdalena ist so gut wie Bildnis. Der Blick nach oben, die eigentümliche Schwellung der untern Augenlider, der weiche volle Mund mit hochgezogenen Winkeln, die Form der Nase, das alles ist individuell und typisch zugleich wie es bei keinem der gemalten Frauenköpfe Bertrams vorkommt. Die andern weiblichen Heiligen der Statuettenfolge, obwohl sie durchweg vom Individuum — und zwar von demselben, welches Bertram

bei der Schöpfung der Maria Magdalena vorschwebte —
weit mehr haben als die gemalten Frauenköpfe, erreichen doch kaum einmal diesen Grad der Überzeugungskraft. Es lohnt sich, sie einzeln auf den Grad ihres Lebensgehalts zu prüfen.

Idealtypen sind auch Gott Vater und Christus. Gott Vater tritt uns nicht, wie bei Francke, als Greis mit langem weißem Haar und Bart entgegen, sondern als ein bärtiger jugendlicher Mann. Er hat ein eirundes Antlitz mit ernsten Zügen und hohen Augenbrauen. Nur bei der Entdeckung des Sündenfalls und beim Opfer Abels geraten die ruhigen Züge in kraftvolle Bewegung. Bertrams Christus tritt auf den Bildern in zwei Typen auf, in der Skulptur erscheint wieder eine andere Ausprägung. Der durchgehende Typus der Bilder ähnelt dem von Gott Vater, hat jedoch etwas länglichere Formen, stärkeres Kinn, geradere Augenbrauen und tiefer liegende Augen. Auf den beiden ersten Schöpfungstagen rot in rot im Himmel ist der Christuskopf breiter und kürzer und von unheimlicher Lebendigkeit des Ausdrucks. Der Christus des Bildhauers ist dunkel mit langen, einzeln auf den Schultern liegenden Locken und kurzem, weichem, am Kinn nicht geteiltem Bart. Das Untergesicht erscheint dadurch viel weniger entwickelt als der mächtige Oberkopf, sodaß der Bau etwas rundliches bekommt, ohne freilich unvornehm zu werden. Den Ausdruck beherrschen Ruhe und Hoheit des göttlichen Überwinders. Noch erinnert kein Zug an das tiefe Leid dessen, der der Welt Sünde trägt bei Franckes Schmerzensmann oder den Schmerz des Augenblicks auf Franckes Geißelung.

Wie es kommt, daß aus einer und derselben Werkstatt drei so verschiedene Christustypen hervorgehen wie die feurige Himmelserscheinung der ersten Schöpfungstage, der Sohn, der die Mutter krönt auf dem Buxtehuder und der Gekreuzigte des Grabower Altars, kann nur durch Vermutungen erklärt werden.

Der Adam, ebenfalls noch Idealtypus, wechselt; er ist von hellblonder Haarfarbe. Bei der Erschaffung aus dem Erdenkloß ist er ein unbärtiger Jüngling mit dichten Locken. Von der Erschaffung der Eva ab trägt er einen blonden Vollbart. Auf dem Sündenfall haben die Züge einen leicht semitischen Anflug.

Was Bertram mit den Gesichtstypen der Menschen unheiligen Standes erreichen will, ist dasselbe, was er durch die Wahrheit und Lebhaftigkeit ihrer Gebärde zu übermitteln strebt: den Eindruck gegenwärtigen Lebens. Daher die erstaunliche Mannigfaltigkeit in der Haltung der Köpfe, daher der fast übertrieben lebhafte Blick des Auges, das auf dem Buxtehuder Altar ganz auffallend viel Weiß zeigt.

Es ist schwer, aus der Fülle der Individuen einzelne als besonders lebenswahr zu bezeichnen.

Im allgemeinen unterscheidet Bertram sehr scharf die vornehmen und die untern Stände, ohne diese jedoch im leisesten zu karikieren, und gelegentlich macht es ihm offenbar Vergnügen, durch den Gegensatz zu wirken. So wenn er bei dem zurückgewiesenen Opfer Joachims den blonden Kopf eines vornehmen Mannes mit wohlgepflegtem, weichem, blondem Bart und Haar neben den kurznasigen Kopf eines Mannes aus dem Volke setzt, dessen dunkle, grannenartige harte Haare im Bart und in den Brauen plebejisch wirken.

Auf dem Grabower Altar fallen die Köpfe des blinden Isaak aus allem heraus, was wir in Bertrams Epoche an Fähigkeit, zu charakterisieren, in Deutschland vermutet haben würden. Isaak ist wirklich blind, er macht nicht nur die Augen zu. Beim Segen Jakobs geht der Künstler so weit, die Zahnlücken des Mundes und in den Augenwinkeln leise den weißen Augenschleim anzudeuten.

Auf dem Buxtehuder Altar ist die Anzahl sehr individuell gesehener Köpfe noch viel bedeutender. Die merkwürdigsten sind wohl die Köpfe auf der Verkündigung an die Hirten, der derbe, bärtige, der vom Hut bei den Augen überschnitten wird, der Alte, der geblendet die Hand vor die Augen hält, mit seinem magern bartlosen trockenen Kopf. Dann der cholerische Schriftgelehrte neben dem Christusknaben im Tempel. Er hat runde, sprühende Augen, kurze Stumpfnase und einen breiten Mund mit wulstigen Lippen. Ein Bildnis scheint bei dem dicken Patrizier rechts auf der Hochzeit zu Kana vorzuliegen. Ebenso bei dem Kahlkopf, der auf der Beschneidung das Kästchen hält.

Auf den Skulpturen des Grabower Altars müßte in diesem Zusammenhang jeder Kopf einzeln betrachtet werden, denn überall individualisiert der Meister. Diese Kraft, Individuen zu bilden, die nur den ganz großen Dichtern und Künstlern verliehen ist, spricht sich in Bertrams Bildhauerarbeit so unverkennbar aus, daß es überflüssig erscheint, darauf hinzuweisen.

Sehr auffallend ist Bertrams Behandlung des jüdischen Typus.

Es muß im Zusammenhang mit seiner sonstigen Neigung zu individualisieren, hervorgehoben werden, daß Bertram die Juden nicht nur durch die Judenhüte kennzeichnet, sondern durch Rassenzüge. Er geht darin genau so vor wie Schongauer, Rembrandt und später bei seiner soviel angefeindeten Darstellung des Christusknaben unter den Schriftgelehrten Adolph Menzel.

Auch bei Bertrams ältern Zeitgenossen des vierzehnten Jahrhunderts kommt gelegentlich ein Ansatz zu semitischer Bildung der Züge vor. Doch pflegt es dann auf eine Karikatur zu gehen, während Bertram nur Charaktertypen giebt.

Unter den semitischen Physiognomien des Buxtehuder Altars — auf den Bildern des Grabowers fehlen sie, wenn man den Adam des Sündenfalles und den Priester in der „Darstellung" ausnimmt — sind der Hohepriester auf der Zurückweisung von Joachims Opfer und Joachim selbst — bei der Begegnung unter der goldenen Pforte — die ausgesprochensten. Unter den Schriftgelehrten um den Christusknaben im Tempel hat ihn nur einer, der Sinnende, aber dieser unverkennbar. Bei den Skulpturen tragen ihn die Propheten zum Teil außerordentlich bildnismäßig, aber ohne einen Zug von Übertreibung. Die gewaltigsten sind wohl die Propheten Ezechiel und Joel. Ezechiel trägt Haar und Bart so üppig wie ein König von Babylon. Sein scharfer in schöngezogener Linie verlaufender Bartansatz ist ein bezeichnender Rassenzug. Die große Nase ist ein wenig plattgedrückt. Die Augen sind mandelförmig und sehr groß. Joel hat einen fast ebenso mächtig gebauten Kopf mit höchst individuell gebildeter Nase.

Wo Bertram Studien dafür gemacht hat, ist nicht mit Sicherheit zu sagen. In Hamburg scheinen im vierzehnten Jahrhundert keine Juden ansässig gewesen zu sein. Dr. Walther deutet in diesem Sinne eine Eintragung der Kämmereirechnungen, die besagt, daß ein fremder Jude ein Almosen erhalten, welcher sage, er sei ein Rabbi. Hätten Juden in Hamburg gewohnt, so wäre die Wahrheit leicht festzustellen gewesen.

DAS NACKTE

Die Geschichte der ersten Eltern, ganz ausführlich erzählt mit so seltenen Episoden wie der „Verwarnung" und der Entdeckung des Sündenfalls zwang den Meister zur Darstellung nackter Körper. Bertrams Formenkenntnis ist natürlich schwach. Doch geht er in der Durchbildung der Körper weiter als man erwarten sollte. Er unterscheidet den dunkleren Ton der Haut des Mannes von dem lichtern der Frau, er achtet auf Gelenke, namentlich die Bildung des Knies, er deutet Sehnen an, besonders in der Kniekehle, er weiß von den Schulterblättern, er läßt das Licht auf den Muskeln spielen, zum Beispiel den Sägemuskel Adams. Aber das Alles sind primitive Versuche, die freilich, weil sie ganz einheitlich auftreten, zusammen das Gefühl einer gewissen Ruhe und Sicherheit erwecken.

Wo Bertram aber nicht mehr tastet, das sind die Verhältniße, die überraschend gut und einheitlich durchgeführt werden, und vor allem die ganz erstaunliche Sicherheit und der Ausdrucksreichtum der Stellungen, Bewegungen und Gesten. Auf diesem Gebiet kann nicht mehr und nicht richtiger gesehen werden. Adam und Eva auf der „Verwarnung", die Eva auf der Entdeckung des Sündenfalles zeugen von einer Gestaltungskraft, die Ehrerbietung erzwingt.

DER FLEISCHTON

Während auf dem westfälischen Altar von 1350 in der Kunsthalle noch die braunen Fleischtöne der stilisierenden Zeit vor Bertram herrschen, sucht Bertram der Natur so nahe wie möglich zu kommen. Er gibt schon die helle, lichte Fleischfarbe und belebt sie durch das Spiel der Lichter. Bei den Frauen hält er sich an den einen rosigen Ton der Blonden, wie er denn niemals dunkle Haarfarbe für die Frau verwendet. Bei den Männern dagegen waltet schon die Mannigfaltigkeit der Natur. Bertram erkennt ihnen bald helle, bald dunkle Hautfarbe zu. Aus dem vollen schafft er auf dem Buxtehuder Altar. Wie viele Komplexionen kommen auf einem einzigen Bilde wie der Beschneidung oder der Anbetung der Könige vor: goldigbraune, nach violett gehende, dunkelbraune, blonde Typen überall in Fülle. Auf der Anbetung der Könige bedient sich der Künstler der dunkeln, fast ans Violette streifenden Hautfarbe des mittleren Königs, die er noch durch den Gegensatz weißer Überschläge des Mantels zu steigern weiß, um der ganzen Bildanlage Haltung zu geben.

EINZELFORMEN

Es genügt nicht, die Gesichtstypen und Körper als Ganzes zu beobachten. Wer tiefer in Bertrams Kunst eindringen will, muß auch die Einzelformen des Gesichts und des Körpers untersuchen. Im Vergleich mit dem westfälischen Altar von 1430 wird er überall die Wendung auf eine unmittelbare Anschauung der Natur entdecken.

Bei der Darstellung des Auges hat sich Bertram wie seine ganze Generation freigemacht von der bis dahin herrschenden schematischen Verwendung schwarzer Augenpunkte, die, in die Augenwinkel gestellt, ein nicht vorhandenes Leben vortäuschen. Der kleine westfälische Altar der Kunsthalle bietet auch hierin den einführenden Vergleich.

Bei Bertram sind die Augen in der Regel braun, bei Frauen auch grau oder blau. Von seinen Zeitgenossen unterscheidet ihn, daß er sehr viel Weiß zeigt, besonders ausgeprägt freilich erst auf dem Buxtehuder Altar. Auf dem Grabower Altar fällt es noch nicht auf. Sollten ihm italienische Augen im Gedächtnis geblieben sein? Zwischen den beiden Altären liegt Bertrams Romfahrt. Auch die vielen dunkeln Typen des Buxtehuder Altars könnten derselben Quelle entstammen.

Die Umgebung des Auges wird scharf beobachtet und bei Männern sehr weitgehend individualisiert. Beim h. Simeon des Grabower Altars (Darstellung im Tempel) gibt Bertram die stark gewölbten Augendeckel des semitischen Typus wieder.

Die Bildung der Nase wird am besten an den Skulpturen beobachtet. Die Verschiedenheit ist sehr groß. Es genügt jedoch, die der Propheten Ezechiel und Joel (Abbildung im II. Teil) genau zu betrachten, um Bertrams Naturgefühl zu ermessen. Bei Ezechiel hat die mächtige Hakennase sich wie unter einem Druck abgeflacht, sodaß die Nasenflügel sich breit an die Wange legen. Joels Nase beginnt mit einer scharfen geraden Ausladung und schlägt dann unvermutet einen kräftigen Haken. Beide sind zugleich sehr typisch und sehr individuell.

Bei Frauen und jungen Leuten kommt Bertram mit einem typischen kleinen Munde aus, der sich fast auf die Angabe der sinnlich vollen Mittelpartie der Lippen beschränkt. Wie das übrige Gesicht individualisiert Bertram bei den Männern auch den Mund. Meist freilich deckt ihn der Bart, doch vermag er nicht den Ausdruck zu zerstören. Besonders zart erscheint mir in dieser Beziehung das Untergesicht des alten Isaak, wie er mit Esau spricht. Beim Simeon der Darstellung auf dem Grabower Altar läßt der weiße Bart die feine semitische Anlage des Mundes durchscheinen, die in der breiten Form der Öffnung, in der Art, wie die Zähne sichtbar werden und in der Zeichnung der Lippen mit den deutlich angegebenen Kerbungen der Wülste, ohne Übertreibung auf das schärfste gekennzeichnet ist. Ebenso läßt er beim Christusknaben unter den Schriftgelehrten den cholerischen Mund des Mannes, der die Bibel an die Erde wirft, zur Geltung kommen. Sehr individuell ist der kleine vierkantige Mund des Soldaten, der auf dem bethlehemitischen Kindermord des Grabower Altars aufgeregt mit Herodes spricht.

Bei den Skulpturen lassen fast nur die Frauen den Mund sehen. Es ist schon bemerkt worden, daß Bertram die Frauen in der Skulptur weit mehr individualisiert als auf den Gemälden. Das gilt auch von der Art, wie er den Mund einbettet.

Nur auf der Predella des Grabower Altars haben die glatt rasierten Mönchsköpfe einen freiliegenden Mund. Sie sind auffallend gut gefühlt. Beim Origenes quillt die lange Oberlippe an den Winkeln ein wenig über die schmal verlaufende Unterlippe. Dieser Typus kommt noch mehrfach vor. Am feinsten aber ist vielleicht der Mund des h. Bernhard gefühlt, der Mund des Redners mit eingezogenen Winkeln, die die Muskulatur dahinter fest heraustreiben.

Entsprechend der Mode, langes, wallendes Haar zu tragen, das bei beiden Geschlechtern die O h r e n völlig verdeckt, kommt Bertram nur sehr selten in die Lage, das Ohr zu bilden. Auf dem Grabower Altar fällt der Noah auf, unter dessen kurzem Haar ein Ohr sichtbar wird. Es ist ohne besondere Absicht auf Bildnismäßigkeit gezeichnet. Auf dem Buxtehuder Altar tragen der Diener auf der Hochzeit zu Kana und der alte Hirt der Verkündigung die Ohren frei. Häufiger werden sie beim Christkind und bei den Kindern auf dem bethlehemitischen Kindermord sichtbar.

Die einzigen Ohren, die auf den Skulpturen vorkommen, sind sehr viel besser individualisiert. Das des Propheten Hosea in der Bekrönung schmiegt sich vorzüglich dem langen Kopfe an, das des h. Bernhard (in der Predella) ist so individuell wie dieser Kopf überhaupt. Der Umschlag ist in der oberen Ecke sehr stark, fehlt am äußeren Rande ganz. Der Ohrzapfen ist sehr klein.

Die ohne Ausnahme blonden Frauen Bertrams tragen das wellige Haar, soweit die Haube es nicht verdeckt, meistens aufgelöst. Seltener kommt es in Flechten vor. Bei einer Neigung des Kopfes pflegen sich Strähnen an der Schläfe zu lösen. Das gibt bei den Bildern wie bei den Skulpturen, der h. Cäcilie beispielsweise, sehr lebhafte Wirkungen. Bei den Männern ist die Mannigfaltigkeit sehr groß. Bertram beobachtet nicht nur die Farbe der Haare und paßt sie dem Fleischton an, er sieht auch auf ihre Struktur. Die blonden haben langes weiches oder, wie die Engel, lockiges, die dunklen seidiges, welliges, flockiges, strähniges, bei den jüngern meist gelocktes Haar. Bertram hat auch beobachtet, daß das derbe Haar gelegentlich einzelne steife Grannen hat. Was Bertram schon sieht und ausdrückt, erkennt man am besten durch die genaue Untersuchung einzelner Typen, z. B. des h. Simeon von der Darstellung im Tempel des Grabower Altars. Hier gibt sich der alte Meister sichtlich Mühe, die gekräuselte, fast wollige Struktur des weißen Haares auszudrücken, die den semitischen Zügen entspricht. Auch die scharfen Linien, die die Pflanzung des Haars auf der Wange des semitischen Typus beschreiben, sind ihm nicht entgangen (Prophet Ezechiel).

Das alles gehört zu den neuen Eroberungen, durch die sich Bertrams Geschlecht von dem vorhergehenden abhebt, die für den Ausdruck des Haares nur wenige festgelegte und stets wieder angewandte Mittel besaß.

Wie bei Francke sind die Hände von sehr verschiedenem Wert. Aber aus anderer Ursache und in anderer Form.

Bei Francke scheint es an der mehr oder weniger eigenhändigen Arbeit zu liegen, wenn, wie auf der Gruppe unter dem Kreuz, die Hände mit überraschendem Gefühl für den Organismus durchgebildet, und auf andern Bildern wohl in der Bewegung gut, aber in der Form oberflächlich wirken.

Bertram hat oft auf demselben Bilde sehr konventionelle Hände neben überraschend gut gefühlten. Es sieht aus, als hätte er für zeigende und segnende Hände das überlieferte Schema nicht verlassen, das er auswendig wußte, während er bei seinen selbsterfundenen Motiven, namentlich wo die innere Handfläche sichtbar wird, sich die Natur angesehen. Dieselbe Verschiedenheit läßt sich bei den Skulpturen beobachten. Hier hat der Prophet Obadja eine überaus energisch durchgebildete Hand, während daneben sehr ungefühlte vorkommen. Aber zum Unterschied gegen Bertrams Malerei, die wir als von e i n e r Hand empfinden, haben wir bei der Skulptur vielleicht drei verschiedene Mitarbeiter von Bertrams eigenem Werk zu unterscheiden.

Es läßt sich als Regel aufstellen, daß Bertram bei Händen, die von oben gesehen werden, eine Gliederung der Finger noch nicht angibt, dagegen die Finger und die Handfläche deutlich gliedert, sowie er die Innenseite darzustellen hat.

TIERLEBEN

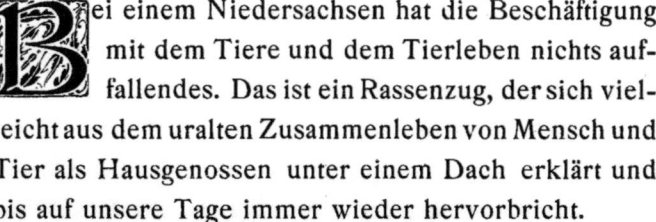ei einem Niedersachsen hat die Beschäftigung mit dem Tiere und dem Tierleben nichts auffallendes. Das ist ein Rassenzug, der sich vielleicht aus dem uralten Zusammenleben von Mensch und Tier als Hausgenossen unter einem Dach erklärt und bis auf unsere Tage immer wieder hervorbricht.

Aber bei Bertram ist die Liebe zum Tier noch etwas anderes als ein Rassengut, sie ist in seinem eigensten Wesen begründet und äußert sich überall in ganz persönlichen Zügen. Keiner von den uns bekannten Malern seiner und der nächstfolgenden Zeit geht in der Tierdarstellung so weit wie er. Dies muß schon früh und sogar störend aufgefallen sein. Bei der Geburt Christi auf dem Buxtehuder Altar hatte er sich nicht mit der üblichen Einführung von Ochs und Esel begnügt. Am Fuß des Zaungeflechts, das das Bett des Christkindes bildet, beschäftigt sich ein gefräßiges Schwein, und in den Sparren des Strohdaches über dem Haupt der Maria schleicht eine Katze. Einem spätern Geschlecht müssen diese Tiere als ungehörig und störend erschienen sein, denn obwohl der Altar nur auf alten Rissen restauriert war und sonst nirgend Spuren von Übermalung aufwies, ließen sich an diesen Stellen Übermalungen erkennen, und bei ihrer Entfernung tauchten die Tierbilder auf.

Vier Szenen auf den erhaltenen Altären kamen Bertrams Vorliebe entgegen, die Schöpfung der Tiere, Joachim bei den Hirten, die Geburt Christi und die Verkündigung an die Hirten. Es erscheint nicht unmöglich, daß er die Hirtenszene besonders darstellte, nur um seiner Neigung zur Tierwelt freien Lauf zu lassen. Zu seiner Zeit würde man sonst viel eher erwarten, daß er, wie noch sein Nachfolger Francke, die Verkündigung an die Hirten als Hintergrundsepisode auf der Geburt Christi abgemacht hätte.

Bei der Schöpfung der Tiere gibt Bertram eine Übersicht über die ganze Tierwelt. Zur Linken baut sich ein Abhang auf, der von oben bis unten mit den typischen Säugetieren — Haustieren und ihren Feinden — bedeckt ist, und über dem Eule und Fledermaus fliegen, zur Rechten schweben die ihm wichtigsten Vögel und — unten — die Fische auf dem Goldgrund. An der Erde darunter kriechen Taschenkrebs und Hummer. Aber Bertram zählt nicht nur auf, er charakterisiert. Das weiße Kaninchen säugt sein Junges, der Wolf fährt dem Lamm an die Gurgel, daß das Blut aufspritzt, der Bär fällt das Pferd an. Sie durften es noch, denn das Paradies, wo sie zahm nebeneinander lebten, war noch nicht geschaffen.

Die Fische sind auffallend gut beobachtet. Zu oberst schwimmt der Kaulbars mit der großen ungeteilten Rückenflosse. Es ist nicht vergessen, daß seine Bauchflossen rot sind. Halbverdeckt durch den Stör ist der Zander doch noch genügend gekennzeichnet, daß er sich als solcher durch den Raubfischrachen und die Flossenstellung bestimmen läßt. Den Stör wird jedes Kind erkennen, die ungleichen Schwanzflossen, die Panzerplatten am Rücken entlang, Schnauze und Maul, alles sitzt richtig, und auch die graubraune Schlammfarbe ist getroffen. Der Hecht unten hat eine etwas lang geratene Schnauze, ist aber sonst durch Umriß und Flossen unverkennbar. Es muß dem Künstler gut geschrieben werden, daß er hier so genau zusah, wo nur er selber und vielleicht die Amtsfischer damals Kontrolle üben konnten.

Vom Standpunkt der Tiermalerei müssen auch die Teufel auf dem ersten Schöpfungstag beurteilt werden. Der Rote, der sich, vom Erdball halbverdeckt, umsieht, hat etwas packend Affenartiges in der Bewegung.

Das eigentliche Tierbild tritt erst im Marienleben auf.

Wir dürfen es wohl aussprechen, daß der Hügel mit der Schafherde neben dem heiligen Joachim das älteste wirkliche Tierbild in der deutschen Tafelmalerei ist. Die Herde bedeckt den Abhang, im Halbdunkel des Waldes, der ihn krönt, lauert der Fuchs — unter dem Schmutz der Jahrhunderte erschien er zuerst als Wolf — auf die jungen Lämmer, hinter einer Felsspalte taucht der graue Kopf des Wolfes auf. Junge Böcke stoßen sich, Schafe grasen aneinandergedrängt, ruhen und käuen wieder. Das Innigste an scharfer Beobachtung gibt Bertram in dem saugenden Lamm, das unter der Mutter kniet, zuckend gegen das Euter stößt und mit dem Schwänzchen schlägt.

Bei der Verkündigung an die Hirten benutzt der Hund den Augenblick, wo seine Herren beschäftigt sind, um aus dem Sack mit den Vorräten zu mausen.

Der Bock, der am Baum emporstrebt, gehört als Überlieferung aus der Antike zum uralten Inventar der Miniaturmalerei. Aber Bertram hat ihn mit gewaltigen Hörnern wie einen Steinbock gebildet.

Die rammsnasige Ziege im Vordergrund, mag Bertram sie in Italien gesehen haben oder mag sie ihm als eingeführtes Jahrmarktswunder in der Heimat begegnet sein, zeugt wieder von der Aufmerksamkeit, mit der er das Tierleben verfolgt.

Bei keinem Künstler neben oder vor ihm und bei keinem der nächstfolgenden Generation tritt eine solche Fülle von Tierdarstellungen und von scharf beobachteten Charakterzügen aus dem Tierleben auf. Bertram ist darin seiner Zeit und auch noch dem nächsten Geschlecht voraus. Francke, sein Nachfolger in Hamburg, hat in der Herde auf der Verkündigung an die Hirten nicht einen verwandten Zug, und er bildet die Kreuzigung ohne Reiter, während der Tempziner Altar es wahrscheinlich macht, daß die Kreuzigung bei Bertram Reiter aufwies.

Ist nun aber ein Künstler auf einem einzelnen Gebiet als Erfinder und Neuerer so selbständig und so durchaus hervorragend, so wird dadurch die Wahrscheinlichkeit gestärkt, daß er auch sonst, wenn er Gedanken ausdrückt, die vor ihm noch nicht nachgewiesen werden können, unabhängig vorgeht.

DIE LANDSCHAFT

ei Meister Bertram hat die Landschaft zugleich sehr altertümliche und sehr fortgeschrittene Züge.

Das Altertümliche liegt in dem Verhältnis des Baums zum Menschen, das verschieden, aber immer zu klein ist, und in der Abwesenheit so wichtiger Baustoffe wie der Architektur, des Weges und des Wassers. Noch krönen keine Burgen seine Höhen, noch führt kein Weg in die Ferne, noch sprudeln keine Quellen, noch dehnen sich keine Wasserflächen.

Trotz alledem aber eilt der Meister in der Schilderung der Landschaft genau wie in der Darstellung des Tierlebens seiner Umgebung um mehr als ein Menschenalter voraus. Der Wald auf der Erschaffung der Pflanzen darf als die erste Landschaft in der deutschen Kunst angesehen werden.

Er steht auf einem Abhang mit schroff abfallenden und zum Teil unterschnittenen Rändern. Unter den Kronen dunkelt es, doch kann man tief ins Innere hineinsehen. Soweit das Licht eindringt, ist der Waldboden noch mit grünem Pflanzenwuchs bedeckt. Weiter im Innern leuchtet die Fläche rot von vorjährigem Laub. Ganz hinten lichtet es sich wieder, und es läßt sich ein grüner Schimmer erkennen.

Die Bäume sind durch die Form der Laubmassen als Eichen gekennzeichnet.

Einzelheiten zeugen von scharfer Beobachtung. Es ist kein Zufall, daß der alleinstehende Baum am Waldrand in seinem Stamm schon die spiralige Drehung zeigt, die durch die Einwirkung des Winddrucks entsteht. Dieselbe Beobachtung hat Bertram auch auf dem Buxtehuder Altar verwendet.

Auf dem Grabower Altar kommt ein so geschlossenes Landschaftsbild nicht mehr vor. Aber hie und da fügt der Künstler, wo der Vorwurf es erlaubt, kleine Landschaftsbilder ähnlichen Charakters ein. Bei der Erschaffung der Eva erhebt sich zu Füßen Adams ein Hochwald, in den Verhältnissen wesentlich kleiner als der mächtige Wald bei der Erschaffung der Pflanzen, aber in der Art des Helldunkels unter den Kronen, in dem auf der Erde rote Blumen und oben die dunkeln Silhouetten von hängenden Zweigen wahrnehmbar werden, nahe verwandt. Räumlich noch tiefer und in der Bewegung mannigfaltiger webt es im Halbdunkel der Waldecke an der Mauer neben dem Baum der Erkenntnis.

Der Buxtehuder Altar zeigt keine so starke Schwankung in den Verhältnissen. Hier gibt der Künstler, von den Andeutungen der Landschaft auf der Begegnung zwischen Maria und Elisabeth und der Flucht nach Ägypten abgesehen, zwei vollentwickelte Landschaftsbilder, die von Wald gekrönten Abhänge neben der Verkündigung des heiligen Joachim und der Verkündigung an die Hirten. Hier hat der Erdboden nicht mehr den altertümlichen Absturz wie auf dem Schöpfungsbild des Grabower Altars. Die Erdbewegung erscheint natürlicher, weil die Übergänge besser vermittelt sind, der Boden ist durch die Herden, die Baumkronen sind durch Vögel belebt.

Ein Landschaftsbild von breitem Aufbau dehnt sich auf der Verkündigung an die Hirten. Die Bedeutung der Figuren, obwohl sie dieselben Größenverhältnisse haben wie auf den Nachbarbildern, sinkt hier fast zur Staffage herab, und die Entfaltung des Landschaftlichen holt zu einem langen Rhythmus aus, in den sich die Figuren einzufügen haben.

Es ist sehr wichtig für die Erkenntnis Bertrams, daß wir die Landschaft bei seinem Nachfolger Francke mit seiner Auffassung vergleichen können.

Auf dem Altar der Englandsfahrer kennt er ein Menschenalter nach der Entstehung des Buxtehuder Altars noch keine Architektur, noch keine Wege in der Landschaft. Die Verhältnisse der Bäume sind eher noch unrichtiger als bei Bertram. Francke hat eine Art Baumschlag, der sehr viel konventioneller ist als bei Bertram. Er kennt keine blühenden oder fruchttragenden Bäume, und das Helldunkel um die Baumstämme unter den Kronen beobachtet er nicht. Seine Stämme stehen dunkel auf hellem Grunde. Auch das Licht auf den Stämmen, das Bertram so lebhaft empfindet, fühlt er kaum. Nur eins hat er voraus, das ist das Wasser, das als schiebende Fläche im Vordergrund auf der Kreuzschleppung vorkommt, und hinter der Geburt Christi versucht er, eine weite Landschaft in nächtlicher Beleuchtung aufzubauen.

Man sollte nicht glauben, daß bei dem führenden Meister der Generation, die auf Bertram folgte, die landschaftlichen Motive so wenig entwickelt bleiben konnten, nachdem der ältere Meister schon so weit vorgedrungen war.

Nur die Pflanzen auf dem Boden sieht er genauer an. Auf der Gruppe unter dem Kreuz erkennt man den Löwenzahn und die Marmelblume. Bertram charakterisiert nur die oft vorkommende Erdbeere. Die übrigen Gewächse am Boden sind noch Typen, die an Marmelblumen, Rapunzeln und Schmetterlingsblütler erinnern. Doch muß bemerkt werden, daß er nicht eintönig wird und wohl ein Dutzend typische Bildungen zur Verfügung hat.

ARCHITEKTUR

Bei Bertram ist die Architektur wie die Landschaft nicht mehr bloß Ornament oder Andeutung, sondern schon Hintergrund und Rahmen für die Figuren. Er sieht schon Menschen im Raum des Hauses.

Doch hat er vor der Wirklichkeit der Architektur weniger Respekt als vor der Wirklichkeit der Landschaft. Wenn wir bei ihm schon einer Eiche, einem Apfelbaum, einer Erdbeere begegnen, können wir doch kaum bei einer seiner Architekturen annehmen, daß er in demselben Grade Natur in der Erinnerung oder vor Augen gehabt hat. Er geht offenbar eben so willkürlich mit den Formen wie mit den Verhältnissen um.

Eine einheitliche Formel für die Verwendung der Architektur auf seinen Bildern läßt sich deshalb schwer geben. Doch können mehrere Gruppen unterschieden werden.

Am altertümlichsten wirken seine phantastischdekorativen Erfindungen, für die es ein Vorbild in der Wirklichkeit nur in den Einzelheiten, nicht aber als Ganzes gegeben hat. Dahin gehören die krausen Baldachine, die auf dem Grabower Altar Innenräume andeuten sollen (Isaak und Esau, Darstellung im Tempel). Auf dem Buxtehuder Altar kommen sie schon nicht mehr vor.

Verwandt damit sind das Baldachindach über den

Wänden und der Decke des Zimmers, das den Hintergrund zum Segen Jakobs bildet, die Bekrönung des Paradiestors und einige der Baldachine über den Thronen. Bei allen erheben sich über einer steinernen Balustrade mit runden Ecktürmchen Erker in Form von rotgedeckten kleinen Häusern mit Fenstern und Türen. Auch auf dem Baldachin des Throns Salomonis, auf dem die Jungfrau gekrönt wird, kommen sie vor. Der Baldachin des Throns auf dem bethlehemitischen Kindermord des Grabower Altars hat die roten Treppengiebel des Backsteinbaues.

Eine zweite Gruppe bilden die Gebäude, die als Nachbildung der Wirklichkeit gedacht sind. Dazu gehören die gelben, roten und grauen Häuser und der Tempel hinter der goldenen Pforte auf dem Buxtehuder Altar, das Paradiestor auf der „Verwarnung" und die Innenräume.

Dann kommen Bauten vor, die sich an eine aus der Wirklichkeit bekannte Form anlehnen, aber mit ornamentalen Erinnerungen phantastisch umkleidet sind. Dahin gehört das Türmchen rechts auf der „Verwarnung" des Grabower Altars. Das Vorbild scheint der Schildturm der mittelalterlichen Befestigung gewesen zu sein, wie er in Lübeck noch heute neben dem Burgtor steht. Die Dachbildung ist dann Phantasie, Fialen und Wimperge des Steinstils in Backstein übertragen, darüber am Achteck ein Motiv, das an die vorspringenden gedeckten Balkone der Verteidigungsbauten erinnert, zu oberst an dem Spitzturm vorspringende Erker, die ihr Vorbild wohl in Hauskranen haben dürften.

Dieselben Elemente, die hier zur Gewinnung phantastischer Silhouetten dienen, kehren an Toren und Baldachinen immer wieder. Selbst wo die Baldachine aus Holz gedacht sind, haben sie dieselben Formen wie die Steinarchitektur.

Die Farbe der Architekturen wechselt beständig. Das Rot des Backsteins steht überall neben dem Grau des Sandsteins. Braungrau oder gelb getünchte Häuser heben sich von roten Backsteinwänden ab. Einmal kommt ein tiefes Violett vor — an dem Tempelchen, in dem Maria sitzt beim Besuch der Engel.

Holz ist bald grün bemalt, bald steht es naturfarben in der Maserung.

Für die Beurteilung des Weges, den Bertram in seiner Entwicklung der Raumanschauung zurückgelegt hat, ist der Vergleich zwischen dem Stall auf dem Grabower Altar und dem des Buxtehuders sehr lehrreich. An die Stelle des einfachen Gebildes mit sehr mangelhafter Perspektive des Grabower Altars tritt später ein Strohdach mit einem erkerartigen Giebel und auffallend richtig gefühlter Konstruktion. Die Rückwand ist von einer Tür durchbrochen, durch die ein Engel hereinblickt.

Bei der Bedachung ist sehr genau unterschieden, ob Stroh, Ziegel oder Kupfer gemeint ist. Die roten

Ziegel sind sehr lang. Wir kennen genau dieselben Formen von Ausgrabungen mittelalterlicher Wohnstätten in unserer Umgebung.

*   *   *

Meister Bertram sah seine Architektur mit andern Augen an als ein Geschlecht wie das unsere, das so reife Architekturmalerei und so viele großartige Architekturphantasien vieler Zeiten und Kulturen hinter sich hat. Was uns an seinen Phantasien als Unbeholfenheit erscheint, war ihm — und seiner Zeit — Leistung. Wollen wir ihm gerecht werden, so heißt es, nicht von der Höhe zu ihm zurückblicken sondern hinter ihn treten. Dann wird uns seine Architektur als eine Tat erscheinen, die seinen Tierbildern und seiner Landschaft gleichwertig ist.

Und dann werden wir eine so liebliche Formerfindung wie den auch farbig märchenhaft reizvollen Pavillon, in dem Maria beim Besuch der Engel sitzt, als originelle Schöpfung genießen, werden die Phantastik des Paradiestores auf der „Verwarnung" bewundern und mit einem Gefühl der Ehrfurcht den Formen- und Farbenreichtum des Thrones Salomonis auf uns wirken lassen.

DER INNENRAUM

Der unbekannte Künstler, der den schönen kleinen westfälischen Altar von 1350 (im Besitz der Kunsthalle) geschaffen hat, kennt noch keinerlei Andeutung des Innenraums: der Mensch ist ihm alles. Selbst bei der Verkündigung deutet höchstens die Blumenvase zwischen den Gestalten auf einen Vorgang im Zimmer.

Meister Bertram gehört der folgenden Stufe an. Er müht sich, die Ausdrucksmittel für den Innenraum zu entdecken. Es ist psychologisch sehr anziehend, zu verfolgen, wie er tastend bis nahe zur Lösung des Problems fortschreitet. Auch hier, wie beim Tierleben und der Landschaft legt er eigentlich eine weitere Strecke Entwicklung zurück als sein Nachfolger Francke.

Auf beiden großen Altären stehen andeutende und entwickelte Mittel noch dicht nebeneinander. Aber die äußerste Grenze erreicht Bertram doch auf dem spätern Werk, dem Buxtehuder Altar, so daß eine Entwicklung deutlich wahrnehmbar wird. Nach einer Richtung bleibt er immer befangen. Er wagt es noch nicht, die Andeutung des Hauses fortzulassen. Wo er eine Zimmerdecke gibt, erhebt sich darüber das Dach des Hauses mit Erkern und Giebeln.

Auf dem Grabower Altar bieten sich urtümliche und entwickeltere Formen der Raumandeutung unmittelbar nebeneinander. Die Verkündigung Mariä geht vor dem einfachen Goldgrunde vor sich. Wand und Decke ja sogar der Fußboden des Gemachs fehlen. Nur das Betpult deutet auf das „Kämmerlein", aber es steht auf grünem Rasen. Die Strecke von hier bis zu Wand und Decke des Zimmers wird jedoch nicht im Sprunge zurückgelegt. Es hat großen Reiz zu verfolgen, wie der Fortschritt sich vollzieht.

Bertram geht systematisch vor sich, nur daß die Folgerichtigkeit sich nicht genau mit den zeitlichen Abständen deckt. Der Künstler arbeitet ohne ganz klares Bewußtsein der Entwicklungsarbeit, die sich in ihm vollzieht. Einmal macht er einen weiten Vorstoß. Dicht daneben fällt er bei einer andern Gelegenheit in urtümliche Ausdrucksmittel zurück oder verzichtet überhaupt auf Angabe des Raums. Im Ganzen aber geht er energisch auf das Ziel los, das er im Kämmerlein der Verkündigung des Buxtehuder Altars erreicht.

Nun fragt sich für uns, wie entsteht der Raumgedanke des Zimmers? Mit welchen Bestandteilen fängt der Künstler an? Mit den Wänden? Mit der Decke? Hätten wir die Dokumente nicht, wir würden uns den Weg nicht vorzustellen vermögen, denn der Künstler beginnt nicht mit einer Realität sondern mit einem Symbol.

Jakob und Esau haben als Andeutung von Jakobs Zimmer nur eine Art gemauerten Baldachins über sich. Wand und Stützen fehlen. Der schwere aus grauem Stein gebaute Baldachin mit Türmen und roten Dächern, ein Ding, für das es kein Vorbild in der Wirklichkeit gibt, schwebt ohne Stütze auf dem goldenen Grund. Obwohl der Künstler für seine Verhältnisse ein Meisterstück von Perspektive vollbringt, um die schwere Körperlichkeit glaubhaft darzustellen, hört doch sein Bedürfnis zu motivieren sehr bald auf.

Nebenan auf dem Segen Jakobs sind dem Baldachin schon Stützen, Rück- und Seitenwände hinzugefügt, dazu eine flache Holzdecke des Zimmers, und in der Rückwand fehlen die Fenster nicht. Auch das ist noch nicht Wirklichkeit, obwohl es schon einige Elemente davon enthält. Immer ist noch der Baldachin die Hauptsache und der Ausgangspunkt. Bei diesen unsichern Mitteln geht jedoch Bertram schon sofort auf das letzte Ziel der Darstellung des Innenraums los, die Wiedergabe der vom Licht im Freien grundverschiedenen Beleuchtung. Er macht hier unverkennbar den Versuch, Helldunkel auszudrücken. Doch steht das alles noch hinter den Figuren als eine Sache für sich. Der Schritt zur Einheit soll noch erst getan werden.

Auf dem Buxtehuder Altar genügt gelegentlich ein von einer unsichtbaren Decke herabhängender, in Form einer Lichterkrone aus leichtem Gewebe gebildeter Baldachin, um den Innenraum zu bezeichnen. Aber an zwei Stellen bedient sich Bertram schon sehr entwickelter Kunstmittel, um Illusion zu erzeugen, bei der Erzählung von der Geburt und bei der Verkündigung Mariä. Auf beiden ist von der Baldachinform nicht mehr die Rede. Es sind Räume mit Wand und Decke, und statt des Baldachins erscheint das Hausdach.

Das Zimmer der Geburt der Jungfrau ist nicht nur in der räumlichen Anlage geschildert, der Künstler hat auch die farbige Behandlung von Wand und Decke wiedergegeben. Das Bett der Mutter Anna steht in einer Ecke des Zimmers, mit dem Kopfende gegen die Schmalwand. Die Langwand hat unten eine als Sockel behandelte Bank. Die Decke ist eine Voute aus Brettern. Zwei Fenster sitzen an der Langseite, eins an der Schmalseite. Die Wände sind in zart grünem Ton gestrichen, die Decke hat dunkle Holzfarbe. Links schließt sich dem Zimmer der Mutter Anna eine Küche an, in der ein offenes Feuer auf niedrigem Herde brennt. Von diesem Vorraum öffnet sich sogar — eine kühne Neuerung — im Hintergrund eine Tür nach dem Nebenraum.

Auf der Verkündigung ist endlich die Hauptfigur nicht mehr vor den Raum gestellt sondern vom Raum umschlossen. Aber der Künstler wagt noch nicht, dem Zimmer mit seinen drei Wänden den ganzen Raum der Bildfläche zu geben, und er hat deshalb nur für eine Figur im Zimmer Platz. Die Andeutung des Daches über der Zimmerdecke fängt schon an, hinter dem Rahmen zu verschwinden. Beim nächsten Schritt, den Bertram freilich nicht mehr tut, würde die Andeutung des ganzen Hauses, den die urtümliche und die Kinderkunst nicht entbehren mag, bei der Darstellung des Innenraums verschwinden.

Auch hier ist eine Entwicklung Bertrams in jedem Zuge nachzuweisen: von der Stufe, wo auf jede Andeutung des Innenraums verzichtet wird — bei der Verkündigung des Grabower Altars — geht es aufwärts bis zur Schilderung eines so zusammengesetzten Gebildes wie auf der Geburt und der Verkündigung der Maria des Buxtehuder Altars.

FARBE

Das seltsame Schicksal, daß zwei von den vier Tafeln des Grabower Altars mehr als dreihundert Jahre unter einer doppelten, völlig deckenden Farbenschicht — einer grauen Untermalung und der Schicht des Bildes — der Einwirkung des Sonnenlichts entzogen war, bewahrt uns vor falschen Schlüssen aus dem heutigen Zustande der zwei übrigen Tafeln, die dreihundert Jahre ungeschützt dem Licht ausgesetzt waren und um einen Ton blasser sind. Der Buxtehuder Altar, dessen vorzügliche Erhaltung von Anfang an ins Auge fiel, steht den übermalt gewesenen Tafeln des Grabower Altars an Sattheit der Farbe sehr nahe.

Daß gerade die erste und die letzte Tafel des Grabower Altars übermalt waren, öffnet überdies einen Einblick in die Entwicklung Bertrams an dieser großen Arbeit. Es leidet wohl keinen Zweifel, daß er die erste Tafel, die mit dem Anfang der Schöpfungstage, zuerst ausgeführt hat. Hält man die erste und die letzte Tafel nebeneinander, so läßt sich eine Steigerung der Farbenempfindung nicht verkennen. Ein Blau, ein Rot wie auf dem Gewande der Maria auf der Flucht nach Ägypten, kommen auf der ersten Tafel nicht vor.

Auch zwischen der zweiten und der vierten Tafel besteht noch ein großer Unterschied, wenn auch die

Intensität der Farben nicht verglichen werden darf. Der Altar, auf dem Abraham seinen Sohn opfert (zweite Tafel) zeigt sich noch nicht mit den grauen und braunen Strichelungen bedeckt, die auf der Darstellung im Tempel der vierten Tafel den einförmigen Ton des Grau auflockert.

Noch weiter aber ist der Abstand zwischen dem Grabower und dem Buxtehuder Altar. Die technischen Mittel, Farbe zum reden zu bringen, die der Meister auf dem Buxtehuder Altar fast schon mit Raffinement verwendet, das Punktieren eines Rot mit Gelb, eines Gelb mit Weiß, das Schraffieren eines Zinnobers mit Gelb, eines Karmin mit Weiß, das Stricheln eines Grau mit Hellgrau und Braun kommen auf dem Grabower Altar nur in ganz seltenen Versuchen vor, einmal im Mantel des Abraham, ganz schüchtern als gelbe Pünktchen im Rot, einmal auf dem Altar der Darstellung.

Also auch hier haben wir es mit der Tatsache einer Entwicklung zu tun, die sich innerhalb der langwierigen Arbeit des Grabower Altars und im Abstand zwischen dem Grabower und dem Buxtehuder Altar verfolgen läßt.

Ein Vergleich mit dem kleinen westfälischen Altar der Kunsthalle, der vielleicht noch in die Zeit Bertrams fällt, aber der Entwicklungsstufe vor ihm angehört, bringt die Eigenart Bertrams zum Bewußtsein.

Beim Westfalen hat alle Farbe einen stumpfen nach braun gewendeten Ton. Die Rot klingen nur bescheiden mit, die Blau leuchten nicht, die Gelb sind eingesunken, die Violett ohne Sattheit, die Schwarz ohne Tiefe. Doch stimmen sie alle zu einer sehr vornehmen Harmonie zusammen.

In Bertrams Farbe ist ein neues Leben erwacht. Sie fängt an zu schimmern und leuchten, zu glühen und zu strahlen, sucht die Wirkung des Gegensatzes und der Tonigkeit, sie verfügt über alle Mittel der Schönfarbigkeit und beginnt bereits, sich dem Helldunkel zu vermählen.

Bertram steht dabei aber noch mitten in einer Zeit des Überganges. Er hat sehr altertümliche und sehr fortgeschrittene, stilisierende und naturalistische Farbe oft auf demselben Bilde nebeneinander. Dieser Zustand ist bei ihm schärfer ausgeprägt als bei irgend einem Künstler seines Zeitalters.

Auf der Erschaffung der Pflanzen steht Gott Vater in dem Rot, Blau und Grün der überlieferten dekorativen Gewandung neben dem jungen Wald mit dem sehr fein abgetönten Grün der Kronen, dem überraschenden Halbdunkel des Waldinnern, dem aus der Natur geholten Grün des Bodens am Waldrand und dem braunen Laubgrund im Waldschatten.

Noch auffallender arbeitet sich der Gegensatz auf dem Buxtehuder Altar heraus. Hier ist einzelnes, wie die Anbetung der Könige uneingeschränkt schönfarbig, und die Verkündigung an die Hirten geht in den feinen tonigen Weiß der Schafe auf dem vieltonig grünen Hang mit braunen Erdschollen, dem Blau, Rot und Violett der

Gewänder eine reiche naturalistische Harmonie ein, die dem sechzehnten Jahrhundert vorweggenommen scheint.

Aus diesem Gegensatz zwischen Gott Vater und dem Wald, der Anbetung der Könige und der Verkündigung an die Hirten läßt sich das Gesetz des Kolorismus erkennen, unter dem Bertram lebt. Er geht rein dekorativ kontrastierend und schönfarbig vor bei überlieferten Stoffen, naturalistisch aber und auf dem Wege zur Tonigkeit und zum Helldunkel in der Landschaft, im Innenraum, durch die er (oder seine Generation) ein neues Stoffgebiet aufschließt.

So anziehend es ist, diese Entwicklungsphase zu betrachten, bleibt doch nicht dieser Genuß der historischen Erkenntnis sondern die Freude an der ganz außergewöhnlichen koloristischen Begabung Bertrams die Hauptsache. Viel näher erscheint uns auf den ersten Blick die überwältigende Begabung und höchste koloristische Kultur Franckes, dennoch habe ich, seit ich Bertram längere Zeit habe beobachten können, die Überzeugung gewonnen, daß er als Kolorist seinem großen Nachfolger Francke mindestens ebenbürtig ist.

Wer sich mit dieser Seite von Bertrams Begabung beschäftigen will, tut am besten, zunächst eine einzelne Komposition des Buxtehuder Altars — etwa die Anbetung der Könige oder die Verkündigung an die Hirten — sehr eingehend und wiederholt zu betrachten, indem er sich über jede Farbe und jede Abschattung

Rechenschaft gibt. Von dem so gewonnenen Gefühl aus wird er dann leicht überall Anschluß finden.

Auch der Vergleich Bertrams mit Francke ist unumgänglich. Es gibt kaum größere Gegensätze: Francke geht nach Art der Japaner eher auf Flächenwirkung, Bertram benutzt die Farbe schon, um das Leben des Raumes zu steigern. Lehrreich ist ihr Verhältnis zum Grau. Näheres darüber findet sich im Abschnitt: Bertram und Francke.

SCHATTEN UND LICHT

ei Bertram werfen die Körper noch keinen Schatten auf den Boden oder auf andere Körper.

Dagegen verfolgt der Künstler stellenweise schon sehr genau, wie das Licht auf den einzelnen Körper wirkt und sogar, wie es in einen Innenraum einfällt. Es ist dies noch etwas anderes als sein Gefühl für das Helldunkel, obgleich die Beobachtung des Lichteinfalles und der Helldunkelwirkungen nahe beieinander liegen.

Besonders anziehend ist es, zu verfolgen, wie Bertram das Licht auf dem Fleisch studiert. Es empfiehlt sich, die Köpfe einzeln daraufhin zu untersuchen, etwa beim Noah beginnend. Bei den Köpfen der Frauen und des Christkindes vergißt er nicht, die Lichter auf den Oberlippen anzugeben.

Auf dem Grabower Altar bietet der Steinaltar, auf dem Abraham seinen Sohn opfert, ein gutes Beispiel für Bertrams Beobachtung der Beleuchtung eines freistehenden Körpers, und auf dem Segen Jakobs des Grabower und der Verkündigung Mariä des Buxtehuder Altars lassen sich die ersten Versuche der Beleuchtung eines Innenraums studieren. Auf dem Segen Jakobs kommt das Licht von den Fenstern des Hintergrunds. Die Holzdecke des Raumes erscheint an der Fensterseite dunkel und lichtet sich vorn allmählich auf. Bei den Figuren nimmt der Künstler natürlich eine volle Beleuchtung von vorn an. Deshalb stehen sie auf dem Segen Jakobs vor dem helldunkeln Innenraum. Im Zimmer der Verkündigung Mariä fällt das Licht von rechts durch die Fenster. Die Fensterwand bleibt die dunklere, die Wand gegenüber ist hell (das Fenster, durch das der Engel ins Gemach blickt, ist eigentlich ein Loch in der Wand und wird ignoriert). Sogar auf den Verzierungen der Rückwand läßt sich deutlich verfolgen, wie der Künstler mit der Annahme einer einzigen Lichtquelle gerechnet hat.

HELLDUNKEL

m folgerichtigsten ist das Helldunkel durchgeführt in den Waldlandschaften des Grabower und des Buxtehuder Altars (namentlich auf der Erschaffung der Pflanzen und auf der Verkündigung des heiligen Joachim). Vom Helldunkel des Waldes auf der Erschaffung der Pflanzen läßt sich kaum in zu hohen Tönen sprechen. Die linke Ecke der „Verwarnung" und der Vordergrund der Erschaffung der Eva kommen sehr nahe heran.

Das Helldunkel ist jedoch nicht auf die Landschaft beschränkt. Es finden sich seine Spuren überall, wenn auch Meister Bertram noch nicht so weit kommt, ein ganzes Bild durch Helldunkel zusammenzuhalten. Den ersten Schritt dazu tut er auf dem Segen Jakobs. An der Beleuchtung der Decke und Wände, an den durchlichteten Dunkelheiten zwischen den Figuren läßt sich deutlich erkennen, was dem Künstler vorschwebte. Das Bild wird dadurch für die Geschichte des Helldunkels so wichtig wie die „Verwarnung" für die Geschichte der Raumempfindung.

Sehr beachtenswert sind die in schattigem Helldunkel webenden Untersichten der Baldachine und Einblicke in Architekturen. Bei Gewölben fällt oft ein ungemein zartgefühltes Rot im Schattenton auf. In das Gebiet des Helldunkels gehört auch der Einblick in die Arche und in die beiden Gefäße, die der Einschenkende, der dahintersteht, benutzt.

PERSPEKTIVE

Die Generation, der Bertram angehörte, begann zum erstenmal Landschaft und Architektur — Außenansicht und Innenräume — nicht nur andeutungsweise als Hintergrund und Umwelt in ihre Bilder einzufügen, sondern mit der Absicht, die Wirklichkeit darzustellen.

Sie hatte dabei die Gesetze der perspektivischen Darstellung aufzufinden und auszuarbeiten. Was sie aus der vorhergehenden Zeit übernehmen konnte, wie die Aufsicht auf einen Altar oder Tisch, bei der die Platte nach hinten breiter wird, eine uralte Überlieferung, wirkte mehr verwirrend als wegweisend. Eine Wissenschaft der Perspektive konnte es noch nicht geben, und die ersten Versuche gingen nicht auf eine wissenschaftliche Begründung und Ausarbeitung aus. Es war ein gefühlsmäßiges Tasten, dessen Anstrengungen durch mehrere Künstlergeschlechter zu verfolgen sind.

Was Bertram übernommen hat — außer der falsch konstruierten Aufsicht — wissen wir nicht. Dagegen läßt sich innerhalb seiner Arbeit in einzelnen Punkten ein Fortschritt verfolgen.

Selbstverständlich ist er oft genug unsicher. Aber stellenweise geht er wie unbewußt weit über die Grenzen seiner Zeit hinaus. Das Beste bei ihm ist im Prinzip weiter, als gegen fünfzig Jahre später irgend etwas bei seinem Nachfolger Francke.

Soll das Ziel gemessen werden, das er erreicht hat, müssen immer wieder die „Verwarnung" des Grabower und die Krönung Mariä des Buxtehuder Altars untersucht werden, die wir als Bild nicht genug bewundern können.

Wo vorher für die Figuren ein schmaler Streif Boden zwischen Rahmen und Goldgrund genügen muß, dehnt sich auf der Verwarnung ein wirklich flaches Stück Erdboden, dessen Aufsicht überraschend gut gelungen ist, weit in den Bildraum hinein, bis die roten Mauern des Paradieses die Grenze bilden. Auf diesem flachen Boden stehen Adam und Eva — Eva weiter hinten perspektivisch kleiner — ganz fest auf ihren Füßen. Der Zug der Mauern, der Aufriß der abschließenden Architektur des Tores zeugen von sehr lebendigem, natürlichem Gefühl für den Kern der Aufgabe. Der Turm, der im Aufbau des Bildes der Silhouette von Gott Vater die Wage hält, ist schon ein kleines Kunststück perspektivischer Überlegung.

Der Thronsitz auf der Krönung Mariä ist von grauem Stein und genau in der Mittelachse von vorn gesehen. Der hölzerne Baldachin, grün gestrichen, weicht nach rechts aus, ist aber durchaus in der Untersicht gegeben. Daß Bertram auch einen Baldachin in der Untersicht von vorn hätte bewältigen können, beweist seine Hochzeit zu Kana.

Die Linienperspektive des Thronsitzes ist in Absicht und Durchführung ein sehr auffallendes Erzeugnis der frühen Zeit. In allem wesentlichen hat den Künstler das Gefühl richtig geleitet.

Auffallender noch als die Linearperspektive sind die unverkennbaren Ansätze einer Luftperspektive. Die Stufen des Thrones im Vordergrund haben ein warmes Grau, der Sitz weiter hinten ein kaltes.

Durch die Zusammenwirkung der Linear- und der Luftperspektive — soweit von dieser gesprochen werden kann — entsteht ein Raumgebilde von seltener Überzeugungskraft.

Für die Beurteilung der perspektivischen Bestrebungen Bertrams wird dieser Thron immer maßgebend sein. Es verlohnt sich, genau die Mittel zu studieren, mit denen er die Luftigkeit des Tons erreicht. Ein Zweifel über die Absichten des Künstlers wird am raschesten widerlegt, wenn man sich langsam von dem Bilde bis zur gegenüberliegenden Wand entfernt. So weit der Abstand sich ausdehnen mag, der räumliche Eindruck des Thrones bleibt von derselben Klarheit und Kraft. Es ist von Wert, ein verwandtes Bild Franckes, der ganz andere Ziele hat, in diesem Punkt zu vergleichen. Die Schönheit der Farbe und des Tons bleiben, soweit das Bild sichtbar ist, unverändert, der Raumeindruck verschwimmt schon nach wenigen Schritten.

Unter den Innenräumen ist das Kämmerlein der Maria auf der Verkündigung des Buxtehuder Altars der interessanteste, wenn auch nicht der am folgerichtigsten durchgebildete. An der Decke arbeitet der Künstler schon wie mit der Vorstellung eines Augenpunkts. An den Wänden verläßt ihn das Gefühl. Die rechte Seite ist in den Linien des Wandsockels entgegengesetzt der linken Wand angelegt, links steigen, rechts fallen die Linien. An der Decke macht der Künstler das Kunststück eines Kreuzgewölbes von ziemlich richtiger Perspektive. Die ewige Lampe, die sehr hoch darunter hängt, hat dann aber Aufsicht statt Untersicht.

Als Fortschritt gegen den Grabower Altar läßt sich auf dem Buxtehuder ansehen, daß bei den bekrönenden Architekturen alles schon in Untersicht gegeben ist. In Kleinigkeiten wie dem Schornstein auf der Geburt der Maria oder der ewigen Lampe wird der Künstler wieder unsicher. Dagegen kommt die Aufsicht bei den bekrönenden Türmen nicht mehr vor, die auf dem Grabower Altar noch neben der Untersicht erscheint (Segen Jakobs).

Da bei Bertram die Perspektive rein gefühlsmäßig ist, hat es für eine wissenschaftliche Geschichte der Entwicklung der Perspektive Wert, im einzelnen zu verfolgen, wie der Künstler schwankt, und welcher Mittel er sich bedient, um eine Art Gleichgewicht zu erreichen.

BERTRAMS EINFLUSS

Bei der geringen Zahl der aus dem Zeitalter nach Bertram erhaltenen norddeutschen Kunstwerke ist die Zahl der Spuren Bertramscher Gedanken bei seinen Nachfolgern auffallend groß. Es würde nicht wunder nehmen, wenn sich herausstellen sollte, daß wir in ihm einen der großen Anreger für die ganze Umgebung zu sehen haben.

In Hamburg selbst habe ich außer bei Meister Francke keine Spuren Bertrams gefunden. Sein Verhältnis zu Francke erfordert eine gesonderte Darstellung.

Zeitlich am nächsten steht Bertram der höchst anziehende Altar der Antoniterpräzeptorei zu Tempzin in Mecklenburg, abgebildet bei Schlie.

Auf den Außenflügeln finden sich acht Bilder aus dem Marienleben, vier davon, die obern, den Buxtehuder Bildern sehr nahe. Die untern vier stellen Szenen dar, die in Buxtehude fehlen. Innen die Passion mit der Kreuzigung als Mittelstück.

Die Passion gehört der Stufe vor Francke an. Der Künstler wagt noch nicht, den ganzen Raum der Rückseite für die Kreuzigung zu nehmen und sein Thema dann breit zu entwickeln. Er klemmt jederseits noch zwei Darstellungen in Hochformat mit hinein. Dadurch bekommt alles, auch die Kreuzigung, etwas Gedrängtes und Gedrücktes, und die Figuren werden überlang in der Proportion. Dagegen sind auf den Innenseiten der Flügel nur je zwei Bilder angeordnet, im Gegensatz zu denen, die das Feld der Kreuzigung füllen, im Querformat. Hier entfaltet der Künstler seine höchsten Gaben. Die Grablegung mit der Maria, die sich händeringend auf den Sohn stürzt und von Johannes gehalten wird, die Szene am Ölberg, mit sehr originellen Motiven der Schlafenden (einer sitzt, läßt die Linke hangen und stützt den Kopf in die Rechte, einer zieht fröstelnd den Mantel um sich) sind Kompositionen hohen Ranges, die denen Franckes in allem, worauf es ankommt, ebenbürtig werden. Die Kreuzigung ist zu sehr gedrängt. Longinus, zwei Reiter, die Würfler (zwei davon liegen sich in den Haaren) auf schmaler Fläche. Der Christuskopf läßt den von Francke vorahnen. Maria steht noch, läßt die Hände in hereinbrechender Ohnmacht sinken und wird von Johannes und einer der heiligen Frauen gehalten.

Man sieht auf diesem Werke das Ringen nach der neuen Gestalt des Altars mit an, die Francke bringen sollte mit dem ganz großen Bild als Schluß, — es fehlt das Gleichgewicht. Die breiten Passionsbilder der Flügel sind als rahmende Stücke sehr viel besser als die ängstlich schmalen, gequälten der Rückwand, die das Haupt- und Schlußstück sein sollte.

Das Marienleben ist bei weitem nicht so innig wie das Buxtehuder. Es wirkt wie eine Reduktion. Den Künstler zwang der Raum: er hatte vier Szenen in schmalem Hochformat auf den Flügel zu bringen. Dabei kann man nicht erzählen. Aber wo ein wenig Raum bleibt, fängt der Künstler an zu fabulieren. Am Bett der Mutter Anna steht ein Tisch, zwischen dessen Beinen eine große Katze hockt. Ein Kätzchen, das auf die Querstange zwischen den Tischbeinen gesprungen ist, langt spielend mit der Pfote nach der Alten herab. Ein kleiner schwarzer Hund wendet sich bellend nach der hockenden Katze um. Das ist echt Bertramsch.

Der Rahmen um die Bilder gehört ebenfalls dem Bertramschen Typus an durch die noch romanischen Kreise, die in den Lauf des Ornaments eingefügt sind. Beim Marienleben sind Grau in Grau allerlei Grotesken hineingemalt, eine Harpye, ein Esel, der die Harfe spielt, der Kranich, der aus dem Kruge trinkt. Derartiges kommt sonst nur in Miniaturen vor.

Die Umrahmung der Passion ist entzückend und ausnahmsweise Schnitzerei in langem Rhythmus der Bestandteile: Kreis mit eingemalter Halbfigur, Blatt, Rosette, Blatt, Kreis. Die Blätter waren vergoldet und krochen abwechselnd über blauen und roten Grund, die Rosetten dürften weiß gewesen sein.

Die Arbeit ist nicht so gut wie auf unsern Altären von Bertram, aber sehr viel besser als die des Passionsaltars in der Georgenkirche zu Wismar vor der alles deckenden Übermalung gewesen sein kann. Die Hände sind zum Teil sehr roh, so die Rechte des heiligen Joachim beim Kuß unter der goldenen Pforte. Immer gelingen, wie bei Bertram, die Innenflächen der Hände besser.

Der Typus der Maria ist der Bertramsche. Die andern Frauentypen weichen ab. So hat die Magd bei der Geburt der Maria schon das Haar hinter das Ohr gestrichen, eine Mode, die bei uns vielleicht erst um 1410 einsetzt. Bei der Maria des Tempziner Altars ist das Ohr noch stets bedeckt.

Bertramsch ist es, wenn die vornehmen Leute gepflegtes Haar haben und die ordinären Köpfe durch grannenartige Augenbrauen und Barthaare gekennzeichnet werden. So reich wie bei Bertram sind die Charaktere nicht entwickelt. Es fehlen beispielsweise die bei Bertram so fein gebildeten semitischen Typen.

Die Farbe gehört im ganzen zu Bertram. Einzelne Motive sind neu, so, wenn auch auf den acht Tafeln des Marienlebens der Farbenrhythmus nicht durch rote, sondern durch grüne Gewänder gebildet wird. Auffallend wirkt, daß das Ultramarin ganz ungebrochen verwandt wird wie auf italienischen Bildern. Auf unsern Werken von Bertram wird es mehr nach Grün oder Grau gemildert und so dem Gesamton eingefügt. Das gilt selbst von dem stärksten Blau, dem Mantel der Maria der Ruhe auf der Flucht nach Aegypten. Auch Francke verwendet es mit feinem Farbengefühl nie ungebrochen. Hier haben vielleicht die reichen Besteller ein Wort mitgesprochen.

Der Altar gibt viel zu denken. Daß die vier identischen Szenen des Marienlebens von Bertram herstammen, leidet keinen Zweifel. Aber haben wir uns eine

Passion Bertrams als Vorbild für die Passion des Tempziner Altars zu denken? Kann es wahrscheinlich gemacht werden, daß Bertrams Passion diese Züge trug? Vorläufig müssen diese Fragen unbeantwortet bleiben. Hier steckt eins der interessantesten Probleme der norddeutschen Kunstgeschichte. Material gibt es noch in Lübeck und an anderen Orten.

* * *

Aus einer fernerliegenden Provinz und Zeit ist der Göttinger Altar von 1424, jetzt im Provinzialmuseum zu Hannover.

Zwei seiner Bilder gehen auf Bertram zurück, beide auf den Buxtehuder Altar.

Das eine ist die Verkündigung an den h. Joachim. Die mit Wald gekrönte Hügellehne rechts stimmt in allen wesentlichen Motiven mit der bei Bertram überein. Statt des Fuchses wird zwischen den Bäumen im Wald ein Wolf mit einem Lamm im Rachen sichtbar. Auch das säugende Mutterlamm in der Herde ist nicht vergessen. Doch sind die von Bertram entlehnten Motive schwächer im Ausdruck als bei dem wohl dreißig Jahr ältern Original.

In der Anlage verschieden, aber in einzelnen wichtigen Motiven identisch ist die Szene des Christusknaben unter den Schriftgelehrten. Der Mann rechts im Hintergrund, der die Bibel wegschleudert, ist vorläufig nur aus derselben Figur bei Bertram verständlich, ebenso links die Gebärde der Mutter Maria, die ihren Sohn erkennt und unwillkürlich die Hände nach ihm ausstreckt.

* * *

DOBERANER ALTAR, UNTERE REIHE

Einen Komplex schwieriger Fragen, die ich noch nicht zu lösen vermag, bildet das Laienkreuz in der Kirche zu Doberan.

Ein beträchtlicher Teil des reichen Schmuckes steht in engsten Beziehungen zu Bertram.

Es sind vor allem die Darstellungen aus dem alten Testament, Abrahams Opfer, David und Goliath usw. Das Opfer Abrahams wirkt wie eine erste Skizze zu der Darstellung auf dem Grabower Altar. Einzelnes kommt schon genau wie hier vor, so der am Horn aufgehängte Widder. Isaak ist noch das geduldige Opferlamm, das sich ohne Sträuben hingibt. Aus diesem Charakter des Reliefs am Doberaner Laienkreuz geht mit Sicherheit hervor, daß es keine Nachahmung der Szene aus dem Grabower Altar von 1379 sein kann, also sehr wohl bald nach der Vollendung der Kirche (1368) anzusetzen ist. Wer Bertram kennt, wird schon beim ersten Anblick von der Identität der Typen und der Bewegungsmotive frappiert. Selbst die moderne Übermalung hat den Ausdruck von Leben, der Bertram gehört, nicht zu verwischen vermocht. Dagegen haben andere Gruppen, namentlich die der Christusseite, weit schlankere Proportionen als wir bei Bertram gewohnt sind. Da kaum anzunehmen ist, daß an demselben Kunstwerk zwei Werkstätten gearbeitet haben, kann es sich, die Werkstatt Bertrams angenommen, um einen Jugendstil Bertrams handeln, von dem er sich während der Arbeit losgelöst hat, oder es müßte mit einem Mitarbeiter anderer Herkunft und Stufe gerechnet werden.

Das Sakramentshäuschen in Doberan steht dem Teil des Hochaltars, der von Bertram herrührt, näher als dem Laienaltar.

Dem Laienaltar ist wieder aufs Engste verwandt der unter Brandts Leitung so vorsichtig restaurierte Landkirchner Altar in Kiel.

Daß der Engel der Verkündigung bei dem (Lübecker) Meister des Neukirchner Altars in Kiel dem des Grabower von Meister Bertram nahe verwandt ist, hat schon Friedrich Knorr in seiner Arbeit über den Meister hervorgehoben. Es mag noch hinzugefügt werden, daß die Bildanlage der Verkündigung bei Francke wie bei dem Meister des Neukirchner Altars auf eine der drei Typen von Bertram zurückgeht.

LAIENALTAR IN DOBERAN
ABRAHAMS OPFER

Wenn erst die Aufmerksamkeit der Forscher des engern Gebietes sich den Problemen zugewandt hat, die Bertram anregt, werden wir wohl eine Ergänzung und Erklärung dieser ersten Funde erwarten dürfen.

BERTRAM UND FRANCKE

Solange Bertram noch nicht genauer bekannt war, ließ sich als wahrscheinlich annehmen, daß Francke sein Schüler gewesen sei. Seit ihre Werke im selben Raum zum Vergleich stehen, ist dies Verhältnis zweifelhaft geworden. Hätten sie nicht an einem Ort geschaffen, und wäre nicht auch für Francke nachweisbar, daß er in Hamburg seine Entwicklung durchgemacht hat, man würde nicht leicht auf den Gedanken kommen, die beiden Meister in Beziehung zu setzen.

Der Vergleich ihrer Werke lehrt zunächst das eine, daß auch im vierzehnten und fünfzehnten Jahrhundert das jüngere Geschlecht keineswegs den Trieb fühlte, mechanisch und logisch alle Ansätze des älteren weiter zu entwickeln. Es ging, nachdem es sich die Hauptergebnisse angeeignet, seine eigenen Wege und entwickelte das Neue neu aus sich heraus.

So kommt es, daß Bertram der ältere, in mehr als einer Richtung sehr viel weiter vordringt als sein Nachfolger Francke, und daß dieser Kräfte und Mittel entwickelt, die bei Bertram nicht einmal im Keim vorhanden scheinen.

Was Bertram voraus hat, ist zunächst eine sehr viel eindringlichere Beobachtung des Pflanzen- und Tierlebens. Als wir nach der Erwerbung von Franckes Werken den Buxtehuder Altar untersuchten, dessen

Urheber wir damals nicht kannten, waren wir geneigt, die Arbeit eines Zeitgenossen Franckes darin zu sehen, der einige altertümliche Züge noch nicht abgestreift hatte, daneben aber einen Fortschritt über Francke hinaus bezeichnete.

Ebenso auffallend sind die technischen Verschiedenheiten. Auch hier stecken in Bertrams Werken Keime, deren Ausbildung bei Francke nicht erkennbar wird. Die Mittel, die Bertram auf seinen spätern Werken anwendet, um Farbe zum Leuchten zu bringen — Strichelung, Tüpfelung, Schraffierung mit einer andern Farbe, die als solche nur aus der Nähe in die Erscheinung tritt, bei geringem Abstand mit der Farbe des Grundes im Auge verschmilzt und dadurch stärkern Reiz ausübt — verwendet Francke nachher an keiner Stelle. So stark seine Farbe wirkt, er erreicht doch nach meiner Empfindung nirgend die Glut und Kraft Bertrams, wo er am stärksten ist (Ruhe auf der Flucht nach Egypten, Christusknabe im Tempel).

Wenn es einen Umstand gibt, der gegen die unmittelbare Schülerschaft Franckes zu sprechen scheint, so ist es dieser. Es läßt sich zunächst sehr schwer einsehen, daß der große Kolorist Francke als Schüler in Bertrams Werkstatt die Wirksamkeit solcher Mittel kennen gelernt und nicht sollte zu würdigen gewußt haben. Aber er hat ja bei Bertram auch andere Dinge unbeachtet gelassen, die Landschaft, das Tierleben. Der Künstler selbständigen Wesens kann nur das aufnehmen, was seiner Art entspricht. Francke ging in der Farbe auf eine Flächenwirkung hinaus, die an das Feinste der Japaner gemahnt. Bertrams Prinzip der Auflockerung und Auflichtung der Farbe ist räumlicher Natur und arbeitet der Flächenwirkung entgegen. Auf einer Franckeschen Harmonie einzelne Farben mit den Mitteln Bertrams ausdrücken, hieße die Einheit zerstören. Es wird sich schon so verhalten, daß Francke die Mittel, die er kennen mußte, auch wenn er nicht Bertrams Schüler war, im Ringen auf ein anderes Ziel mit Bewußtsein verschmäht hat.

Der Unterschied in der Behandlung der Farbe mag überhaupt auf das verschieden entwickelte Raumgefühl zurückgehen. Bei Bertram ist Farbe Mittel, bei Francke schon fast Zweck. Bertram braucht sie, um seine Kompositionen aufzulockern. In dieser Beziehung ist sein Verhältnis zum Grau und Braun sehr charakteristisch. Bertram verwendet sie fast überall, um zu vertiefen oder zu harmonisieren. Wie fein steht das Grau des Esels der Ruhe auf der Flucht zu dem Braun des Erdbodens, wie überaus geschickt ist ein sehr lebendiges Grau bei der Krönung Mariä verwendet. Es bildet mit seinen zarten und starken Abschattungen einen unsagbar räumlich gefühlten Vordergrund, dem sich oben mit ähnlicher Wirkung der grüne Baldachin anschließt mit der schwarzen Decke — was für ein Schwarz in dem Grün —, mit den goldenen Rauchfässern, die das Schwarz lebendig machen und dem Rot und Violett, die das Grün umgeben, um es zu stärken, ohne es hart zu machen. Auf diesem Krönungsbilde rückt das Grau funktionell an die Stelle des Goldgrundes. Auf dem Buxtehuder Altar sind die Grau besonders zart verwandt, so auf dem Altar der Beschneidung.

Eine solche Verwendung der Grau und Braun kommt beim Grabower Altar nur erst ganz ausnahmsweise vor. Die Wirkung des Grau auf die Kraft und Harmonie der farbigen Gesamthaltung dürfte eine ganz persönliche Entdeckung Bertrams gewesen sein.

Im Raumgefühl scheint mir Bertram, namentlich, wenn man den Abstand der Generationen in Anschlag bringt, über Francke hinauszugehen. Francke bleibt auch im körperlichen Aufbau seiner Bilder mehr in der Fläche, als in seinen kühnsten Kompositionen Bertram. Francke sucht durch vorgeschobene Kulissen von Erdreich, durch Gebüsch, ein Gitter, einen überschneidenden Arm die Dimension in die Tiefe fühlbar zu machen und bleibt für den Gesamteindruck doch in der Fläche. Wo er am kühnsten vorstößt, bedient sich Bertram dagegen keinerlei solcher äußeren Hilfsmittel. Ein Vergleich der vorgeschrittensten Kompositionen beider Meister läßt diesen wesentlichen Unterschied leicht erkennen. Bei der Verwarnung unter dem Baum der Erkenntnis gibt Bertram eine volle Aufsicht auf die Fläche des Bodens und stellt Adam und Eva mit erstaunlichem Gefühl für die Tiefenwirkung lose hinein. Francke erreicht auf der Kreuzschleppung schon eine volle Aufsicht auf den Vordergrund mit der Wasserfläche. Aber die Figuren des Zuges bewegen sich noch fast als Relief am Hintergrund entlang. Sie stehen nicht in demselben Sinne im Raum wie bei der „Verwarnung" Bertrams. Der Raum des Vordergrundes ist eins bei Francke, die Gruppe ein anderes. Bertram hat in glücklicher Stunde schon die Einheit erreicht.

Die Merkmale, die darauf hinweisen, daß Francke die Werke seines Vorgängers gekannt hat, sind übrigens bald aufgezählt. Ich sehe sie zunächst in der Übernahme eines Kunstmittels, dem Antlitz einen besonders lebendigen Ausdruck zu geben. Bertram läßt zu diesem Zweck wiederholt einen Hut oder einen Helm das Gesicht in der Mitte der Augen überschneiden (Kindermord, Verkündigung an die Hirten). Bei Francke findet sich dies Motiv auf der Ermordung des h. Thomas von Canterbury. Auch die Überschneidung des Gesichts durch einen erhobenen Arm, bei Francke so auffällig, findet sich schon bei Bertram (Gott Vater der Schöpfungstage). Außerdem ist mir eine seltene Farbenzusammenstellung aufgefallen, die sich zuerst bei Bertram findet: das Grün-gelb-weiß des knieenden alten Königs auf der Anbetung des Buxtehuder Altars. Bei Francke hat es die Magdalena in der Gruppe der Frauen unter dem Kreuz. Das ist nicht sehr viel Positives.

Ein näheres Verhältnis würde sich vielleicht erkennen lassen, wenn bei Francke eine Reihe von Kompositionen sich mit Bertrams Werk deckten. Unter den von beiden Künstlern auf uns gekommenen Werken tritt nur zweimal derselbe Stoff auf, die Geburt Christi und die Anbetung der Könige.

Die Geburt Christi bei Francke hat keinerlei Verwandtschaft mit der Auffassung Bertrams, Maria ruht nicht mehr auf dem Lager, das Kind liegt nicht mehr in der Krippe. Francke kennt schon den neuen Typus — als einer der ersten im Norden —, wo Maria vor dem an der Erde liegenden Christkinde in Anbetung niederkniet: Mein Herr und mein Gott! Über die Entstehung der neuen Ikonographie des 15. Jahrhunderts, der diese Komposition Franckes schon angehört, geben Thode in seinem Franciscus von Assisi und Mâle in der Gazette des Beaux arts 1904 die Aufklärung.

Franckes Anbetung der Könige geht durch die Betonung der Nacht und durch die Einführung Josephs über Bertram hinaus. Aber auch ihm fällt es noch nicht ein, das Gefolge der Könige zu schildern. Eine Verwandtschaft mit Bertram läßt sich vielleicht in der Schilderung des knieenden Greises empfinden, wenn man ihn mit dem des Buxtehuders Altars vergleicht. Die Empfindung wenigstens scheint mir nahe verwandt.

In den Illustrationen bei Staphorst sind uns (schlecht wiedergegeben) noch andere Kompositionen Franckes erhalten, die Verkündigung und die Darstellung. Von diesen scheint die Verkündigung dem Typus, der bei Bertram in drei Abwandlungen vorkommt — der Engel zur Seite Marias knieend, Maria auf den Knieen vor ihrem Betpult —, zu entsprechen. Diese zuerst bei Bertram vorkommende Anordnung hält sich lange im Norden. Noch der (Lübecker) Meister des Neukirchner Altars hat sie beibehalten.

Franckes Kunst bleibt, von Einzelheiten abgesehen, wenn sie auch für die Einschätzung der Ursprünglichkeit noch so wichtig sind, im ganzen selbstverständlich die reifere und ist uns deshalb unmittelbarer zugänglich. Er ist schon deshalb im Vorteil, weil er weit größere Flächen zur Verfügung hatte. Hier erst konnte er seine neue Kunst des Aufbaus entfalten. Szenen, wie die Kreuzschleppung mit den vielen schrägen, den Eindruck der hastigen Bewegung unterstützenden Linien, die Grablegung mit der einen redenden Querlinie des Leichnams, der Auferstehung mit der aufstrebenden Gestalt im Gegensatz zu dem Gewimmel der ruhenden Krieger, die Gruppe der Frauen unter dem Kreuz mit dem zart abgewandelten Ausdruck der Beziehungen der heiligen Frauen zur Maria und dem beredten Spiel zarter Frauenhände konnte Bertram auf den Bildflächen der uns erhaltenen Altäre noch nicht entwickeln. Freilich muß gefragt werden, wie weit die Darstellung der Passion ihn über das uns Erhaltene hinausgeführt haben mag. Wenn die Passion des Tempziner Altars ebenso wie dessen Marienleben auf Bertram zurückgeht, was mir nicht ganz unmöglich vorkommt, müssen wir unser Urteil über Bertram noch wesentlich ändern. Kompositionen wie die der Grablegung des Tempziner Altars stehen an Breite und Wucht des Aufbaus, an Klarheit und Kraft des Rhythmus, an Innigkeit der Empfindung den Bildgedanken Franckes nicht nach. Wo so viel Wunder schon geschehen sind, bleibt uns die Hoffnung, daß die weitere Forschung auch über Bertrams Auffassung der Passion noch einmal einige Sicherheit schaffen wird.

Dem Gefühl wird heute die nahe Verwandtschaft der beiden großen Meister vor allem in ihrem koloristischen Wesen anschaulich. Wir fangen erst an, Francke zu fassen, seit wir ihn neben Bertram sehen. Bertram ist auch hier der große Bahnbrecher, Francke der genial begabte Erbe. Das Kapital koloristischer Kultur, mit dem Francke wirtschaftet, stammt nicht nur aus seiner eigenen Begabung, sondern auch aus dem Vermögen Bertrams, das Francke im Erbwege übernahm.

Wir beginnen erst eben, wo wir seit August 1905 den ganzen Bertram mit Francke nebeneinander beobachten können, wo nun der eine den andern beleuchtet, uns in ihr Wesen hineinzufühlen. Franckes Bedeutung hat sich nicht verringert, seit wir nun die Grenzen seiner Absicht oder Begabung erkennen gelernt haben, für die wir bis dahin keinen Maßstab besaßen. In diesem Stadium läßt sich noch nicht sagen, zu welchen Entdeckungen eine innigere Vertrautheit Vieler mit den Werken unserer alten Hamburger Meister führen wird.

HANSEATISCHE KUNST

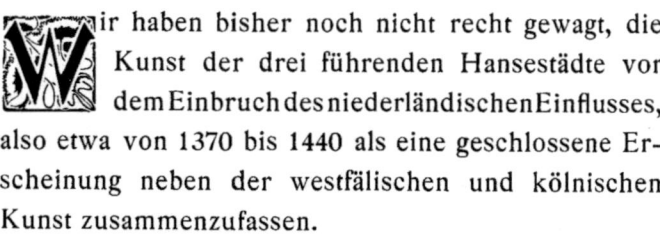ir haben bisher noch nicht recht gewagt, die Kunst der drei führenden Hansestädte vor dem Einbruch des niederländischen Einflusses, also etwa von 1370 bis 1440 als eine geschlossene Erscheinung neben der westfälischen und kölnischen Kunst zusammenzufassen.

Die Funde und Forschungen der letzten Jahre drängen uns jedoch die Erkenntnis auf, daß die drei Hansestädte in der Zeit ihrer höchsten politischen Anspannung auch eigene Kunst besessen haben, die, obwohl nur aus Bruchstücken für uns erschließbar, in ihren höchsten Leistungen das Recht der Ebenbürtigkeit neben der der bisher bekannten Zentren beanspruchen darf. Gegen 1450 erliegt sie fremden Einflüssen.

Auf Goldschmidts grundlegende Arbeit über die Lübecker Malerei und Plastik vor dem Einsetzen der Reformation ist Adelbert Matthäis Werk über die holsteinischen Altäre gefolgt, das für die Zeit um 1400 die unbestimmten Vermutungen einer Einfuhr aus den Niederlanden zurückgewiesen und Lübeck als den Ursprungsort der erhaltenen Denkmäler ins Licht gerückt hat. An einem hervorragenden Beispiel hat Friedrich Knorr in seiner Untersuchung über den Meister des Neukirchner Altars dargelegt, wie von Lübeck aus um 1440 ein sehr großer Künstler die umliegenden Provinzen beherrscht. In Hamburg haben sich uns die

Werke Bertrams und seines Nachfolgers Francke erschlossen, wir haben den Einfluß der beiden bedeutenden Künstler durch Hannover, Mecklenburg und Pommern verfolgen können. In Bremen hat Gustav Pauli die Reste des kostbaren Domgestühls aus dem Ende des 14. Jahrhunderts in der Kunsthalle zu Ehren gebracht. Im Thaulow-Museum in Kiel bemüht sich Brandt, im Schweriner Museum Steinmann um die aus Lübeck — und zum Teil vielleicht aus Hamburg — stammenden Kunstwerke derselben Epoche.

Und während man bis dahin eher geneigt war, in der hanseatischen Produktion von 1370—1440 eine Art unpersönlicher Kunst als Ausläufer der kölnisch-westfälischen Wurzel zu sehen, beginnen wir jetzt nach den zum größten Teil noch namenlosen künstlerischen Persönlichkeiten zu forschen, die hinter der Produktion stehen. Einige vermögen wir schon zu umreißen, aber vorläufig können wir nur die Hamburger Bertram und Francke mit Namen nennen und in ihrer Entwicklung auf hanseatischem Boden verfolgen.

Bei diesen Untersuchungen und Neuschätzungen hat sich dann herausgestellt, daß ein früher ohne weiteres angenommener unmittelbarer Einfluß Westfalens und Kölns aus dem uns bekannten Material nicht erwiesen, ja nicht einmal wahrscheinlich gemacht werden kann, daß im Gegenteil nicht nur die persönliche Selbständigkeit, sondern in wesentlichen Eigenschaften, soweit wir heute zu erkennen vermögen, sogar die Priorität dieser hanseatischen Kunst zufällt. Denn was Meister Bertram 1379 auf dem Grabower Altar in der Ausprägung des allgemein und individuell Menschlichen, in der Darstellung der Landschaft und der Tierwelt, in der Behandlung der Farbe leistet, muß als wesensverschieden gelten von allem was die voraufgehende oder gleichzeitige westfälische und kölnische Kunst angestrebt hat.

Die Führer der rheinischen Forschung haben diese Sachlage bereits gewürdigt, und sie sind heute geneigt anzunehmen und können ihre Meinung durch gute Gründe stützen, daß die bisher um 1380 (also mit Bertrams ersten erhaltenen Bildern gleichzeitig) angesetzten kölnischen Bilder um mehr als ein Jahrzehnt später, also etwa um 1400 datiert werden müssen.

Maßgebend für Bertram und somit wahrscheinlich für die hanseatische Kunst wäre aber nicht die kölnisch-westfälische Kunst von 1380 sondern die von 1350—1360, denn 1367 arbeitet Bertram schon als Meister für den Rat in Hamburg. Was wir aber das Recht haben, in Köln und Westfalen um 1350—1360 anzusetzen, hat mit Bertram keinerlei Verwandtschaft. Wir dürfen uns daraufhin berechtigt halten zu der Annahme, daß die künstlerischen Ideen und Mittel, die Bertram nach Hamburg mitgebracht hat, hier entweder von einer einheimischen Überlieferung befruchtet wurden oder auf jungem Boden rasch aufgeschossen sind.

Doch muß auch die weitere Möglichkeit geprüft

werden, daß von einem dritten Zentrum her Anregungen in die Hansestädte gedrungen seien. Das nächstliegende wäre Böhmen.

Das Verhältnis der hanseatischen Kunst zur böhmischen ist noch nicht genauer untersucht. Dem italienischen Einschlag, wie er auf der Glatzer Tafel des Berliner Museums sichtbar wird, steht Bertrams Kunst fern. Eher erinnert ihr kräftiger, derber Realismus, ihr weicher malerischer Vortrag an die Art der großen Halbfiguren der Kapelle zu Karlstein und der Ozkotafel des Rudolfinums in Prag, also an den nordischen Teil der böhmischen Malerei. Aber zwischen solcher Empfindung einer gewissen Verwandtschaft und der Annahme eines tatsächlichen Zusammenhangs liegt eine unvermessene Strecke. Auffallend bleibt auf alle Fälle, wie viel geringer das Quantum italienischer Beimischung bei Bertram erscheint gegenüber den Bildern in Karlstein und den Figuren des Ozkoaltars.

Für den Hamburger Kunstfreund legt der glücklich erlangte Besitz der Werke Bertrams nahe, nach den Hauptwerken der hanseatischen Kunst in Bremen, Lübeck und der Umgebung Umschau zu halten.

In Bremen ist aus der Zeit um 1400 fast nur Skulptur erhalten. Das köstliche Domgestühl, das bis vor einem Jahre in einer Kapelle aufgespeichert und nur bruchstückweise sichtbar war, hat durch Gustav Pauli in die Kunsthalle gerettet werden können. Mit dem Roland, der nicht nur ein geschichtliches Denkmal von Bedeutung sondern ein Kunstwerk hohen Ranges ist, und den gotischen Bildsäulen am Rathaus, die in ganz Norddeutschland nicht ihresgleichen haben, gibt das eine reiche Gruppe bremischer Kunst.

Auch in Lübeck ist die Malerei des vierzehnten und des anhebenden fünfzehnten Jahrhunderts fast ganz vernichtet. Was dort gelebt hat, mag man an dem großartigen, kürzlich aufgedeckten Wandgemälde in St. Catharinen ermessen. Die Reste der Holzbildnerei des Hauptaltars von St. Marien und die in Lübeck, Wismar und Kiel erhaltenen Werke des von Friedrich Knorr in seiner Arbeit über den Meister des Neukirchner Altars uns erschlossenen Künstlers, der die schöne Muttergottes in der Marienkirche zu Lübeck geschaffen hat*), geben mit den Bruchstücken, die uns aus Bremen und Hamburg erhalten sind, das Recht, von einer hanseatischen Kunst dieser Frühzeit zu sprechen. Zwischen Hamburg und Lübeck scheint die künstlerische Verbindung, nach allerlei Spuren zu schließen, ziemlich eng gewesen zu sein. Beziehungen zu Bremen sind

---

*) Dies Hauptwerk der Lübecker Plastik stand vor einem Menschenalter in wohlerhaltener Farbigkeit in der Bergenfahrer Kapelle. Hase hatte sie herausgenommen und als Hauptschmuck in seinem Turmportal angebracht. Dort ist sie seither an der Wetterseite übel zugerichtet worden, so daß nur noch schwache Spuren des alten Farbenkleides erhalten sind. Man hat sie jüngst, um sie nicht ganz zugrunde gehen zu lassen, wieder in die Kirche genommen, und es steht ihre Neuaufstellung an günstigem Platz in Aussicht.

von Hamburg oder Lübeck aus den Denkmälern nicht nachgewiesen.

Wie weit die ehemaligen Hansestädte der deutschen Ostseeküste um diese Zeit selbständige Kunst hervorgebracht haben, muß erst untersucht werden. Einzelwerke wie das Relief des Kirchenstuhls der Nowgorodfahrer in Stralsund mit frappanten Darstellungen des Lebens der Deutschen in Rußland (um 1400) scheint in der ganzen Epoche beispiellos. Im allgemeinen dürfte der Einfluß Lübecks und Hamburgs vorgeherrscht haben. Spuren Franckes fand ich bis nach Pommern überall.

Außer den Museen der drei heutigen und den Kirchen ehemaliger Hansestädte sind besonders zwei norddeutsche Museen an Resten der frühen hanseatischen Kunst reich: das Thaulowmuseum in Kiel und das Großherzogliche Museum in Schwerin.

Eine allgemeine Charakteristik dieser hanseatischen Kunst zu geben, ist noch zu früh. Am meisten Berührung hat sie wohl mit der westfälischen Kunst. Unter ihren Eigenschaften fällt ein besonders früh entwickeltes Lebensgefühl, ein kräftiges Ausdrucksvermögen, eine natürliche und sehr bald zu hoher Kultur entwickelte koloristische Begabung auf.

Die Kunstforschung ist ihrer Natur nach geneigt, das Element des Einflusses zu überschätzen und das der Persönlichkeit zu gering anzuschlagen. Unpersönliche Kunst gibt es nicht, oder sie ist, soweit es sie geben kann, wertlos. Wenn wir die hanseatische Kunst genießen wollen, müssen wir die begonnene Arbeit der Aufsuchung der Persönlichkeiten fortführen. Solange ein Werk wie der Roland in Bremen für uns nicht mehr bleibt, als ein beliebiges anonymes Bild aus Stein, wird sich uns seine künstlerische Bedeutung nie enthüllen. Lebendig wird das Kunstwerk erst vor unsern Augen, wenn wir in seinem Wesen den Menschen suchen, der es geschaffen hat.

II. TEIL

BERTRAMS WERKE

DER GRABOWER ALTAR
1379

Der alte Hauptaltar von St. Petri in Hamburg wurde bisher in der Kunstgeschichte unter dem Namen des Grabower Altars geführt. Es empfiehlt sich, dabei zu bleiben aus naheliegenden Gründen — Vermeidung von Verwechslungen, bequeme Anreihung an die übrigen, als Harvestehuder, Buxtehuder, Doberaner und Londoner Altar zu bezeichnenden Werke des Meisters. Außerdem liegt in dem Namen seine Geschichte: die Wegschenkung, die Erhaltung und Rückführung.

Die Stiftung dieses großen Altarwerkes fällt in einen Zeitabschnitt sehr lebhafter Bautätigkeit an St. Petri. Fast gleichzeitig mit der Errichtung des Altars wurde ein viertes, das südliche, Seitenschiff vollendet, 1377 war der feste Unterbau des Turmes fertig, 1383, also vielleicht gleichzeitig mit der Einweihung des Altars, erhielt die stolze Pyramide des Turmes ihren Knopf.

Es liegt nahe, anzunehmen, daß diese auffallende Fürsorge für Ausbau und Schmuck der Kirche mit einer Zeit wirtschaftlichen und politischen Gedeihens der Gemeinde und der Stadt zusammenhängt. In der Tat läßt es sich wohl verstehen, daß in Hamburg um 1379 der Sinn und die Mittel für den Ausbau von St. Petri in der Gemeinde vorhanden waren. Seit der glorreichen Bezwingung des Nordens durch die Hansen war noch kein Jahrzehnt vergangen und die innern Unruhen des Aufstands der Ämter waren 1376 gütlich beigelegt.

Alle Kunstformen und Ausdrucksmittel, über die die Malerei, die Bildnerkunst und die Architektur verfügten, waren aufgeboten, um aus dem Hauptaltar von St. Petri eins der umfang- und inhaltreichsten Altarwerke zu machen, die uns das vierzehnte Jahrhundert hinterlassen hat. Lange Bilderreihen erzählten heilige Geschichten. In einzelnen Figuren, Gruppen, Reliefs und ornamentalen Halbfiguren werden die handelnden Personen der Heilsgeschichte vorgeführt, und zierliche Baldachine und Gesimse umschließen mit goldener Pracht, was dem Auftraggeber als der wesentliche Inhalt des christlichen Bewußtseins erschienen war.

Denn dem Auftraggeber, nicht dem Künstler, muß der Gesamtplan des großen Werkes zugeschrieben werden. Wenn wir nicht über die Entstehung verwandter Werke unterrichtet wären, würden wir es aus dem Inhalt allein schließen dürfen. Die theologische Bildung, die dazu gehört, den Plan aufzustellen und auszuarbeiten, besaß ein Künstler, der nicht zugleich Geistlicher war, damals gewiß nicht. Bei Einzelheiten, am ehesten beim Bildercyclus, mag er mitberaten haben.

An Alltagen stand das Altarwerk geschlossen wie ein großer zweitüriger Schrein auf dem steinernen Altartisch. Was draußen auf die Flügel gemalt war, wissen wir nicht. Wahrscheinlich vier lebensgroße Heiligengestalten; St. Peter und St. Paul als die Schutzheiligen der Kirche werden darunter nicht gefehlt haben.

Unter den Türen breitete sich auf dem Untersatz des Schranks ein breiter Fries von geschnitzten Figuren aus, der noch erhalten ist. In der Mitte die Verkündigung Mariä, daneben einzelne Heiligengestalten, alle in flachem Relief und farbig bemalt und vergoldet. Dieser Fries, die Predella, hatte weder in Form noch Gedanken Zusammenhang mit den Bildern auf den Außenseiten, und auch wenn die äußeren Türen geöffnet wurden und die breite Fläche mit zweimal zwölf Bildern übereinander sich erschloß, fanden die Reliefs der Predella noch keinerlei formellen oder gedanklichen Anschluß. Erst wenn die beiden folgenden Türen zurückgeschlagen wurden und die farbigen Statuetten aus ihrer goldenen Architektur hervorschienen, ging die Predella in Gedanken und Form mit dem Altar zusammen. Bis dahin war sie eine Verheißung auf diese letzte Entfaltung des Altars, die nur an den großen Kirchenfesten die Gläubigen erbaute.

Dreimal also konnte die Erscheinung des Altars gänzlich gewandelt werden.

Den Bilderreihen des zweiten Zustandes fiel naturgemäß die Aufgabe der Erzählung zu. In achtzehn Bildern wurde die Erschaffung der Welt, die Geschichte der ersten Eltern und die der Patriarchen bis zum Segen Jakobs geschildert. In den übrigen sechs Feldern wurden die Hauptereignisse aus dem Marienleben vorgeführt, das an Heilsbedeutung den Geschehnissen des alten Testaments gleichkam.

Nachahmungen goldener Stege mit Edelsteinen in Goldschmiedsarbeit trennten die einzelnen Darstellungen.

Langsam und schwerfällig ging es bei der Öffnung des letzten Flügelpaares zu. Es waren nicht Tafeln sondern tiefe Kasten, die in den Scharnieren gingen. Auch diese beweglichen Flügel trugen inwendig Skulptur.

Denn der Skulptur allein ist die letzte und höchste Wirkung vorbehalten. Damals, als sie noch farbig war, stand sie an volkstümlicher Wirkung über der Malerei. Bei dem großen Umfange des Stoffes, den es nach dem Plane des Theologen unterzubringen galt, war die Erzählung in der malerischen Gestaltung des Reliefs ausgeschlossen. Um die Kreuzigungsgruppe, nach mittelalterlicher Überlieferung noch auf den Gekreuzigten zwischen Maria und Johannes beschränkt, scharen sich, in zwei Reihen einzeln stehend unter ihren goldenen Tabernakeln die Gestalten der Propheten, der Apostel, der Märtyrer und Heiligen der Frühzeit, während auf der Predella neben der Verkündigung Mariä, Johannes der Täufer, die Kirchenväter und die großen Ordensstifter thronen.

Dem Kunstwerk im Dienst des Kultus wurde durch diesen Wechsel von der Schlichtheit des geschlossenen Schreins, der mächtig anziehenden Erzählung der beiden Bilderreihen und der überwältigenden Pracht der goldenen Architektur, in der die farbigen Gestalten wie lebendig standen, die Wirkung der Frische bewahrt.

Den Inhalt dieses großen Altarwerks bildet die ganze Heilsgeschichte vom Weltanfang bis zu den großen Ordensgründern des spätern Mittelalters. Für Bertram reichte das bis nahe an die Gegenwart.

Wie mag die Gemeinde von St. Petri ergriffen gewesen sein, als sie nach der Einweihung sich von den Bildern erzählen lassen konnte, wie es bei der Schöpfung der Welt und beim Engelssturz zugegangen war, wie die ersten Eltern in Sünde fielen, wie sich der Brudermord zugetragen hatte, wie Noah die Arche baute und wie mit der Verkündigung das Heil anbrach. Wie mag bei der letzten Verwandlung des Altars der Anblick des Opfertodes sie erschüttert haben, dem die Propheten beiwohnen, die das Heil vorhergesagt, und die Apostel, die es verkündigt haben, die Märtyrer, die dafür gestorben sind und die Heiligen, in denen es Wunder gewirkt? Sie kannten sie alle, auf der Predella die Verkündigung Mariä, St. Johannes den Täufer, Kirchenväter und Ordensgründer, und oben im Ornament als ein unmittelbarer Bezug auf den Beschauer die klugen und die törichten Jungfrauen und noch einmal die Propheten.

Aus dieser Aufzählung schon wird ersichtlich, daß für die Gesamtanlage noch kein völliges Gleichgewicht gefunden ist. Die Propheten kommen an zwei Stellen vor, im Ornament wohl nur aus Verlegenheit noch einmal. Ein Prophet steht noch in der Reihe der Heiligen. Die Verkündigung kommt auf den Bildern und unter den Skulpturen vor. Johannes der Täufer, der nicht fehlen darf, sitzt unter den Kirchenvätern und Ordensgründern. Der Rhythmus achtzehn und sechs in den Darstellungen des alten Testaments und des Marienlebens verteilt sich ungünstig in zwei Reihen. Man würde zwölf zu zwölf erwarten.

Daß in der Anlage noch nicht alles aufgeht, mag einmal mit der Neuheit dieses Altartypus erklärt werden. Für uns ist er der älteste seiner Art. Dann mag auch die Autorität des Priesters, der den Plan faßte, den Künstler an der freien Bewegung gehindert haben. Wäre der Künstler der Urheber des Plans, so würde er gefühlsmäßig auf ein Gleichgewicht hingestrebt haben. Der Theologe dachte nicht in Raumgebilden.

Wie dem sei, der Grabower Altar gehört auch in seinem geschlossenen Gedankengehalt zu den größten Werken seiner Zeit und weist weit hinaus in die Zukunft: auf den Inhalt des Genter Altars, die Anbetung des Lammes. Auch hier sind die Propheten, Apostel und Heiligen der Heilsgeschichte um den Mittelpunkt des Opfertodes vereint, nur daß sie nicht als einzelne Gestalten losgelöst zeit- und raumlos dastehen, sondern von allen Seiten durch die weite Landschaft mit Bergen und Tälern herbeiströmen. Und wie man im Genter Altar einen Zusammenhang mit der mystischen Bewegung des dreizehnten und vierzehnten Jahrhunderts gefühlt hat, so dürfte auch der Geistliche von St. Petri in Hamburg, der um die Mitte der siebziger Jahre des vierzehnten Jahrhunderts den Plan des Hauptaltars entwarf, der Mystik nicht fern gestanden habe. Aus der Wahl der Gestalten und Sprüche für die Predelle läßt sich kaum ein anderer Schluß ziehen.

DIE GEMÄLDE

Es pflegte das Recht des Bestellers zu sein, die darzustellenden Stoffe zu bestimmen.

Bei den Bildern des Grabower Altars bin ich geneigt, in der Wahl der Stoffe die Mitarbeit des Künstlers anzunehmen.

Die Folge von vierundzwanzig Darstellungen zerfällt eigentlich in vier Zyklen von je sechs Bildern. Drei davon, die Schöpfungstage, die Geschichte der ersten Eltern, das Marienleben, bilden eine geschlossene Einheit. Der vierte verteilt sich auf die Geschichte Kains und Abels, den Bau der Arche und die Geschichte der drei Erzväter. Auf der ganzen Bilderwand kommt also nur einmal eine einzelne Szene vor. Sonst wird beständig im Zusammenhange erzählt. Es hätte sich für die Auswahl der achtzehn Bilder aus dem alten Testament auch wohl ein anderer Grundsatz denken lassen. Man erhält den Eindruck, es ist eine Kraft dabei beteiligt gewesen, die Erzählung wollte, und sehr ausführliche Erzählung. Das dürfte eher aus einer Neigung des Künstlers als aus dem Bedürfnis des Priesters zu denken sein. Der Priester müßte eigentlich den Wunsch haben, in den achtzehn Bildern des alten Testamentes möglichst viel verschiedenen Stoff unterzubringen. Würde er wohl von selber darauf kommen, bei so knapper Zahl die Geschichte der ersten Eltern auf sechs Bildern erzählen zu lassen? Wo Simson fehlt und Noah sich mit einem Bilde begnügen muß?

Hier vermute ich die Hand des Künstlers, den es lockte, seine Kraft an die ausführliche Geschichte Adams und Evas zu setzen.

Dieser Zyklus ist wohl auch sein Hauptwerk geworden. Ich weiß nicht, ob die Geschichte der ersten Eltern jemals vorher oder nachher mit einer solchen Fülle zarter und tiefer Erfindung vorgetragen ist. Es läßt sich heute noch nicht sagen, welchen Rang einst das Übereinkommen dieser Dichtung Bertrams geben wird. Mir ist sie, je länger ich sie kenne, desto bedeutender erschienen, und ich wäre nicht verwundert, wenn ich erlebte, daß sie einmal mitgerechnet würde, wo die großen ursprünglichsten Äußerungen unseres Stammes aufgezählt werden.

DER ERSTE SCHÖPFUNGSTAG

Gott Vater in rotem Mantel über blauem Rock steht links und erhebt segnend die Rechte. Vor ihm schwebt die Erde, ein grüner Ball mit Bergen und Tälern. In den Wolken am Himmel erscheint das rot in rot gemalte Antlitz Christi, der — im Anfang war das

DER ERSTE SCHÖPFUNGSTAG

Wort — als bei der Schöpfung gegenwärtig gilt. Aus den Wolken am Himmel fällt eine Schar schwarzer und roter Teufel. Der erste bohrt sich schon in die Erde ein auf dem Weg zur Hölle im Erdinnern. Der König der gefallenen Engel, an seiner goldenen Krone kenntlich, trägt in den Händen ein weißes Schriftband mit den Worten: Ascendendo super altitudinem nubium similis ero altissimo (Wenn ich über die Wolken emporsteige, werde ich dem Höchsten ähnlich (gleich) sein). Die Körper der Teufel gehen auf die Erinnerung an Affen zurück: Einer hat Hörner, einer eine lange rüsselartige Nase, bei zweien sind die Füße mit Schwimmhäuten versehen und wie Entenfüße gebildet. Es sind auf diesem Bilde Erdschöpfung und Teufelssturz zusammengezogen, eine auf Altarbildern sonst nicht bekannte Darstellung.

DER ZWEITE SCHÖPFUNGSTAG

Während am ersten Schöpfungstage Gott Vater noch im unendlichen Raum steht, hat er am zweiten schon festen Boden unter den Füßen. Er steht auf einem Flur von gelben und grünen Fliesen. Links gewandt erhebt er die Rechte und streckt die Linke stützend oder haltend schräg nach unten aus. Vor ihm schwebt ein kreisförmiges Gebilde: der Himmel, in dessen Mittelpunkt rot in rot das Antlitz Christi erscheint, und dessen Rand von einer Schicht blauer und einer Schicht feuriger Wolken gebildet wird. Das Ant-

DER ZWEITE SCHÖPFUNGSTAG

litz Christi hat auf diesen beiden Bildern Form und Ausdruck, die uns aus der Zeit ihrer Entstehung bisher unbekannt waren. Haar und Bart wallen lose um das Antlitz, der kurze Bart ist am Kinn gespalten. Die großen Augen blicken sehr ernst, fast streng aus den Winkeln. Auf dem ersten Schöpfungstag ist das Antlitz feuerrot, auf dem zweiten karmin. Das Antlitz Christi erscheint für unser Gefühl erheblich mehr individualisiert und belebt als der Typus Gott Vaters.

DER DRITTE SCHÖPFUNGSTAG

Gott Vater steht nach rechts gewandt, die Linke schließt den Mantel zusammen, dessen Ecke auf dem Boden liegt, die Rechte ist erhoben zu dem Stück blauen Himmels in der rechten Ecke, in dem Sonne, Mond und Sterne schweben. Die Sonne als rundes Antlitz in Feuerflammen, auf den Goldgrund gepunzt, der Mond als silbernes Dreiviertelprofil in goldener Sichel. Zwischen den Sternen stilisierte Wolken.

Diese erste Tafel des Altars hebt sich in der äußern Erscheinung scharf gegen die nächsten beiden ab. Der Goldgrund fällt kräftiger in die Augen. Dies rührt nicht nur von seiner besonders guten Erhaltung her, auch nicht nur von den Darstellungen, die durchweg mehr Grund frei lassen, der Goldgrund ist hier, wie es sonst bei Miniaturen üblich, als blanke Fläche behandelt. Schon von der zweiten Tafel ab ist er mit gepunzten Blumen bedeckt, deren bewegte Form ihm ein

DER GRABOWER ALTAR

DER DRITTE SCHÖPFUNGSTAG

heimliches Leben gibt. Die vierte Tafel hat wieder glatten Goldgrund. Aber es fällt nicht auf, weil die Darstellungen ihn fast ganz bedecken.

DIE ERSCHAFFUNG DER PFLANZEN

Gott Vater, von vorn gesehen, blickt auf die Erde und erhebt segnend die Rechte in Kopfeshöhe; die Linke bewegt sich, als begleite sie grüßende Worte. Er hat den roten Mantel über die linke Schulter geschlagen und drückt den Zipfel mit dem rechten Arm an den Körper. Links erhebt sich auf der felsigen Berglehne der neugeschaffene Wald. Aus alter Überlieferung stammen die schroffen, unterschnittenen und wie abgestochen erscheinenden Formen der Abhänge. Mit schlanken Stämmen streben die Bäume auf. Ihre Wurzeln greifen über den Rand der Abhänge, ihre dichten Kronen beschatten den Waldboden. Aus dem Helldunkel am Rande, soweit das Licht Zugang hat, scheint er grün, weiter in der Tiefe des Waldes dehnt er sich rot vom abgefallenen Laube. Die ersten Baumstämme am Rande sind voll beleuchtet, die folgenden haben starkes Schlaglicht, bei den weiter im Innern stehenden vermindert es sich, die letzten überschneiden, von Reflexen kaum erhellt, als Dunkelheit den immer noch hellern roten Boden. Der am Rand allein stehende Baum ist durch den Winddruck um seine Achse gedreht. In den dichten Kronen, in deren Grün einzelne weiße Blumen schimmern, spielen Luft und Licht. Die vordersten heben sich mit hellerm

DER VIERTE SCHÖPFUNGSTAG

Hauptlicht von den dunklern der zweiten Reihe ab. Die letzten stehen als Schattenriß gegen den Goldgrund, als wären sie gegen die Helligkeit des Himmels gesehen.

Auf dem Boden Erdbeeren mit Früchten und Blüten und behaarten Wurzelblättern. Daneben allerlei mehr schematische Blumen — rot und weiß —, gefiederte Blätter und ein Kraut mit rapunzelartigen Früchten.

Das Waldbild ist die früheste Landschaft, die wir aus der nordischen Tafelmalerei kennen. Die um fünfzehn Jahre späteren Waldformen bei Melchior Broederlam in Dijon sind noch nicht so weit entwickelt. Das Helldunkel des Waldinnern bleibt bis weit ins fünfzehnte Jahrhundert ohne Seitenstück in der Tafelmalerei. Es ist ein noch uns anheimelnder Gedanke, Gott Vater bei der Schöpfung der Pflanzen neben großen ernsten Bäumen des Waldes zu sehen.

Der Wald fällt auch durch das Verhältnis zur Gestalt Gott Vaters auf. Zu Bertrams Zeit wurden Bäume sonst in viel kleineren Abmessungen neben die Figur gestellt. Ein Beispiel dafür findet sich noch bei Bertram auf der Erschaffung Evas.

Wie scharf Bertram beobachtet, geht aus den reich wechselnden Licht- und Schattenmassen der Baumkronen hervor, besonders aber aus der spiraligen Drehung des den Winden am stärksten ausgesetzten Stammes am Rande. Auch auf andern Waldbildern hebt Bertram diese Wirkung des Winddrucks hervor.

DER FÜNFTE SCHÖPFUNGSTAG

DIE SCHÖPFUNG DER TIERE

In lebhafterer Erregung als bei den Pflanzen beugt sich Gott Vater, von vorn gesehen, nach links mit segnend gesenkter Hand. Über dem Absturz links schweben Eule und Fledermaus; auf dem Absturz sind zu unterscheiden — von oben nach unten gezählt —: ein weißes Kaninchen, sein Junges säugend, Hase, Fuchs, der Wolf, der dem Lamm an die Gurgel fährt, daß das Blut spritzt, Hirsch und Hirschkuh, Esel, Pferd (vom Bären angefallen), Eber, Rind. Rechts Vögel und Fische. Von oben nach unten Hänfling, Stieglitz, Pfau, Hahn, Schwan, Kaulbars, Stör, Zander, Hecht.

Auf der Erde Taschenkrebs, Hummer und (wie nach der Erzählung von Walfischfängern gestaltet) das Walroß mit den zwei Hauern, aber als Fisch gedacht und mit Kiemen versehen. Weder bei den Pflanzen noch bei den Tieren erscheinen die singenden und Rauchfaß schwingenden Engel am Himmel.

Auffallend gut sind einzelne Tiere beobachtet, so der Schwan und namentlich die Fische. Daß der Wolf das Lamm und der Bär das Pferd anfallen, ist noch ihr gutes Recht; denn der Garten des Paradieses, in dem sie sich vertragen müssen, ist noch nicht geschaffen.

DIE SCHÖPFUNG ADAMS

Gott Vater beugt sich mit der segnenden Rechten nach rechts über Adam, der von den Hüften abwärts noch im braunen Erdenkloß steckt. Man sieht darin Abdrücke der Finger des Herrn. Adam schlägt die

DIE ERSCHAFFUNG ADAMS

Augen zum Schöpfer auf und erhebt in empfangender Gebärde die Hände. Er ist bartlos mit langem, blondem Haar. Bertram denkt ihn sich als Knaben, der noch erst zum Manne werden soll. Später bildet er ihn bärtig. Gott Vater hat seinen Mantel über die rechte Körperhälfte geworfen und den Zipfel unter dem Arm hochgezogen, so daß er über der linken Schulter flatternd emporstrebt. Die Engel in der rechten Ecke kommen aus blauen stilisierten Wolken. Der untere trägt goldenes Gewand und blaue, der oben gelbes Gewand und rote Flügel.

Gott Vater trägt auf den ersten acht Bildern ein langes blaues Untergewand, dessen rotes Futter manchmal an den losen Ärmeln sichtbar wird. Einmal sind diese Ärmel modisch eng und fallen glockenförmig über die Handwurzel (Schöpfung Adams). Über dem Ärmelrock trägt er einen dunkelkarmin Mantel mit grünem Futter. Die Faltengebung, hie und da mit blasig aufgeworfenen Mittelfalten, erinnert an die der Skulpturen, namentlich wo das Untergewand in derbem Bruch auf den Fuß stößt. Auch das Ausweichen der Hüfte, das bei den Skulpturen hie und da vorkommt, bei den Gestalten auf den Bildern jedoch vermieden wird, tritt auf bei der Erschaffung der Pflanzen.

DIE ERSCHAFFUNG DER EVA

Aus dem Körper des schlafenden Adam zieht Gott Vater mit der Linken die Rippe und Eva. Die erhobene

DIE ERSCHAFFUNG DER EVA

Rechte macht die Gebärde des Segens. Eva erhebt wie im Staunen beide Hände. In den Ecken oben musizierende Engel mit Geige und Laute. Adam ruht auf einem Abhange, die Arme gekreuzt vor der Brust, das linke Bein unter das rechte gezogen. Die Linke ist im Schlaf geschlossen, die Rechte streckt sich eben wie mit einer Gebärde des Staunens aus. Auch in Adams Antlitz regt es sich wie im Traum. Am Fuß des Abhanges ein Wald in sehr veränderten Größenverhältnissen. Aus dem Halbdunkel des Waldbodens leuchten einige rote Blumen hervor. Die Zweige, die in dies Halbdunkel hineinhangen, sind als dunkle Schattenrisse erkennbar. Die Bäume tragen weiße Blumen mit rotem Mittelfleck. Auf dem Hügel eine Erdbeerstaude mit Früchten und sechs verschiedene Typen von Blumen.

Weder bei der Schöpfung der Pflanzen noch bei der der Tiere lassen sich Engel sehen. Bei der Schöpfung Adams erscheinen sie mit Rauchfässern, die Schöpfung der Eva begrüßen sie mit Musik.

DER BAUM DER ERKENNTNIS

Gott Vater beugt sich über die Mauer des Paradieses und zeigt, die Linke warnend erhoben, mit der Rechten auf die Krone des Baumes. Adam steht vorn, von hinten gesehen; mit der erhobenen Linken weist er fragend auf den Baum, die Rechte macht die zeigende Bewegung skizzierend mit. Es ist klar, er will sich genau erkundigen, um sicher zu gehen. Eva, rechts

DIE VERWARNUNG

von ihm, im Dreiviertelprofil, erhebt die Linke mit der Handfläche nach außen in abwehrender Gebärde und sieht dazu, den Oberkörper leise zurückgebeugt, mit gekniffenen Augenlidern auf Gott Vater. Die Rechte hat sie auf den Magen gelegt, als ob schon der Gedanke an den Genuß des Apfels sie schmerze. Adam steht als Mann breitbeinig da, Eva als Frau mit geschlossenen Füßen und Knien. Der Baum der Erkenntnis hat das breite Blatt und die Astbildung des Apfelbaums und rote Äpfel. — Die Architektur, ein verziertes offenes Tor mit zwingerartigem Vorhof, ist rot. Rechts im Hintergrund ein baldachinartig geöffneter Turm, zu beiden Seiten neben den Figuren kleine symmetrisch angebrachte Türmchen mit Brunnenbecken (?) daneben. Links an der Mauer ein Wald mit Blumen aus dem Halbdunkel auftauchend. Die roten Mauern und das Tor schieben sich trapezförmig in den Hintergrund. Der Boden ist vom Künstler als Fläche und Raum gefühlt und in der Aufsicht gegeben.

In bezug auf Abwägung der Massen — die Silhouette Gott Vaters auf der einen, ein dekoratives Türmchen auf der andern Seite des Tors, des Raumgefühls, der ausdrückenden Gebärde von starker, innerlicher und reicher Erfindung, auf Helldunkel — die linke Ecke der Mauer und der Wald daneben — auf Gruppenbildung — wie sich Adam und Eva äußerlich überschneiden und innerlich zusammengehen — gehört diese Komposition zu den wichtigsten von allen. Es

DER SÜNDENFALL

ist schwer zu sagen, wann zuerst wieder ein nordischer Künstler eine Gruppe zu schaffen imstande war, wie die von Adam und Eva auf diesem Bilde.

DER SÜNDENFALL

Eva, rechts, führt den Apfel zum Munde und weist mit dem Zeigefinger der Linken energisch auf die Schlange, deren Rat sie folgt. Die Schlange hat sich mit ihrem blauen Leib um den Baum geringelt — einem Apfelbaum wie auf dem vorigen Bilde — und sich mit ihrem Frauenantlitz Adam zugewendet. Adam zeigt ihr in der erhobenen Rechten den Apfel. Die Linke ist in fragender zweifelnder Gebärde erhoben, auf Adams Antlitz spielen Sorge und Zweifel. Eva steht sicher auf dem Boden, den rechten Fuß vorgesetzt, Adam ebenso unsicher, den linken Fuß angezogen. Die Pflanzen am Boden — Erdbeeren mit Blüten und Früchten und verschiedenen Blumen — gleichen denen der vorigen Bilder.

Auch hier versucht der Künstler, den Vorgang zu erschöpfen, indem er ihn nicht als allgemein symbolisch, sondern als wirkliches Geschehnis erfaßt und sich vorstellt, wie der Mann und das Weib sich in dieser bestimmt gegebenen Lage ihrer Natur nach benehmen müssen.

GOTT VATER STRAFT ADAM UND EVA

Von links ist Gott Vater rasch herangekommen, die Linke hält noch den Mantel zusammengerafft, die

DIE ENTDECKUNG DES SÜNDENFALLS

Rechte zeigt strafend auf den verbotenen Baum. Gott Vater spricht mit hochgezogenen und gerunzelten Brauen und zornig geöffnetem Mund mit herabgezogenen Mundwinkeln, die Zähne scheinen eben noch aus dem Dunkel. Adam steht geknickt hinter dem Baum, bis über die Knie von kleinen Bäumen verdeckt. Er weist mit der Rechten auf Eva: das Weib, das du mir gegeben hast. Eva, deren Figur rechts vom Rahmen überschnitten wird, schreitet, sich halb umwendend nach rechts und zeigt auf die Schlange, die sich unter den Bäumen am Boden windet. Die Gestalt der Eva überrascht uns heute noch. Sie steht Gott Vater sehr viel kühner gegenüber als der gebrochene Adam, sie gibt noch gar nichts zu. Halb abgewendet spricht sie über die Achsel. Das alles wird durch die rein formale Behandlung in hoher Schönheit und bis zum letzten ausgedrückt. Evas Gebärde ist aus dem Wesen des Weibes empfunden. Kein Mann würde in dieser Situation so auftreten können. Sehr gewagt, aber wirkungsvoll ist das Motiv der Beine, die sich überschneiden, und der sehr starken Überschneidung der Figur durch den Rahmen. Der Baum der Erkenntnis ist ein Apfelbaum mit roten Früchten im grünen Laube.

Die Komposition entspricht nach ihrem Gedankeninhalt in jedem Zuge derselben Szene auf der Bernwardstür in Hildesheim, der formale Aufbau ist freilich ganz verschieden.

DIE VERTREIBUNG AUS DEM PARADIESE

DIE VERTREIBUNG AUS DEM PARADIESE

Aus dem grauen Tor, das das Bild teilt, wanken Adam und Eva geknickt die Treppe herab. Eva steht noch mit einem Fuß im Paradiese. Die Bewegung der beiden ist fast völlig parallel, nur die Stellung der Arme, in den Motiven identisch, wechselt überkreuz. Was Adam mit der Linken, tut Eva mit der Rechten. Hinter dem Tor steht der Engel. Um seine Figur völlig sichtbar zu machen, ist die Mauer des Paradieses ganz niedrig gehalten. Der Engel legt die Linke auf Evas Schulter, mit der Rechten schwingt er das Schwert über den roten Flügeln. Sein Gewand ist golden mit roten Lasuren. Mit denselben Mitteln ist das Schwert als „feurig" gekennzeichnet. Er schwebte dem Künstler als eine Lichterscheinung vor.

ADAM BAUT DIE ERDE

Die Arme über dem Kopf holt Adam mit der stählernen Hacke zum Schlage aus. Er trägt einen halblangen blauen Kittel, der mit einem Strick um den Leib befestigt ist. Hinter ihm sitzt Eva im langen karminroten Kleide und mit weißem Kopftuch. Sie spinnt am Rocken, dessen runde Standplatte sie mit dem rechten Fuß festhält. Der Hügel rechts erhebt sich in drei Absätzen und ist oben durch Wald gekrönt. Adams Bewegung gibt eine überaus energische Silhouette. Er ist wirklich bei der Arbeit.

Damit ist das Drama beendet. Um zu fühlen, was der Künstler geleistet hat, muß man sich den Zyklus

ADAM BAUT DIE ERDE

aus der ganzen Bilderfolge, in deren Reichtum er versinkt, losgelöst denken als ein in sich abgeschlossenes Werk, etwa als Wandschmuck, oder die Entwicklung der Eva von ihrer Erschaffung an verfolgen.

KAINS UND ABELS OPFER

Aus den Wolken neigt sich Gott Vater, die Rechte segnend erhoben, zu dem links knieenden Abel, der ihm das Lamm zum Opfer hinhält (während er die Linke in abwehrender Gebärde Kain zuwendet.) Rechts ist Kain mit seiner Garbe im Begriff niederzuknieen und blickt, wie Abel, auf Gott Vater. Die Brüder sind scharf gegeneinander gestellt. Abel ist hellblond von Bart und Haar und trägt einen langen blauen Rock. Kain, dunkler, hat krauses langes Haar und trägt Wams und Beinkleider enganliegend mit einem scharfangezogenen Gürtel um die schlanke Hüfte. Die Ärmel des Wamses sind halblang und weit über engen, glockenförmig auf die Hand fallenden Unterärmeln. Seine langen spitzen roten Schuhe sind schwarz besetzt. Als er sieht, wie sich der Herr seinem Bruder zuwendet, hebt er unwillkürlich seine Garbe höher, als wolle er Gottes Auge auf sich lenken. Gott Vaters Bewegung ist beinahe leidenschaftlich pathetisch.

DER BRUDERMORD

Nach den ersten Schlägen ist Abel, aus der Stirnwunde blutend, zu Boden gestürzt und erhebt schrei-

KAINS UND ABELS OPFER

end Augen und Hände zu seinem Bruder. Kain, nach dem ersten Angriff zurückgewichen, ist wieder herangesprungen, setzt den rechten Fuß auf Abels Körper und holt mit dem Kinnbacken zum Schlage aus. Sein Haar und Bart sind wilder als auf dem Bilde vorher. Im Ausdruck Abels hat Bertram Überraschung, Schreck und Staunen mehr als den Schmerz betont. Die Komposition gehört zu den kühnsten und großartigsten des Meisters.

DER BAU DER ARCHE

Noah spricht links mit dem Engel, der sich aus Wolken neigt und ein Schriftband trägt mit den Worten: Fac tibi arcam de lignis lenigatis (Bau Dir eine Arche aus glattem Holz).

Er ist ein alter Mann mit kahlem Haupt und hebt erstaunt und abwehrend die Hand. Zwei seiner Söhne sind beim Bau der Arche beschäftigt. Ein bartloser Jüngling, links gewandt, holt mit dem großen hölzernen Schlägel aus, den er mit beiden Händen packt. Es ist der Augenblick gemeint, in dem er das fliehende Gewicht zurückholt. Der andere Sohn, bärtig, bearbeitet ein Stück Holz mit der Axt. Er neigt sich nach rechts. Neben ihm schenkt ein dritter mit spitzem Bart aus einer Kanne in eine Kumme. Von der Arche sind die Gallion, ein Drachenkopf — nach dem Vorbild des Hundekopfes gestaltet — mit offenem Maul, und das Heck mit dem Steuer erhalten. Unten sind die Pflöcke,

ABELS TOD

die die Arche stützen, nicht vergessen. Von der Brust des mit dem Klöpfel Schlagenden abwärts, fehlt ein Stück aus Bertrams Bild. Es war schon nicht mehr vorhanden, als Coignet seine Auferstehung darüber malte. Bei der Restauration ist dies Stück von Coignets Malerei stehen gelassen. — Sehr gut ist die Bewegung des Klopfenden beobachtet, der einen Moment den Schlägel der Flugkraft zu überlassen scheint. Seine Züge drücken die besondere Art der Anstrengung aus. Auch der Blick, mit dem der Einschenkende dem Wasserstrahl folgt, ist sehr gut beobachtet. Im Schiffsraum und in den Gefäßen hat der Künstler das Halbdunkel auszudrücken versucht.

DAS OPFER ABRAHAMS

Die Linke auf dem Kopf des gebunden und mit vor Angst angezogenen Knieen vor ihm liegenden Isaak steht Abraham vor dem Altar, die Rechte mit dem Schwert zum Schlag erhoben. Er sieht sich erschrocken um, denn aus den Wolken hat sich ein Engel heruntergelassen und fällt ihm mit der Linken ins Schwert, während die Rechte auf den Widder zeigt, der sich unten mit einem Horn an einem Baumzweig aufgehängt hat. Isaak schreit laut mit verzerrtem Gesicht und windet sich, auf Ellbogen und Knie gestützt. Er trägt einen langen roten Rock mit langen Ärmeln. Abraham grünen Mantel mit rotem Futter über gelbgrünem Rock mit Ärmeln. Isaaks gebundene Hände

DER BAU DER ARCHE

sind krampfhaft gespreizt. Der Künstler hat, wohl um den Eindruck des Starren zu erwecken, die Glanzlichter auf dem Knochen der Handrücken und der Finger sehr stark betont. Ebenso die Lichtlinien auf dem verzerrten Antlitz, in dessen offenem Munde die Zähne sichtbar werden. Auch bei Abraham sieht man in dem vor Schreck geöffneten Munde die Zähne schimmern, und um die Sorgenfalten der Stirn spielen die Lichter. Unter die dunkelblonden Barthaare mischen sich weiße Strähnen. — Der Engel taucht mit rotem Mantel und gelbbraunen Flügeln aus blauen Wolken. Verglichen mit der Komposition dieser Szene auf dem Doberaner Altar (s. d.) erscheint diese als fortgeschritten. Auf dem Doberaner Altar hält Isaak geduldig still, die dramatische Erschöpfung des Gedankens bringt Bertram erst hier.

ISAAK UND ESAU

Der blinde Jakob hat sich von seinem Lager erhoben, durch Kissen im Rücken gestützt, und wendet sich zu Esau. Mit der Rechten tastet er nach dessen Hand, die Linke bewegt er im Bogen nach außen, wie es zu seinen verzichtenden Worten paßt: Siehe, ich bin alt geworden. Er hat halblanges weißes Haar und kurzen weißen Bart. Sein Antlitz mit den geschlossenen Augen trägt den typischen Ausdruck des Blinden. Überaus fein ist das Spiel des Mundes gefühlt, obgleich er unter dem dicken Bart verborgen scheint. Auf dem

ABRAHAMS OPFER

Kopf trägt er eine rote Kappe, über dem blauen Untergewand einen langen grüngefütterten grauvioletten Hausrock ohne Ärmel, der Beine und Füße bedeckt. Esau trägt in der Linken den Bogen, die Rechte hält er gegen die tastende Hand des Vaters. Das lange Haar und der lange Bart sind dunkelblond, über der Stirn stehen wilde Strähnen hoch. Sein Blick ist wild, die vorgeschobene Unterlippe deutet auf rohe Kraft. Er trägt einen dunkelgelben Rock, dunkelgrüne Beinkleider und kurze braune Schuhe. Am Gürtel hängt der Köcher mit Pfeilen verschiedener Größe, teils mit, teils ohne Widerhaken. Hinter dem Kopfende des Bettes werden Kopf und Hände Rebekkas sichtbar. Sie hat mit offenem Munde gelauscht, hat, erschrocken über den dem Esau verheißenen Segen, die übereinander geschlagenen Hände an das Kinn erhoben und senkt den Blick wie in plötzlichem Entschluß.

Der Innenraum ist durch einen viereckigen reichen, auf den Hintergrund gemalten Baldachin angedeutet. Er hat in der grauen Architektur ornamentale Giebel auf den Ecken, einen Turm in der Mitte, und Erker in Form von Kranluken auf dem Dach. Unter dem ornamentalen Mittelturm ein Sterngewölbe, dessen rote Ausmalung den Schattenton trägt. Rote Dächer aus langen schmalen Pfannen mit Dorn.

DER SEGEN JAKOBS

Durch Kissen gestützt, legt Isaak die Linke um Jakobs mit Fell bedeckten Hals und tastet mit der Rechten

JAKOB UND ESAU

auf Jakobs fellbekleidete Hand. Sein Antlitz verrät heftige Erregung. Der Mund ist beim Sprechen geöffnet, so daß die Reste seiner Zähne sichtbar werden. In den Augenwinkeln Spuren von weißem Schleim. Bei seinen Worten: „Die Stimme aber ist Jakobs Stimme" zuckt der Jüngling mit aufgerissenen Augen und erhobenen Brauen erschrocken zurück. Rebekka, die ihn beobachtet, drängt ihn mit beiden Händen dem Vater zu. Isaak, in blauem Untergewand, hat den grauvioletten Rock über die Knie gebreitet. Jakob hält in der Rechten die Schüssel mit dem Braten. Er hat einen langen grünen Hausrock mit schwarz-weißem Gürtel an. Rebekka trägt ein weißes Kopftuch und langen graublauen Rock. Am Rock hängt ein brauner Beutel mit Zugvorrichtung und rotem Schieber. Er ist mit einer Fibel am Stoff befestigt. Über dem linken Arm hängt an einem Strick eine blaugraue platte Flasche mit Fuß (Pilgerflasche).

Unter dem steinernen Baldachin eine flache Decke von gemasertem Holz. In der braunen Zimmerwand zwei Spitzbogenfenster mit braunem Maßwerk. Dazwischen blinde Fenster. Die Kissen wie auf dem vorhergehenden Bilde rot und braun mit goldenem Muster, von vier verschiedenen Motiven. Sehr bemerkenswert sind die Versuche, an Decken und Wänden und in den dunkeln aber durchleuchteten Räumen zwischen den Figuren Helldunkel auszudrücken.

DER SEGEN JAKOBS

DIE VERKÜNDIGUNG MARIÄ

Maria kniet halb nach rechts gewandt vor dem Betpult und wendet sich zum Engel, der von links kommt. Die Linke hat sie auf die Brust gepreßt, die Rechte spielt verloren mit den Blättern des Gebetbuchs. Ihr Blick ist gesenkt, an der Seite, nach der der Kopf sich neigt, haben sich drei Strähnen ihres blonden Haares gelöst. Sie trägt einen hellblauen rotgefütterten Mantel über goldenem Untergewand mit grünen Schatten. Das Rot der Flecke des nur an wenigen Stellen sichtbaren Futters wiederholt sich an den Deckeln der Bücher, auf und im Betpult und auf dem Lesepult. Der Engel ist im Begriff zu knien. Er trägt in der Linken das Spruchband und weist, während er spricht, mit dem rechten Zeigefinger auf den Anfang des geschriebenen Satzes. Seine Flügel sind blau. Er trägt ein goldenes Gewand mit roter Schattenzeichnung und einen Reif in den blonden Locken. Seine Augen sind braun. Oben links aus den Wolken der Oberkörper Gott Vaters, das Christkind und die Taube des heiligen Geistes. Die Hände Gott Vaters folgen in segnender Gebärde ausgestreckt dem Christkind. Kopf, Hände und Gewand golden, das Gewand mit grünem Schatten, das Fleisch mit rotem. Die Modellierung des Kopfes und der Hände ist durch sehr feine Punzung hergestellt. Der Engel wie Gott Vater sollen durch die malerische Behandlung als himmlische Erscheinungen charakterisiert werden. Gott Vater, bei dem auch die Fleischfarbe unterdrückt ist,

DIE VERKÜNDIGUNG MARIÄ

noch eine Stufe höher und ferner als der Engel. Das Christkind, das aus Gottes Händen entlassen ist, fliegt mit dem Kreuz auf Maria zu und streckt ihr die Arme entgegen. Die weiße Taube kreuzt den Nimbus der Maria.

Die Bewegung des Engels, dessen Körper fast von hinten gesehen ist, geht der der Maria entgegen. Daß das Spruchband sich wie ein Rahmen um das Haupt der Maria legt, enthält eine zarte Symbolik. Sehr auffallend sind die verlangend ausgestreckten Arme des Christkindes.

DIE GEBURT CHRISTI

Die Szene spielt in einem Stall mit vom Wind abgedecktem Strohdach. Reste von Zaungeflecht statt der Wände schirmen die Insassen. Maria erhebt sich, gestützt durch ein grüngoldenes und ein rotes Kissen, von dem weißen Lager. Joseph, ein sehr alter und gebeugter Mann mit weißem Bart und Haar, reicht ihr das in weiße Linnen gekleidete Kind, das ihr die Hände mit gespreizten Fingern ungeduldig entgegenstreckt. Maria ist wie auf dem vorhergehenden Bilde gekleidet. Joseph trägt einen langen stumpfgrünen Rock und rote Kappe. In seinem Gürtel hängt am Strick die braune flache Tonflasche der Pilger.

Das Dach des Stalles ist rechts hell beleuchtet, links im Halbdunkel. Die Innenseite ist dunkel. Unten links die umzäunte Krippe mit Ochs und Esel. Der

DIE GEBURT CHRISTI

Esel beugt sich hinein und frißt von der Streu. Rechts steht ein Topf auf dem Feuer. Maria liegt schon nicht mehr, wie es dem Herkommen entsprochen hätte. Sie sitzt bereits aufgerichtet, die Krippe, die in Altarform sich zwischen ihr und Joseph erheben müßte, steht neben ihr am Boden. Ochs und Esel, deren Köpfe sonst neben der Krippe oben im Bilde erschienen, liegen zu Füßen der Maria. Alle diese Züge sind mit der Komposition des Harvestehuder Altars zu vergleichen, der dem ältern Typus entspricht. —

Die Gewänder der drei Marien, ein wenig verblichen, wie aus dem Vergleich mit dem kräftigeren Ton auf der nächstfolgenden Tafel, unter der Bemalung dreihundert Jahre dem Licht entzogenen hervorgeht, hüllen den Körper der Jungfrau beim Knieen, Liegen und Thronen in wunderschöne Falten.

DIE ANBETUNG DER KÖNIGE

Maria sitzt links auf hölzernem Thron ohne Lehne. Das Christkind steht mit dem linken Fuß auf ihrem Knie, von der Mutter gehalten. Wie der knieende greise König seinen linken Arm umfaßt, zuckt es und greift mit der Rechten nach der Mutter. Dabei zieht es das rechte Bein an. Der zweite König, in braunem Bart und Haar und von dunkler Gesichtsfarbe, wendet sich nach vorn und wird von dem knieenden Greis überschnitten. Den Deckelpokal trägt er in der Linken und nimmt mit der Rechten die Krone ab. Der dritte König

DIE ANBETUNG DER KÖNIGE

hält den offenen mit Gold gefüllten Pokal in beiden Händen. Er ist blond und hat kurzen blonden Bart und langes geflochtenes Haar. Maria ist wie vorher gekleidet, doch trägt sie eine Krone mit kreuzförmigen Blättern, die gegen einen mit radialen Linien punzierten Nimbus steht. Der greise König trägt grün, der hinter ihm rot mit weißem Hermelinfutter über goldenem Untergewand, der dritte ein goldenes enganliegendes Wams, kurzen grünen Mantel mit weißem Hermelinfutter und rote enganliegende Beinkleider. Er wird dadurch gegen die ältern im Mantel als jung gekennzeichnet. Hinter der Jungfrau der Stern von Bethlehem. Wie auf dem Buxtehuder Altar bestimmt die dunkle Hautfarbe des zweiten Königs, die prachtvoll gegen den Goldgrund steht, die koloristische Haltung des Bildes. Und wie dort hat der Künstler hier die Dunkelheit von Gesicht und Haar durch die Benachbarung kleiner weißer Flecke, hier des Hermelins, gehoben. Auch auf dem Buxtehuder Altar trägt der knieende weißhaarige und weißbärtige König Grün.

DIE DARSTELLUNG IM TEMPEL

Simeon steht rechts hinter dem Altar und faßt das Christkind mit ehrfürchtig verhüllten Händen. Auch Maria hält es noch. Das Kind wendet den Kopf in halber Bewegung zu Simeon, streckt aber die Hände fast pathetisch der Mutter entgegen. Hinter Maria zwei Frauen, die vordere hält die gedrehte Kerze und das

DIE DARSTELLUNG IM TEMPEL

Körbchen mit den Tauben. Sie trägt einen karmin Mantel über goldenem Untergewand, dazu weiße Haube. Simeon trägt das weiße Schultertuch über einem purpurnen Rock mit goldenen Ranken. Dieser Rock mit seiner unbestimmten Pracht verrät große malerische Fähigkeit. Das Muster scheint auf den Goldgrund gepunzt, darüber ist ein schwarzgrüner deckender Ton gelegt, das Muster, so lange in Farbe noch naß, herausgewischt. Dann sind die Falten mit Purpur lasiert, und die ganze Masse ist mit feinen roten Punkten belebt, die wie Blüten in den Ranken sitzen. Gegen die tiefschwarzen Schuhe setzt sich der Rock mit einem dunkel fleischfarbenen Strich ab. Diese untere Endung neben dem sattgrauen Stein des Altars gehört zu den köstlichsten Wirkungen, die auf dem Altar zu beobachten sind. Das weiße Schultertuch steht sehr tonig darüber. Francke hat ein toniges Weiß nicht feiner eingefügt und nicht wirkungsvoller mit andern Farben umgeben. Das Grau des Baldachins, durch Rot gehoben, und das Grau des Altars sind sehr verschieden hergestellt. Auf dem Altar kommen zum ersten Mal die Strichelungen vor, die den Ton lockern sollen. Der Altar bei Abrahams Opfer hat sie noch nicht. Simeons Mütze ist rot mit grünem Futter. Der Tempelraum wird durch den grauen Baldachin angedeutet.

DER BETHLEHEMITISCHE KINDERMORD

Im Mittelpunkt der reichen Gruppe steht ein Krieger, der in der Linken ein nacktes verwundetes

DER BETHLEHEMITISCHE KINDERMORD

Kind bei den Händen hält und mit der Rechten über dem Haupt zum Schlag mit dem Schwerte ausholt. Sein Helm verdeckt die Nasenwurzel und ein Auge. Von rechts fällt ihn die Mutter des Kindes an. Schreiend aus offenem Munde packt sie ihn beim Arm, der das Kind hält. Am Boden hockt eine Mutter und drückt ihr blutendes Kind an sich. Hinter ihr liegt eine Frau auf den Knieen und ringt die Hände gegen Herodes. Auf rotem Thron sitzt links dieser im olivgrünen Rock mit weißem Hermelinkragen und langem, dunkelblondem Bart und Haar. Zwischen ihm und dem zum Schlag ausholenden Krieger steht ein geharnischter mit dem Schwert in der Rechten und wendet sich fragend an Herodes. Am Boden liegen Kinderleichen. Der Baldachin hat violettrotes Mauerwerk mit grünen Turmdächern und Ziegeldach in Zinnober. Die innere Decke ist sattgrün. Goldene Zacken von Herodes Krone ragen zierlich hinein. Der Hermelinmantel steht sehr geschlossen zu dem weichen Olivgrün des Mantels.

Der mit krummem „Türkensäbel" zuhauende Krieger trägt ein karmesin enganliegendes Wams über dem Panzer, mit zinnoberrotem Stoff bedeckten Plattenpanzer über den Schenkeln, eiserne Kniekapseln und Strümpfe aus Kettengliedern. Die Frau, die ihr Kind herzt, hat einen grauvioletten Mantel mit rotem Futter über den Kopf gezogen, die flehende Frau hat grünes Kleid, die Frau, die den Krieger anfällt, blaues Kleid zu weißem Kopftuch, der Krieger hinter dem Thron purpurnes

DIE RUHE AUF DER FLUCHT NACH ÄGYPTEN

Wams mit hellroten Punkten. Das Zeichen auf dem erhobenen Schwert ist kein Buchstabe, sondern eine Krone aus Schriftzügen.

DIE RUHE AUF DER FLUCHT NACH ÄGYPTEN

Joseph steht neben der auf einem Felsvorsprung sitzenden Maria, beißt von einer spitzen Semmel ab und hält Maria die Wasserflasche hin. Maria reicht dem Kind die Brust und wendet sich ablehnend zu Joseph um. Links beginnt der Esel, vom Rahmen überschnitten, an einem Grasbündel zu fressen. Über ihm auf einem Hügel das Waldgebirge, das die Reisenden hinter sich haben. Joseph trägt grünen Rock mit rotem Futter, dazu rote Zipfelmütze, Maria blauen Mantel mit rotem Futter. Das trinkende Christkind stützt sich mit dem rechten Arm gegen den Hals der Mutter.

Von allen Blau, die auf Bertrams Bildern vorkommen, ist das des Mantels der Maria auf diesem Bilde am tiefsten gestimmt. Es nähert sich dem Ultramarin. Da die andern Blau auf dieser Tafel, selbst das des Mantels der Maria auf der Darstellung, wenn auch dunkler als auf den übrigen, beständig dem Licht ausgesetzt gewesenen Tafeln, doch mehr nach Grün gehen, muß der Unterschied wohl in der Absicht des Künstlers gelegen haben. Dazu stimmt auch der ungemein satte nach Blau schwingende rote Ton des Futters. Von allen Rot, die bei Bertram vorkommen, wohl das herrlichste. Überhaupt ist dieses Bild durch die Sattheit und Glut aller Farben ausgezeichnet, mit den Blau und Rot sind auch die Grün gesteigert, am lebhaftesten das des Grasbündels, an dem der Esel nagt. Bewundernswert ist der Harmonie starker Farben das Grau des Eselfelles eingefügt, das zugleich ganz ausgezeichnet zu dem braunschattigen Erdboden steht.

DIE BILDWERKE

Der bildnerische Teil des Grabower Altars muß zur Zeit der Entstehung tiefer gewirkt haben als die Malerei.

Auch für uns bedeuten die Skulpturen des Grabower Altars heute sicher nicht weniger als die Bilder, ja vielleicht stehen sie auch unserer Empfindung noch näher. Bei den Bildern haben wir uns zu gewöhnen an ringende und unzulängliche Anschauung und Ausdrucksformen, die besten der Statuetten wirken unmittelbar.

Daß Meister Bertram zu den bedeutendsten deutschen Bildhauern nicht nur seiner eigenen Zeit gehört, wird von denen, die den Grabower Altar nach der Entfernung der dicken Gipsschicht und Übermalung des neunzehnten Jahrhunderts gesehen haben, jetzt allgemein anerkannt. Es lebt von demselben Geist in ihm, der das gewaltigste Bildwerk des Nordens, Claus Slüters Mosesbrunnen in Dijon geschaffen hat.

Wie uns die Bilder Bertrams und Franckes den unmittelbaren Anschluß an die alte deutsche und niederländische Kunst gewähren, so steht uns von nun an durch Bertrams Bildwerke ein unmittelbarer Zugang zu den Schöpfungen unserer nationalen Skulptur offen. Durch die Vertiefung in Bertrams Wesen können wir nun die Sprache unserer alten Bildhauer verstehen lernen. Das wird dazu beitragen, daß wir unser eigenstes Vermögen wieder entdecken und nach seinem Werte

schätzen lernen. Wenn ein ausländischer Künstler oder
Kenner durch unsere alten Kirchen und Sammlungen
geführt wird, so pflegt er vor der überraschenden Entdeckung unserer nationalen Skulptur zu meinen, wir
seien viel mehr für die Bildhauerei als für die Malerei
begabt. Dies Urteil, wenn auch einseitig übertrieben
als Folge des starken Eindrucks, hat doch ein Körnchen
Wahrheit. Aber wie lange wird es dauern, bis wir
durch eigene Erfahrung zu dieser Erkenntnis gekommen sind? Solange sie uns nicht in Fleisch und Blut
übergegangen ist, wird es weitergehen, wie bisher, wo
die bildhauerischen Begabungen nur ausnahmsweise
zur Entwicklung kommen.

* * *

Durch einen Zufall steht uns in einem großartigen
Gesamtwerk als redender Gegensatz vor Augen, was
Bertrams Generation in der Plastik aufgegeben und
was sie gewonnen hatte.

Der Hauptaltar in der Gruftkirche des mecklenburgischen Fürstenhauses zu Doberan stammt in seinen
obern Teilen aus der Zeit vor Bertram. Als nach 1368
das Langschiff vollendet war und die Ausstattung um
eine Reihe großartiger Werke bereichert wurde, erschien der Altaraufsatz zu niedrig, und Bertram, in
dessen Werkstatt das Ciborium und wahrscheinlich
auch das gewaltige Laienkreuz entstand, erhielt den
Auftrag, ihn durch die Einfügung einer untern Reihe

von Skulpturen zu erhöhen. Darüber gibt es keine Dokumente. Aber die Kunstwerke sprechen für sich.

Er schloß sich dabei nicht dem Stil seiner Vorgänger an, sondern führte die Figuren so unbefangen in seiner Art aus, als hätte er ein ganz unabhängiges Werk zu schaffen. Schlie, dem dieser Gegensatz nicht entgangen, äußerte die Ansicht, daß vielleicht derselbe Künstler, der die beiden obern Reihen im zierlichen altertümlichen Stil geschaffen, in einer spätern Entwicklung die untere Reihe hinzugefügt haben könnte. Ganz unmöglich wäre es vielleicht nicht. Aber der Abstand erscheint doch gar zu groß.

Die beiden obern Skulpturenreihen gehören in ihren fast überschlanken Leibern, den idealen Kopftypen, der vornehmen, zierlichen Fältelung der Gewänder auf den magern Leibern der aristokratischen Epoche an, die in Bertrams Jugendzeit ausklang. Ich würde sie, soweit meine Beobachtung reicht, kaum über 1350 hinausrücken.

Bertrams Figuren der untern Reihe mit ihrem gedrungenen Bau mit den großen Köpfen, ihrer derberen Bewegung, ihren bildnismäßigen Gesichtern bezeichnen einen Fortschritt nach der Seite der Lebenswahrheit, den die Generation Bertrams (nicht ohne wichtige Güter der Vergangenheit aufzugeben) durchzusetzen berufen war.

✻ ✻ ✻

Es ist nicht schwer zu erkennen, daß die Skulpturen am Grabower Altar nicht alle von derselben Hand herrühren. Zwei, der Prophet Hosea und der Prophet Micha, haben Köpfe, die dem sechzehnten Jahrhundert angehören, zwei Frauengestalten, die h. Ursula und die h. Katharina, die eine zierlich und schlank, die andere plump und schwer, bilden jede einen gänzlich abweichenden Typus, wenn sie auch aus Bertrams Werkstatt stammen können. Bei den übrigen herrscht im ganzen derselbe Typus. Aber der Unterschied im künstlerischen Wert springt in die Augen. Neben einer Reihe lieblicher Frauen und großartiger Apostel und Prophetengestalten, die heute den Künstler entzücken und dem unbefangenen Laien, der ein Herz hat, unmittelbar Genuß gewähren, erscheinen andere wohl als derselben Art aber kaum derselben Hand angehörig.

Sie stammen aus derselben Werkstatt, aber nicht notwendig von demselben Meister. Es ist von vornherein undenkbar, daß der Meister selbst neben den vierundzwanzig Bildern die doppelte Anzahl größerer und kleinerer Skulpturen eigenhändig ausgeführt haben sollte. Daß er Gesellen beschäftigte, wird durch die Kämmereirechnungen bezeugt.

Sollte es möglich sein, den Anteil des Meisters von dem der Gehilfen scharf zu sondern?

Daß die besten dem Meister gehören, wird nicht zu bezweifeln sein. Aber die Grenze ist sehr schwer abzustecken, und es läßt sich auch nicht sagen, wie weit er an den übrigen beteiligt ist. Wir wissen nicht, wie überhaupt die Arbeit vor sich gegangen ist. Lagen Zeichnungen oder Modelle zugrunde? War die Kraft der Phantasie so groß, daß das Bild aus der scharfen Vorstellung ohne weiteres in die Materie übersetzt werden konnte? Wie groß war der Anteil der Gunst des Zufalls bei der Ausführung? — Soviel ist sicher, Modelle aus der Hand des Meisters haben den Gehilfen nicht vorgelegen, denn die Statuetten, die wir ihnen zuschreiben müssen, zeigen ganz andere Verhältnisse als die des Meisters, und ihre Motive sind ärmer und unausgetragen. Oder sollten vielleicht die mit den viel zu großen Köpfen die ersten und die besser proportionierten die späteren Arbeiten sein?

Was wir heute bei noch ungeschärftem Erkenntnisvermögen festzustellen versuchen, wird in einigen Jahren bei innigerer Vertrautheit hoffentlich einer tiefern Einsicht weichen.

BALDACHIN DER UNTEREN REIHE

Zweifelhaft ist es auch noch, wie weit überall die Bemalung der Köpfe von Bertrams Hand ist. Bei einigen, wie dem Chrisius und der h. Maria Magdalena, waltet keinerlei Zweifel. Bei andern könnte eine Restauration von 1595 vorliegen. Die Gesichtsfarbe der Skulpturen an der Goldenen Tafel von Lüneburg (hannoversches Provinzialmuseum), die ich nicht mehr vergleichen konnte, stehen mir als auffallend gleichmäßig

BALDACHIN DER OBEREN REIHE

hell in der Erinnerung. Auf dem Grabower Altar sind die Köpfe der Figuren je nach dem Typus heller oder dunkler, genau wie auf den Bildern Bertrams. Auf den ausgeführtesten Köpfen wie dem Paulus, findet sich aber schließlich nichts, das Bertram nach den Köpfen auf den Bildern (Noah, Isaak, Simeon) nicht gehören könnte. Es ist sehr zweifelhaft, ob einer Restauration von 1595 eine Durchführung zugetraut werden kann, die so völlig der Konzeption der zu Grunde liegenden Modellierung entspricht. Diese Frage muß offen bleiben.

Da der dem Auge erreichbare Teil der Doberaner Skulpturen aus Bertrams Zeit in jüngster Zeit übermalt ist, besitzen wir im ursprünglichen Zustand nur sehr wenig Bildwerke aus Bertrams Zeit.

Die um 1595 erneuerten Köpfe der Propheten Hosea und Micha weichen in der Durchführung von der des Paulus und verwandter Köpfe erheblich ab. Die Bemalung geht weit weniger in die Einzelheiten und schmiegt sich nicht so innig an die zugrunde liegende Bildhauerarbeit. Den Propheten Micha in der Bekrönung halte ich in Schnitzerei und Bemalung für einen Teil der Restauration von der Wiederherstellung von 1734.

MITTELGRUPPE

Aus der gleichmäßigen Wiederholung derselben Grundform — die Bekrönung mit den Halbfiguren in Kreisen und die Predella mit Sitzbildern in Relief treten gegen die zwei Reihen stehender Figuren unter reichen Baldachinen ganz zurück — hebt sich beherrschend die durch die beiden Stockwerke reichende breite Mittelgruppe heraus mit dem starken Pathos der Linie, die die Arme des Gekreuzigten beschreiben. Weder seine Bewegung noch die der fast im Profil stehenden Maria und des Johannes kommen irgendwo in der breiten Fläche ähnlich vor. Ein dreifacher Baldachin bekrönt sie in feierlicher Pracht. Das Kreuz wurzelt in einem später — wahrscheinlich 1596 — hinzugefügten Gipfel Golgathas mit dem Schädel Adams und goldenen Blumen auf dem grünen Grund. Maria und Johannes stehen noch auf ihren Konsolen. Was ursprünglich die Stelle des Berggipfels eingenommen hat, wissen wir nicht, vielleicht ein Behälter für Reliquien.

Christus ist noch nicht das Opferlamm, das unter der Welt Sünde das gemarterte Haupt auf die Brust sinken läßt — so faßte ihn schon 1348 der noch im gebundenen Zeichenstil befangene Urheber des Wandgemäldes mit der Kreuzigungsgruppe in Konstanz. Bertram sieht ihn noch als Sieger über Tod und Hölle, der nur symbolisch leidet. Feierlich streckt er die Arme aus, die Finger krümmen sich noch nicht, die Hüfte biegt sich im Hangen nicht mehr aus, es ist eigentlich eher ein Schweben als ein Hangen. Maria ringt die Hände, aber sie wohnt als Göttin dem Opferakt bei und noch nicht als irdische Mutter dem Tod des Sohnes. Johannes trägt noch das Buch in der Linken und blickt, die Rechte auf die Brust gelegt, schmerzerfüllt, aber nicht verzweifelt, zum Gekreuzigten empor.

Wie über alle Formen des Altars herrscht der Leib des Herrn auch über die Gruppe um ihn. Wer seine Augen zu ihm erhebt, ist mit ihm allein. Es liegt für uns etwas Zeitloses in dieser Gestalt, etwas, das über dem Durchschnittsvermögen jeder Zeit liegt.

DIE MITTELGRUPPE

Ist es nur die mit lebendigem Gefühl erfüllte formale Schönheit, die diesen Körper aus der Erdständigkeit der übrigen Statuen heraushebt? An sich ist dieser edle Leib, dessen grauer, sehr zart gegen das Gold des Hintergrundes stehender Fleischton der ursprüngliche ist, weit realistischer als irgend ein Christuskörper der jüngst vorhergehenden Zeit, zum Beispiel des über lebensgroßen Gekreuzigten vom Laienaltar zu Doberan, der doch höchstens ein Jahrzehnt älter ist. Bertram hat, wenn auch noch keine anatomischen Kenntnisse, doch sehr viel Empfindung für die lebende Materie des Fleisches. Brustkorb und Nabelpartie sind als Gegensatz sehr lebhaft ausgedrückt. Sehr schön sind Haltung und Ansatz des Halses, den das lange dunkle, auf die Schultern fallende Haar einrahmt.

Das Kreuz ist als Baumstamm mit Astansätzen gebildet — Holz vom Baum der Erkenntnis. Hinter dem Haupt sitzt ein großer Kreuznimbus, wie aus Gold und Edelsteinen gebildet. Die Evangelistenzeichen am Ende der Kreuzarme, derb geschnitzt, zeugen von starkem dekorativen Gefühl des Meisters.

Auch Maria und Johannes haben teil an der formalen Erhöhung des Menschlichen, die den Christus über die ganze Umgebung herrschen läßt. Eine solche auf strenge Schönheit ausgehende und bei aller Zurückhaltung den höchsten Reichtum aufbietende Erfindung im Faltenwurf kommt auf dem Altar nirgend wieder vor. Wie — mit Ausnahme des Christus — alle Ideal-

CHRISTUS

typen bei Bertram stehen die Köpfe der Maria und des Johannes nicht auf der Höhe der individualisierten Heiligen rings umher. Die Gewandung hat noch einen Zug von Feierlichkeit, Adel und Vornehmheit, die wir bei der idealistischen Kunst aus Bertrams Jugend kennen. Da die Figuren auf Sockeln vor einer Wand stehen, sind sie nicht vollrund gebildet, sondern dem Relief genähert. Es ist dasselbe Prinzip wie auf den auch dekorativ genommen zu den besten deutschen Skulpturen gehörenden gotischen Statuen am Bremer Rathaus.

DIE STATUETTEN

Das System der Aufstellung der heiligen Figuren läßt sich leicht überschauen.

Am Fuß des Kreuzes stehen unten zu beiden Seiten die Apostel. Die Schutzheiligen der Kirche, Petrus und Paulus, gleich links und rechts. Sie sind, um sie hervorzuheben, etwas höher als die andern. Auf der Petrusseite, links vom Beschauer, schließen sich Andreas — an seinem schrägen Kreuz kenntlich —, Johannes, Jacobus d. j., Bartholomäus und — im Flügel — Matthias an. Auf der Paulusseite rechts Jacobus d. ä. (als Pilger), Thomas, Philippus und Matthäus und — im Flügel — Simon und Judas Thaddäus.

An die Apostel reihen sich die Propheten: links Jesaias, Jeremias, Ezechiel, Daniel und Hosea; rechts

Joel, Amos, Obadja, Jona und, in den zweiten Stock versetzt, Micha. Es scheint, als ob ursprünglich mit zwölf Aposteln gerechnet wurde, denen sich zehn Propheten anschließen sollten. Da es (mit Paulus) dreizehn Apostel geworden waren, mußte dann ein Prophet in die obere Reihe.

Die Heiligen der oberen Reihe sind so verteilt, daß zunächst an jeder Seite vom Kreuz sechs weibliche Heilige stehen, von denen schon jederseits eine auf den Flügel kommt. Ihnen schließen sich die männlichen Heiligen in geschlossener Folge an; nur daß links am Ende ganz allein die h. Ursula steht. Ist es schon auffallend, daß die Reihe der männlichen Heiligen hier abgebrochen wird, so erscheint die Gestalt der h. Ursula in Proportionen — der kleine Kopf —, in der abweichenden Gewandung und Bewegung, als ob sie nicht ursprünglich dazu gehört habe. Jedenfalls stammt sie von einer Hand, die sonst am Altar nicht mitgearbeitet hat.

Die Namen der Heiligen sind links vom Kreuz: Christina, Cäcilia, Agnes, Agathe, Apollonia, die heiligen drei Könige Melchior, Balthasar, Caspar, der h. Gereon und die h. Ursula. Rechts: Dorothea, Margaretha, Catharina, Barbara, Gertrud und Elisabeth. Sodann die Heiligen Michael, Stephanus, Erasmus, Laurentius und der Prophet Micha.

Der h. Gereon ist ein jugendlicher Ritter, der im Gefolge der h. Ursula auftritt. Wenn die Ursula als spätere Einschiebung für eine verloren gegangene männliche Figur aufgefaßt wird, könnte für Gereon ein anderer Name vorgeschlagen werden. Den vorhergehenden drei Königen würden sich Gereon und Ursula übrigens sehr gut anschließen. — Schlie in seiner Beschreibung des Grabower Altars übergeht den Gereon.

Weshalb diese Auswahl und nicht etwa die vierzehn Nothelfer, weshalb die Trennung der Geschlechter, die deutlich markiert und durch die h. Ursula wieder durchbrochen ist, wird sich kaum feststellen lassen. Wahrscheinlich lag eine Weisung des Auftraggebers vor, der Künstler hätte wohl die Abwechselung vorgezogen. Es läßt sich freilich auch ein Grund für das Zusammenhalten der Massen anführen, die Ruhe des Eindrucks.

In der Bekrönung nehmen die fünf törichten und die fünf klugen Jungfrauen die mittlere Hauptlinie ein. Mit dem Oberkörper kommen sie aus kreisförmigen Rahmen heraus, die in Vierecke eingespannt sind und mit Vierecken wechseln, die mit Maßwerk gefüllt sind. Dies ist abwechselnd senkrecht in Fensterform oder diagonal gekreuzt eingefügt. Oben schließt eine kräftige aber schlichte Bekrönung mit vergoldeten Kleeblättern emporstrebend, den Aufbau ab. Das Maßwerk sitzt weiß in den vergoldeten Rahmen. Die ganze Bekrönung ruht auf einem silbernen Fries, in dem vertiefte rote Kreuze abwechselnd zwischen senkrechten grünen Strichen und grünen Kreisen stehen.

Uns hat das Motiv der klugen Jungfrauen, die ihre Lampe emporheben, und der törichten, die sie mit allen Zeichen der Verzweiflung umgekehrt halten, nicht viel zu sagen. Dem mittelalterlichen Christen waren sie das Sinnbild seines Verhältnisses zum Werk und zur Person des Erlösers. Als 1322 zu Eisenach ein Mysterienspiel von den klugen und törichten Jungfrauen aufgeführt wurde, empfing Landgraf Friedrich eine solche Erschütterung, daß er bald nachher vom Schlage getroffen wurde und bis zu seinem Tode stumm und lahm blieb.

AUS DER BEKRÖNUNG
(EINE DER TÖRICHTEN JUNGFRAUEN)

Die Tracht der Gestalten ist entweder die ideale der Überlieferung, die auf antike Grundstoffe zurückgeht, die modische der Mitzeit oder gemischt aus alten und modernen Bestandteilen. Vielleicht kommen auch Elemente mittelalterlicher Judentracht hinzu.

In der nächsten Umgebung Christi herrscht das lange Untergewand mit Ärmeln und der in unendlichen Varianten darüber gezogene Mantel. Die Motive des Mantels sind wohl alle der Wirklichkeit entnommen. Es sind Falten, die sich nicht auf dem nackten Körper bilden können, deren Struktur sich hingegen auf dem bekleideten Körper leicht mittels eines großen Tuches wiederholen läßt. Alles das gleitende, anschmiegende, das die Falten mit den nackten Gliedern zu einer Form verbindet, fehlt. Dafür nehmen die Falten über dem rauhen Untergrund der Kleidung den Charakter des gezerrten, gestauchten, geblähten an. Das Moment der Stilisierung der Falten ist bei Bertram ziemlich gering. Nur ab und an spukt schon leise die Überfüllung der Bündel tutenförmiger Falten vor mit ihren sorgsam geringelten Ausläufen. Bertram ist auch darin Naturalist, namentlich im Vergleich zu der nächstfolgenden Epoche.

Schon Maria trägt unter dem herkömmlichen Mantel die Modetracht. Auf dem Buxtehuder Altar sogar mit dem viereckigen Ausschnitt am Hals und den engen, glockenförmig über die Hände fallenden Ärmeln. Die heiligen Frauen in der obern Reihe des Grabower

Altars tragen ausnahmslos ein Kleid, dessen Leibchen und Rock aus einem Stück bestehen. Leibchen und Ärmel sind enganliegend. Der Halsausschnitt ist meist hoch und rund, einmal, bei der überhaupt beinahe koketten h. Cäcilie weit und viereckig. Gürtelung über der Hüfte kommt bei der h. Elisabeth und der h. Agnes vor. Bei der Elisabeth wirkt die Brechung und Stauchung der Falten an dieser Stelle besonders gut. Über diesem Unterkleid tragen sie den Mantel, der aus einem Stück besteht, in der verschiedensten Form, über einer Schulter, über beiden, unter einen oder beide Arme gezogen, vorn verbunden, vorn hangend und das Gewand einrahmend usw., aber nur einmal am Hals geschlossen. Ganz klar pflegt der Faltenwurf erst zu werden, wenn man die Figur in die Hand nehmen kann.

Auch die Apostel tragen das lange Untergewand mit Ärmeln und darüber den in unendlicher Mannigfaltigkeit der Motive drapierten Mantel. Nur einer trägt einen kurzen Rock, der h. Jacobus, der Pilger. Er ist auch der einzige, der einen Hut auf hat. Alle andern Apostel sind barhäuptig.

Die Apostel haben also eigentlich genau dieselben Kleidungsstücke an wie die heiligen Frauen. Aber Bertram weiß der Drapierung des Mantels und den Falten des Untergewandes bei den Aposteln etwas entschieden männliches und bei den Frauen etwas zartes toilettenmäßiges zu geben, daß man sich erst auf die Gleichheit der Bestandteile besinnen muß. Bei den

Frauen läßt er das Untergewand gelegentlich fest anliegen, so daß die Form des Körpers mitspricht.

Bei den Aposteln geht es schon mannigfaltig zu. Einige haben das lange Untergewand und den losen Mantel an, aber sie tragen ihn anders als die Propheten und heiligen Frauen. Obadja und Jona haben ihn über den Kopf gelegt, was nur noch einmal bei einem Apostel vorkommt. Micha hat einen über der Brust geschlossenen Mantel mit Kapuze um den Leib drapiert. Amos trägt ihn auf der rechten Schulter geschlossen, steckt den rechten Arm frei heraus und bewegt den linken unter dem Mantel. Joel hat einen langen Rock mit Ärmeln an, dessen Massen ungegürtet bis auf die Füße reichen, und dessen lange Falten unten durch Aufstoßen gestaucht oder geknickt werden. Daniel trägt einen langen gegürteten Rock mit Ärmeln. Jeremias hat eine Art Kaftan mit langen Ärmeln an, durch deren oberen Schlitz er seine Arme steckt, vielleicht die Kopie eines wirklichen, von Juden damals getragenen Kleidungsstückes. Die männlichen Heiligen sind entweder Ritter, in diesem Falle tragen sie Rüstung, oder Geistliche im Gewand ihres Standes.

So erscheint die auf den ersten Blick so verblüffende Mannigfaltigkeit aus wenigen Grundelementen entwickelt. Hätte der Künstler für jede Gestalt ein besonderes Kostüm zu erdenken sich Mühe gegeben, er würde es vielleicht zur Unruhe, aber nicht zu solchem Reichtum der Erfindung gebracht haben.

MARIA MAGDALENA

Es empfiehlt sich, bei der Betrachtung der Skulpturen von einer einzelnen Gestalt auszugehen und zwar von einer weiblichen, denn auch der Maler-Bildhauer offenbart, wie der Dichter, seine innerste Kraft an der Gestaltung des Weibes.

Von allen Frauengestalten am Altar scheint mir die der Maria Magdalena am besten geeignet einen Einblick in die künstlerischen Gaben und Mittel Bertrams zu gewähren.

In der Tracht einer Modedame aus Bertrams Umgebung steht das zierliche Persönchen da, das heißt, eigentlich steht sie nicht, sie schreitet. Ein glattes Salbgefäß in der Linken — sie faßt es vorsichtig, die Hand unter dem Mantel —, hebt sie mit der Rechten die andere Seite des schweren Mantels auf, damit er sie beim Gehen nicht hindert. So schreitet sie vorwärts, den Blick in die Ferne gerichtet auf das Grab des Herrn, das sie im Morgenlicht zu erspähen sucht.

Hier ist dieselbe Kraft in der Bildhauerei an der Arbeit, die auf den Bildern die dramatischen und offenbarenden Züge aus der Tiefe des Wesens geschöpft hat. Sollte es in der kleinen Stadt zur gleichen Zeit in derselben Werkstatt zwei Künstler gegeben haben, die das vermochten? Es gibt heute in ganz Deutschland nicht viele, die es könnten, und es hat ganze Geschlechter gegeben, in denen es nicht ein einziger vermochte.

Wenn aus dem reichen Schatz der Skulpturen des Grabower Altars der eigenhändige Anteil Bertrams aus-

MARIA MAGDALENA

gesondert werden soll, so muß bei Schöpfungen dieses Werk's begonnen werden.

Die Leistung des Künstlers ist jedoch mit diesem sachlichen Motiv nicht erschöpft. Es fragt sich, was er daraus gemacht hat. Denn es wäre nicht eigentlich vorhanden, hätte der Künstler es nicht völlig ausgestaltet.

Er hat herausgeholt, was nur eine glückliche Stunde dem Finder bescheren kann.

Von vorn gesehen gibt die Gestalt dem Auge unendlich viel zu tun, den Rhythmus der Bewegung, das Verhältnis der Massen zu genießen. Das Gesicht ist durch die Flügel der großen modischen Rüschenhaube umrahmt. Bis zur Tiefe des Kinns reichen die großen Wulste. Dann hören sie auf, setzen auf den Schultern mächtig wieder an und ziehen sich um den tiefen Teil des Nackens. Unter den Wulsten auf der Schulter beginnt der Mantel herabzufallen. Über der Brust schließt er nicht, seine Falten rahmen mit ihren durch die Bewegung der Hände gebrochenen Linien das Untergewand ein. Über der linken Schulter liegen die Falten schräge mit drei langen Lichtern und zwei langen Dunkelheiten dazwischen, dann legt sich der Stoff weich über das Gelenk der Hand, die ihn packt, und fällt nun wieder in schrägen Falten, unten mit den angezogenen Säumen eine trillernde Linie bildend. Auf der andern Seite verdeckt das runde Salbgefäß die Schulter, in zierlichem Gegensatz zur rechten Seite.

MARIA MAGDALENA

Von der Hand ahnt man unter dem Mantel die Fingerspitzen am Rand des Gefäßes und erkennt den stützenden Daumen. Dann hangen die Falten in schweren Massen herab, und unten macht der Saum eine starke rückläufige Bewegung und verläuft im Zickzack.

Das Kleid ist vom Hals bis zu den Füßen aus einem Stück, keine Schneiderlinie trennt das Leibchen ab, kein Gürtel unterbricht den Fluß der Formen. Über Brust und Leib sitzt es enge, so daß unter der zarten Brustpartie leichte Querfalten entstehen. Um die Hüften wird der Rock plötzlich weit, und hier setzen deshalb unvermittelt die senkrechten Falten des Rockes ein, der bis auf die Füße reicht und hier aufstößt. Diese Längsfalten, dünn und bestimmt, fast scharf, unterscheiden sich in Bau und Bewegung völlig von denen des Mantels, die glatter und flacher bleiben. Aber der Gegensatz ist keineswegs übertrieben ausgedrückt.

Die Füße stehen wie überall bei Bertrams Statuetten, auf einer Art Postament, das für sich nicht mitspricht, aber wohl berechnet ist. Es hat die Form eines Maulwurfshaufens, so daß die Füße sich beim Auftreten senken. Es ist anzunehmen, daß Bertram damit die bei der Höhe, für die die Figuren bestimmt waren, sehr leicht eintretende Überschneidung der Füße vermeiden wollte. Eine Figur, die offenbar nicht von Bertram selber herrührt, die h. Katharina, steht nicht auf einem Kugelabschnitt, sondern auf einem flachen Körper von der Gestalt einer Oblate.

MARIA MAGDALENA

Als das Gesicht der Heiligen von der entstellenden Übermalung befreit wurde, tauchte darunter unberührt im Schmelz der alten Farbe das ganz bildnismäßige Antlitz auf, das in dieser Anlage und Durchbildung vom Meister Bertram, wie er als Darsteller der Frau in den Gemälden bekannt war, niemand erwartet hätte. Es hat nichts von dem allgemeinen Schönheitstypus der Maria und Eva auf Bertrams Bildern. Es ist so durchaus individuell, daß man es für ein Bildnis nehmen muß.

Durch die Haube wird dies Antlitz fest eingerahmt. Aber unter den großen Rüschen wird ein ganz weniges von dem krausen goldenen Haar sichtbar und oben erscheint ein bunter Streif der goldenen Kappe, die unter dem Kinn durch ein buntgoldenes Band zusammengehalten wird. Der Hals ist wieder frei und zeigt eine leise Falte. Er wird durch die zierliche Ausbiegung des weißes Stoffes der Haube seitlich eingeschlossen.

Die Stirn ist breit und nicht übermäßig hoch, dabei von sanfter Wölbung. In zartem Schwunge ziehen sich die Brauen darüber. In den etwas vorstehenden Augen webt es wie ein leichtes Blinzeln. Es rührt von den untern Lidern her, die sich kräftig über den Augapfel schieben. Dem in die Ferne spähenden Blick entsprechen die angezogenen Winkel des Mundes. Er ist von zierlicher Form und sitzt sehr weich. Im Profil wird der Aufbau noch deutlicher. Man sieht, daß die Oberlippe durch den Druck der angezogenen Nasenflügel etwas vorgeschoben wird. Die Nasenflügel sind

DER GRABOWER ALTAR

MARIA MAGDALENA

ziemlich kräftig. Das alles sind Merkzeichen der Bildnismäßigkeit. Man möchte die Züge einer dem Künstler nahestehenden Persönlichkeit vermuten, der Frau oder der Schwester, denn sie kehren unter den Skulpturen auch bei andern Heiligen wieder.

So sieht man die Heilige von vorn, höchstens ein wenig von der Seite, wenn sie in der feierlichen Schar der Männer und Frauen steht, die der Erlösungstat beiwohnen. Anders, wenn sie sich allein von einem Sockel erhebt, so daß man sie umkreisen und in vielen Ansichten beobachten kann.

Dann erst wird dem Gefühl unmittelbar verständlich, daß das Werk eines Bildhauers vor einem steht. Der Maler ist gewohnt, sein Stück Weltbild von einer Seite zu sehen. Der Bildhauer konzipiert rund. Wenn er das Bild eines Menschen schafft, so packt er aus seiner Bildhauernatur heraus unbewußt eine Stellung, eine Bewegung, die von allen Seiten anziehende und fesselnde Anblicke gewährt. Mit einer verstandesmäßigen Überlegung hat diese Schöpferleistung nichts zu tun. Der Verstand allein führt nur zum Akademismus.

Bertrams Maria Magdalena müßte so von allen Seiten gesehen werden. Von links im Profil wirken die Motive am reichsten zusammen. Das Gesicht mit den leise vorgeschobenen Lippen und dem suchenden Blick hat etwas verhalten Bewegtes. Weint sie? — Sehr dekorativ steht die Masse der Kopfrüsche zu der schweren Fülle der Schulterrüsche. Unter dem weißen

Kopfputz, der in wenigen großartigen Falten hängt, fühlt sich die Form des Käppchens. Reizvoll kontrastiert die runde glatte Form des Salbgefäßes mit dem Gefältel, das von der Hand herabhängt. Daumen und Zeigefinger scheinen durch den weichen Stoff hindurch, und ihre Form bestimmt den dreieckigen Ansatz der hangenden Falten.

Von der rechten Seite gesehen sprechen außer dem Kopf nur Mantel und Hand. Die tiefhangende Linke (im Gegensatz zu der angezogenen Rechten, die das Gefäß trägt) hat den Mantel ein wenig unter den Ellbogen gezogen und packt ihn von der Unterseite aus. Dadurch hebt sie sich von dem stumpfen Ton des Futters ab, und zwischen den hangenden Falten unter der Hand und dem langen Faltengehänge auf dem Rücken entsteht eine reichbewegte Zone von Dreieckfalten, einer voll ausgebildeten unter dem Ellbogen, einer schlaffern unter ihr, einer ganz verhangenen weiter unten, wo es in ein senkrechtes Gehänge übergeht.

Von alldem kommt nichts ans Licht, wenn die Figur an ihrem Platze steht. Der Künstler wußte es, als er sie bildete, so gut wie er wußte, daß niemand den Rücken sehen würde. Aber er hat ihn darum doch nicht vernachlässigt.

Drei schwere Falten hangen von der Schulter bis zu den Fersen herab, etwas schräge, denn die Gestalt ist in schreitender Bewegung. Unter den Ellbogen klemmen sich die Falten, dann erscheinen die großen

FIGUREN IN ZUFÄLLIGER AUFSTELLUNG

DER GRABOWER ALTAR

FIGUREN IN ZUFÄLLIGER AUFSTELLUNG

Dreiecke und ihre mehr und mehr verhangenen Nachfolger nach unten. Die beiden Ellbogen in verschiedener Höhe, das kurze Gehänge unter der linken Hand, das lange etwas ausladende Gehänge unter der rechten geben einen ungemein reichen, als Leben fühlbaren Umriß.

Wie weit der alte Meister sich über alles, was er hier geleistet hat, mit Worten hätte aussprechen können, können wir nicht sagen. Aber das sehen wir in jedem Zuge, er wußte, was er wollte. Mit Worten können wir es auch heute nicht erschöpfen. Aber es schien mir nötig, bei einer beliebigen Gestalt einmal zu tun, als hätten wir eine lebensgroße Figur für eine ganz freie Aufstellung vor uns.

* * *

Wie weit der künstlerischen Konzeption bei den übrigen Statuetten eine Idee, die aus dem Wesen oder aus dem Schicksal des Dargestellten stammt, bestimmend gewesen ist, läßt sich schwer angeben. Wo wir, wie bei Maria Magdalena oder Paulus, von einer sehr bekannten Legende oder von einer Art Bildnisüberlieferung ausgehen können, verstehen wir ohne weiteres, wie der Künstler zu dem formenden Gedanken gekommen ist. Aber bei vielen der übrigen Gestalten läßt uns dieser Kompaß im Stich. Wie weit gab es für die einzelnen Propheten und Apostel eine Überlieferung, die Bertram weiterbilden konnte? Wie mag die Mitarbeit des Auftraggebers zu denken sein? Hat er den Künstler überhaupt beeinflußt bei der Konzeption?

DER PROPHET EZECHIEL

Die Charakteristik könnte bei den meisten Figuren nicht lebhafter ausgefallen sein, wenn der Künstler überall soviel bestimmendes Material gehabt hätte wie bei den eben angeführten Statuetten. Was er geleistet hat, kommt bei der Aufstellung im Altar nicht zu seinem Recht. Erst wenn die Figuren frei stehen, wirkt alles Leben, das sie bewegt.

Heute noch, wenn die Figuren beim Packen und Ordnen an die Erde gestellt wurden, konnte dem Blick, der sie unvermutet traf, die erstaunliche Lebensfülle der Silhouette und des Ausdrucks unheimlich vorkommen. Dabei läßt sich nirgend die geringste Übertreibung verspüren. Es war dem Künstler ganz ernst nicht nur etwas zu machen, sondern etwas auszudrücken. Unser Auge, das so lange gewöhnt war, an Bildhauerwerken etwas in sich Unlebendiges zu sehen, hat sich bei Bertram zunächst umzustimmen und sich zu erinnern, daß die Lebendigkeit, die diese urtümliche, aber auch ursprüngliche Kunst besitzt, unsern Besten wieder ein Ziel geworden ist. Heute steht die Skulptur dem Empfinden nicht nur der Massen sehr fern. Zu Bertrams Zeit war sie volkstümlicher als die Malerei, rascher vorangeschritten und übte die stärkere Wirkung. Ihr war es vorbehalten, bei der Verwandlung der großen Altäre das letzte feierliche Wort zu sprechen.

Es setzt immer wieder in Erstaunen, wie Bertram mit einem so geringen Wissen um die Ponderation des Körpers doch so außerordentliche Glaubwürdigkeit

DER PROPHET EZECHIEL

erreicht hat. Ob er Stand- und Spielbein bewußt unterschieden hat, scheint zweifelhaft. Gelegentlich, bei dem Johannes und der Maria der Kreuzigungsgruppe, ist dieses Motiv des Ruhens auf einem Bein deutlich genug ausgesprochen. Aber andere Figuren stehen dann wieder auf ihrem kleinen grünen Hügel, als ob sie einen Berg herab kletterten: das Standbein geknickt, den Fuß des Spielbeins wie tastend in die Tiefe gestreckt.

Der Körper ist meistens unter dem Mantel verkümmert. Nur wo, wie bei den Propheten Jeremias, Daniel und Joel, ein Rock allein das Kleidungsstück bildet, arbeiten sich die Formen klarer heraus. Dies gilt auch von den Frauen, deren Körper übrigens im allgemeinen lebendiger gefühlt ist. — Die altertümliche „geschwungene" — herausgedrückte — Hüfte kommt noch einige Male vor, bildet aber die Ausnahme.

Das Verhältnis des Kopfes zum Körper ist ungleich. Die zuerst in die Augen fallenden Statuetten mit den viel zu großen Köpfen bilden doch schließlich die Ausnahme. Bei den Frauen sind die Köpfe im Verhältnis meist kleiner als bei den Männern. Die h. Ursula mit ihrem ganz zierlichen kleinen Köpfchen und die breit hingestellte untersetzte h. Catharina stehen auch in bezug auf die Verhältnisse allein.

Die Erfindung konnte sich um den Körper erst in zweiter Linie kümmern, ihr eigentliches Gebiet waren Stellung und Bewegung, Kopf und Gewandung.

DER PROPHET JOEL

Bei der Haltung wiederholt sich kein Motiv, obwohl Anlaß genug da wäre, denn fast alle Gestalten haben einen leichten Gegenstand zu tragen, ein Buch, das Zeichen des Martyriums oder Opfergaben (die h. drei Könige), und auch der Charakter des Kunstwerks als feierlichster Schmuck des Altars zog den Möglichkeiten der Bewegung feste Schranken. Durch Vergleich der einzelnen Motive wie der Haltung der Hände oder, bei kleineren Gruppen, der Art wie das Buch gehalten wird, erschließt sich die Fülle der Gesichte, über die der alte Meister befiehlt.

Die Farbigkeit der Plastik gab dem Künstler des Mittelalters vieles, worauf unsere heutige Kunst verzichten muß. Meister Bertram hat mit großer Sicherheit Gebrauch davon gemacht. Dieselben zwei Reihen Statuetten in weißem Gips oder in braunem Holz würden nicht einen Bruchteil des Lebens ausdrücken, das diese Gestalten so unmittelbar gegenwärtig macht.

Was die Farbe leistet, läßt sich allein an der Intensität des Blickes der Köpfe ermessen. Bertram hat den Ausdruck geradezu auf die Wirkung des Blickes angelegt. Die alte Farbe der Köpfe ist schon tonig geworden, aber diese Macht des Blickes ist geblieben. Was sagen die Augen der Reihe rechts von der Kreuzigung, die mit Paulus beginnt? Jeder wird alles einzelne um eine Abschattung anders empfinden, aber man versuche einmal, den Blick des Paulus, der auf ein fernes hohes Ziel gerichtet ist mit dem des Wanderers Jacobus,

DER APOSTEL PAULUS

der seinen Weg auf der Erde sucht und dem der folgenden zu vergleichen und sich in Worte zu übersetzen, was sie sagen.

Vom Blick aus ist das Leben der Köpfe verständlich.

Auch hier erscheint die gestaltende Kraft des Meisters unbegrenzt. Sie beschränkt sich aber nicht auf die Schöpfung immer neuer Typen lediglich formaler Abwandlung, jeder einzelne Kopf ist in sich durchgebildet, als hätte der Meister nur diesen einen Kopf zur Aufgabe gehabt. Wie die Figuren in Reih und Glied stehen, kommt nur ein Teil der Leistung ans Licht.

Um sich in Bertram hineinzufühlen, beginnt man am besten mit einem der männlichen Charakterköpfe, etwa dem Paulus (der ersten Figur rechts vom Kreuz). Der gebrechliche, hochgewachsene alte Mann vermag den Hals nicht mehr aufrecht zu halten. Aber der Kopf ist doch aufgerichtet und der Blick sucht ein Ziel hoch in der Ferne. Von hinten gesehen erweckt allein der Ansatz des Halses an die mageren Greisesschultern die Vorstellung von hohem Alter. Der Schädel ist kahl, hat aber an Schläfen und Nacken noch einen dicken Kranz von dunkeln Locken. Nach hinten ist der Kopf hoch überbaut — ein Zug von tiefer Einsicht des Meisters — und über der Stirn trägt er noch eine einzelne dunkle Locke. Die große energische Nase hat die Falten der Kraft über der Wurzel, die Stirn trägt Furchen, von den äußern Augenwinkeln strahlen die Krähenfüße aus. Im dunkeln, lockigen, zweispitzigen Bart sitzt der Mund frei, so daß die leise herabgezogenen Winkel zu sehen sind. Sehr individuell sind auch die untern Augenlider und die Backenknochen. Der Kopf ist gemalt wie ein Studienkopf. Wer das alles auf sich wirken läßt, muß zu dem Schluß kommen, der Meister hat sich bewußt vorgenommen, die geistige Macht des h. Paulus auszudrücken. Er hat nicht einem beliebigen Greisenkopf den Namen des Apostels gegeben. Das Wesentliche würde sogar im Gipsabguß noch vorhanden sein.

Und wie den Paulus hat er alle andern Männergestalten behandelt.

Aber noch auffallender ist, daß er für die weiblichen Heiligen von dem Idealtypus loskommt und Individuen bildet.

Der Gegensatz ihrer ganz wie Bildnisse wirkenden Gesichter zu den Idealtypen auf den Bildern des Grabower und noch des Buxtehuder Altars fällt beim ersten Vergleich auf. Was auf den Gemälden Bertrams nur bei der Charakteristik des Mannes zu finden ist und höchstens — und auch nur innerhalb gewisser Grenzen — noch bei Frauen auftritt, die als alt gekennzeichnet werden sollen, der Stempel der Individualität, erscheint hier in der bildnerischen Darstellung einer jungen Frau.

Ein solcher weiblicher Idealtypus kommt bei den Statuetten des Grabower Altars überhaupt nicht vor, ausgenommen die Züge der Maria; eine sehr auffallende Erscheinung im Hinblick auf die Gemälde des Meisters, auf denen fast alle Frauen dasselbe Gesicht haben. Dagegen läßt sich leicht feststellen, daß, wenn auch der Ausdruck wechselt, die bestimmenden Züge aller weiblichen Heiligen der Skulpturen genau dieselben sind, die Nase mit starken und etwas angezogenen Nasenflügeln, die etwas vortretende aber kurze Oberlippe des zierlichen Mundes, die ein wenig vorstehenden Augen mit den starken untern Lidern.

Dies läßt sich nur verstehen, wenn angenommen wird, daß Bertram der Bildhauer von überlieferten Typen noch freier war als der Maler Bertram, und daß in seiner Phantasie das individuelle Bildnis einer jungen Frau unauslöschlich und — während er am Grabower Altar arbeitete — unverdrängbar lebte. Er konnte es mit leisen Abweichungen und wechselndem Ausdruck, ohne Natur anzusehen, wiederholen. Wer diesen Eindruck auf Bertrams Phantasie hervorgebracht hat, läßt sich nur vermuten.

Ein Bildnis in dem Sinne, daß der Meister unmittelbare Naturstudien gemacht hätte, liegt auch hier wohl kaum vor.

DER APOSTEL PAULUS

ST. PETRUS

DER APOSTEL MATTHÄUS

DER APOSTEL MATTHÄUS

DER PROPHET JEREMIAS

PREDELLA — DER H. BERNHARD

DER APOSTEL PETRUS

DER APOSTEL ANDREAS

DER APOSTEL JACOBUS D. J.

DER APOSTEL JACOBUS D. Ä.

DER APOSTEL THOMAS

DER APOSTEL PHILIPPUS

DER APOSTEL MATTHÄUS

DER APOSTEL SIMON

DER APOSTEL JUDAS THADDÄUS

DER PROPHET JESAIAS

DER PROPHET JEREMIAS

DER PROPHET EZECHIEL

DER PROPHET EZECHIEL

DER PROPHET DANIEL

DER PROPHET JOEL

DER PROPHET AMOS

DER PROPHET OBADJA

DER PROPHET OBADJA

DIE H. CHRISTINE

DIE H. CHRISTINE

DIE H. CHRISTINE

DIE H. CÄCILIE

DIE H. CÄCILIE

DIE H. CÄCILIE

DIE H. AGNES

DIE H. DOROTHEA

DIE H. ELISABETH

DIE H. ELISABETH

KÖNIG BALTHASAR

KÖNIG CASPAR

KÖNIG MELCHIOR

KÖNIG MELCHIOR

DIE PREDELLA

Bei den heiligen Personen, die dem Opfertode auf den Flügeln des Altars in idealer Vereinigung jenseit von Raum und Zeit beiwohnen, war die Auswahl entweder theologisch gegeben, wie bei den Aposteln, Propheten und den klugen und törichten Jungfrauen, örtlich bedingt wie bei den in Hamburg besonders volkstümlichen Heiligen — Maria Magdalena, Katharina — oder mehr oder weniger zufällig.

Ganz anders liegt es mit der Auswahl für die Predella. Wenn ein Theologe sich um 1379 die Aufgabe stellte, aus der unendlichen Fülle der Kräfte, die die Kirche und das christliche Leben der nachapostolischen Zeit begründet, ausgebaut und erhalten haben, acht oder neun Männer zu bezeichnen, die ihm die eigentlich wirkenden bedeuten, so wird seine Auswahl genau so gut Glaubensbekenntnis, wie wenn der Vorgang sich heute abspielte, und es wird ebenso wichtig, festzustellen, wen er wegläßt, wie wen er wählt.

Ich bin noch nicht in der Lage, auf die Fragen, die die thronende Versammlung der Predella anregt, eine Antwort zu geben. Doch habe ich den Eindruck, daß es sich bei der Auswahl um das Bekenntnis eines Mystikers handelt.

Auffallend ist schon die Anwesenheit des h. Dionys und des h. Bernhard, beide im Sinne der Mystik zu deuten. Ebenso bezeichnend ist die Auslassung des so

PREDELLA — DER ENGEL GABRIEL

DER GRABOWER ALTAR

PREDELLA — MARIA

volkstümlichen h. Franciscus, aber aus der Gesinnung eines deutschen Mystikers um 1379 verständlich.

Und wie kommt an den Anfang der Reihe Origenes, der doch als Ketzer galt, nur bei den Mystikern nicht. Er wird auf der alten Inschrift nicht Sanctus genannt, sondern schlichtweg Magister. Und sind nicht mystisch die Sprüche zu verstehen wie Augustins: Habe sanitatem et fac omnia quae vis (Sorge für die Gesundheit Deiner Seele, so kannst Du tun, was Du willst) und des Dionysius: Verus Deus inter deos non est demonstratus? (Der wahre Gott unter den Göttern ist nicht bewiesen.) Ebenso auch des Chrysostomus: Necesse est, ut scientiam habeat humanam cum tractantur divina (Man muß die menschliche Wissenschaft haben, wenn vom Göttlichen gehandelt wird). Der Spruch von der Gesundheit der Seele, die die Freiheit des Tuns gestattet, wendet sich ganz im Sinne der deutschen Mystiker gegen eine mechanisierende Auffassung, die von den guten Werken ausgeht. Und kämpft nicht das Demonstratus im Spruch des h. Dionysius gegen den Geist der Scholastik, der nichts unbeweisbar bleibt? Auch der Spruch des h. Ambrosius: Nescimus, quo fine claudemur in hoc exilio: Wir wissen nicht, zu welchem Ende wir in dieser Verbannung — des Erdenlebens — eingeschlossen sind, dürfte der kirchlichen Auffassung des ausgehenden Mittelalters weniger entsprechen als der Empfindung für das Geheimnis des Daseins, die den Mystiker nie verläßt.

Wer die Sprüche aneinanderreiht, hat das Be-

PREDELLA — ORIGENES

kenntnis eines Menschen vor sich, für den es keine äußere Sicherheit gibt, der das Heil nicht in einer mechanischen Richtigkeit der Lebensführung sucht, sondern im Zustand der Seele, der das Wirken der Gnade anerkennt, und der sich bescheidet, das Tiefste nicht beweisen zu können.

Die eingehende Untersuchung dieses Stücks theologischer Psychologie muß vorbehalten bleiben.

* * *

Auf dem Altar stand die Predella höher als sie in einem Museum angebracht werden kann. Um die Figuren besser zu würdigen, muß man sie von einem niedern Sessel aus betrachten. Trotz der zu kurzen Verhältnisse der thronenden Gestalten gehören die Reliefs der Predella zu den anziehendsten Schöpfungen des Meisters. Köpfe, Throne, Inschriften und ein Teil der Gewänder sind in der ursprünglichen Farbe erhalten.

Das Mittelstück der Reihe bildet die Verkündigung. Im Gestus und Ausdruck der Maria, die auf rotem Throne sitzt und das Gebetbuch in der aufs Knie gestützten Linken hält, den Blick verloren in die Ferne richtet und die ausgestreckte Hand in Kopfhöhe erhebt, liegen Schreck und Staunen und tiefes Sinnen, aber keinerlei Demut und Abwehr.

Es verdient Beachtung, daß der Meister im Zusammenhang der tiefsinnigen Vereinigung aller Kräfte, die am Erlösungswerk mitgewirkt haben, auf alle Motive verzichtet hat, die der Gestalt der Maria irgend etwas

PREDELLA — ST. AMBROSIUS

Sittenbildliches geben konnten, wie das versonnene Blättern im Buch, das mechanische Festhalten einer Seite, oder die auch nur auf eine augenblickliche Regung hindeuten, wie die abwehrende oder die auf die Brust gelegte Hand zu einem aufwärts gerichteten oder gesenkten Blick. Das alles hätte einen Mißton gegeben unter der feierlichen Kreuzigung, wie Bertram sie für diesen Altar gebildet hat.

Der Engel, der sich eben auf das rechte Knie niedergelassen hat, trägt in der Linken das Spruchband mit dem englischen Gruß und erhebt segnend die Rechte. Auch diese Gebärde des Segnens muß aus dem besondern Ernst des ganzen Zusammenhanges verstanden werden.

Maria ist von vorn gesehen. Die rasche Bewegung der rechten Hand reißt den Mantel in straffe, fast wagerechte und sehr tiefe Falten, die im Gegensatz stehen zu den flachen fast senkrechten Falten von der andern Schulter. Die Haartracht war auf eine lose aufgesetzte Krone berechnet, unter dem Reif auf der Schläfe quellen die weichen Strähnen breit nach den Seiten. Der Engel trägt eine rotgoldene Kappe auf halblangem stark gelocktem Haar.

So lebhaft uns die rein formale Leistung bei diesen beiden Gestalten anzieht, dem Künstler war sie selbstverständlich. Für ihn lag der Ausgangspunkt nicht in der Anordnung der Falten und der Verteilung der Schattenmassen. Ihm war das seelische Motiv der Quell der thematischen Erfindung. Wie der Visionär

PREDELLA — ST. AUGUSTINUS

der mystischen Gärungszeit, die hinter ihm lag, sah Bertram die heilige Handlung als Dichter, dessen Erlebnis sie ist. Er selbst war Maria, die vor dem Gruß des Engels erschrickt. Nur so konnte er den Blick finden und den Gestus der Hand, durch den das kühne Motiv der Faltengebung bedingt ist. Nicht die Falte war zuerst da, auch nicht die Bewegung der Hand, sondern das Zucken der Seele. Wir tun gut, uns daran zu erinnern, daß schon Ph. O. Runge aus der Tiefe seiner Empfindung von der Kunst des Arrangements, die er haßte, gesagt hat, sie fange bei den äußern Armen und Beinen an.

Die thronenden Vertreter der Entwicklung der christlichen Lehre und des christlichen Lebens tragen Spruchbänder mit Inschriften, die sich unter der modernen Übermalung im alten Zustande erhalten zeigten. Ich füge eine Übersetzung nach dem Sinne bei.

Die Reihe der fünf Thronenden links beginnt mit Origenes. Die Inschrift auf dem Thron nennt ihn: Magister Orienes (sic). Das Spruchband trägt die Inschrift: Obediencia est janua celestis regni (Gehorsam ist die Tür zum Himmelreich). Er weist mit dem Zeigefinger der Rechten auf den Spruch. Sein Gesicht mutet wie ein Bildnis an. Es ist bartlos, sehr voll und wird von schwarzem welligem Haar eingerahmt, das unter der großen Kappe hervorquillt. Der Blick ist niedergeschlagen. In dem vollen fast vierkantigen Kinn sitzt der feine Mund sehr weich. Origenes trägt

PREDELLA — ST. HIERONYMUS

einen langen Rock mit Ärmeln. Die Falten auf der Brust, die in der Mitte sperrig auseinandergehen, weisen auf die Gürtung.

St. Ambrosius mit dem Spruchbande: Nescimus quo fine claudemur in hoc exilio (Wir wissen nicht, zu welchem Ende wir in dieser Verbannung eingeschlossen sind), trägt bischöfliche Gewänder. Er ist dunkel mit halblangem Bart und Haar.

St. Augustinus, ebenfalls in Bischofsgewändern, hält das Spruchband: Habe sanitatem et fae omnia quae vis (Sorge für die Gesundheit deiner Seele, dann kannst du alles tun, was du willst). Er ist im Typus mit Ambrosius verwandt, aber seine Augenbrauen sind energisch zusammengezogen und sein Mund ist feiner.

St. Hieronymus sagt: Cuique dolori remedium est paciencia (Aller Schmerzen Arznei ist die Geduld). Er trägt einen roten Hut und langen Mantel mit Schultertuch. Sein bartloses Gesicht erinnert im Bau an das des Origenes, doch sind seine Brauen gewölbt und das Spiel des Lichtes ist weniger weich und reich.

St. Gregorius. Sein Spruch heißt: Gracia non negligit quos possidet (die Gnade vernachlässigt die nicht, die sie besitzt.) Er trägt schwarzgoldene Kappe, halblangen Mantel mit Kapuze und langes Untergewand. Sein Haar ist halblang, sein dunkler Bart ganz kurz geschoren.

Zur Linken der Maria beginnt die Reihe mit Johannes dem Täufer. Er thront in langem faltenreichem Mantel mit zwei Knöpfen auf der Schulter rechts ge-

PREDELLA — ST. GREGORIUS

wandt, mit der Rechten auf das Lamm in seiner Linken weisend. Das Spruchband sagt: Facite fructum dignum penitentie (Luther: Tut rechtschaffene Früchte der Buße). Sein Kopf mit langem reichem Gelock und sein in dicken Locken flutender Bart umrahmen ein groß angelegtes ernstes Antlitz mit gerunzelter Stirn und im Sprechen geöffneten Munde.

Auf ihn folgt St. Dionysius mit dem Spruch: Verus deus inter deos non est demonstratus (der wahre Gott unter den Göttern ist nicht bewiesen). Er trägt Bischofsgewänder, hält in der Linken das Spruchband und in der Rechten die Mitra mit der Schädeldecke. Sein Mantel bildet auf Brust und Leib ein doppeltes System von Querfalten.

St. Chrysostomus, ebenfalls in Bischofsgewändern, erhebt ermahnend die Rechte und spricht: Necesse est, ut scientiam habeat (sic) humanam cum tractantur divina (Man muß die menschliche Wissenschaft haben, wenn vom Göttlichen gehandelt wird).

St. Bernhard, rechts gewandt, hat so individuelle Züge, daß man an ein Bildnis denken sollte. Das kräftige vielbucklige Ohr mit dem breiten oberen Umschlag, der sehr kleine stark ausgearbeitete Mund, der überhöhte Hinterkopf, die tiefen schattenfangenden Höhlen im Gesicht weisen in ihrer Einheit auf einen bestimmten Menschen, der dem Künstler vorgeschwebt hat. Sein Spruch lautet: Quasi de facie colubri fuge peccatum (Flieh die Sünde wie den Anblick der Schlange).

PREDELLA — JOHANNES DER TÄUFER

Der letzte, St. Benedictus, wendet sich zurück. Sein von der Kapuze beschattetes Antlitz mit der langen Nase über kleinem Munde hat wieder den Charakter einer bestimmten Persönlichkeit. Convertite linguas vestras atque mores (Bessert eure Rede und eure Sitten) sagt sein Spruch.

Die Reihe sitzender Gestalten ist auch als eine Einheit gefühlt. Abwechselnd grün und rot bilden die Throne einen Rhythmus. Die beiden Gestalten neben der Verkündigungsgruppe sind von ihr abgewandt, um sie zu isolieren. Die letzten rechts und links wenden sich den Genossen zu, wodurch die Reihe abgeschlossen wird. Doch führt der Künstler den Gedanken nicht mechanisch aus. Bei Origenes, links, bleibt die Bewegung kaum merklich. Benedictus, rechts, steht schon fast im Profil. Strebepfeiler trennen die Gestalten, Rundbogen, von Konsolen ausgehend, schließen die Nischen mit Maßwerk, dessen Weiß, Grün (mit Blau wechselnd) und Rot nach den alten Spuren erneuert ist.

PREDELLA — ST. DIONYSIUS

PREDELLA — ST. CHRYSOSTOMUS

PREDELLA — ST. BERNHARD

PREDELLA — ST. BENEDICTUS

PREDELLA — ARCHITEKTUR

DER BUXTEHUDER ALTAR

ie beiden großen Altäre Bertrams, der Grabower und der Buxtehuder, sind als zwei verschiedene Typen deutlich ausgeprägt.

Als Ausdruck des religiösen und auch des politischen Gefühls einer aufstrebenden Gemeinde war der Grabower Altar bestimmt, den weitläufigen Raum von Alt St. Petri in Hamburg zu beherrschen. Niemand kam ihm sehr nahe, selbst die Priester, die den Gottesdienst versahen, hatten ihn hoch über sich. Von der Ausführung der Einzelheiten hat kaum wieder jemand etwas gesehen, nachdem die Bilder die Werkstatt verlassen hatten.

In Buxtehude war der Altar für den Chor der Kapelle eines Frauenklosters bestimmt, für einen Raum geringer Abmessungen, wenn nach dem Maß der Flügel geschlossen werden darf. Hier stand er niedrig. Man konnte die Bilder besehen, wie in einem Buch. Es ist verständlich, daß der Künstler, auch wenn es ihm nicht zur Bedingung gemacht wurde, in der Ausmalung der Ereignisse sehr viel ausführlicher wurde, als auf dem Hauptaltar.

Das Format der Bilderflächen kam ihm dabei sehr zu statten. Auf dem Grabower ist es sehr schmal und hoch und bietet nur für zwei oder drei Figuren Raum, auf dem Buxtehuder dagegen dehnt es sich fast quadratisch in die Breite. Statt der zwei oder drei Personen haben gelegentlich acht oder zehn Platz, und der Künstler kann sie in zwei oder drei Gruppen vereinigen. Dies Format begünstigt seine Neigung zu erfinden und zu erzählen. Joachims Opfer, der Besuch der Engel, der Christusknabe im Tempel hätten auf den hohen Rechtecken des Grabower Altars ganz anders komponiert werden müssen oder überhaupt nicht Platz gehabt.

Auch der Stoff gab vielfachen Anlaß zu sittenbildlichen Schilderungen. Was uns hundert Jahre später Albrecht Dürer in seinem Marienleben schenkte, eine Verklärung unseres Familienlebens, das hat auch Bertram schon gefühlt und ausgedrückt. Die Geburt der Maria ist bei Bertram wohl einfacher aber nicht weniger innig in den Hauptmotiven als bei Dürer. Daß wir jetzt das Werk unseres alten hamburgischen Meisters mit Dürer vergleichen können, Bertram an Dürer, Dürer an Bertram messend, führt uns tiefer in ihr Wesen ein, das im Grunde dasselbe bleibt.

Zu der Gunst des Stoffes und des breiten Formats kam für den Künstler noch ein besonderer Ansporn aus dem Zweck der Bilderfolge. Das Marienleben war für ein Nonnenkloster bestimmt. Nonnen hatten den Stoff gewählt wie bei dem Clarenaltar in Köln, dessen wichtigster Teil ebenfalls das Marienleben bildet. Das Leben der Jungfrau, die Schicksale des Christkindes nährten ihre Phantasie. Der Künstler konnte ihnen nicht genug davon erzählen. Es läßt sich vorstellen, wie die Nonnen mit Bertrams Marienlegende lebten, die doch wohl außer einigen Miniaturen ihr wichtigster und zur Zeit der Entstehung sicher ihr lebendigster Kunstbesitz war.

Aus der Bestimmung für ein Nonnenkloster wird sich die besondere Sorgfalt erklären, mit der Bertram die bunte Tracht seiner Zeitgenossen schilderte und in der Darstellung von allerlei Umwelt weit über das vor ihm übliche Maß hinausging. Wie mag allein die modische Frauentracht die Nonnen beschäftigt haben.

Auch werden einzelne Motive aus dem Gemüt und der Andacht der Nonnen geflossen sein. Wie sich die alte Magd bei der Geburt der Maria das neugeborene Kind zu baden anschickt, wie hinter ihr eine junge Magd, das Badetuch über die ausgebreiteten Hände gespannt, begierig den Vorgang beobachtet, bis die Reihe an sie kommt, das sind bildgewordene Träume der Nonnen.

Auf dem Hochaltar im Angesicht der Gemeinde wären so zarte Gedanken nicht am Platz.

Aber alle diese günstigen Bedingungen hätten nicht gefruchtet, wenn nicht in der Begabung Bertrams der besondere Trieb, zu fabulieren und zu schildern, vorhanden gewesen wäre.

* * *

Der Buxtehuder Altar folgt äußerlich dem überlieferten Typus des gemalten Altars, der vom Schnitzaltar verschieden ist. Während die geschnitzten Figuren schon früh in eine reiche Architektur gesetzt wurden, besteht der gemalte in den Gegenden des norddeutschen Backsteinbaues noch bis ins 15. Jahrhundert aus Bildern in ruhigen, ganz unarchitektonischen Rahmen, in denen noch romanische Überlieferung fühlbar ist.

Die Bilder auf den Außenflügeln werden durch bemalte Rahmen umschlossen. Die ruhigen Flächen sind rotviolett und tragen goldene stilisierte Lilien, die einfache Abfasung nach dem Bilde ist schwarz und mit stilisierten Rosen verziert, Lilien und Rosen als Marienblumen zu denken. Werden die Flügel geöffnet, so erscheinen die Innenbilder in goldenen Rahmen. Ihre breiten Flächen sind mit einer Reihung aus Kreisen und Rechtecken geschmückt, die Kreise schüsselartig, die Rechtecke muldenförmig vertieft. Die Abfasung nach dem Bilde zu aber ist gerieselt, um den störenden blanken Strich zu |brechen, den der Reflex einer vergoldeten Abfasung bilden würde. Es ist wohl eins der ältesten Beispiele dieses Kunstgriffs wenn nicht das älteste.

Auf der Innenseite der Flügel sind die Bilder etwas schmäler als auf der Rückwand, da zwei Rahmenbreiten abgehen. Es folgt daraus, daß die Komposition der Bilder der Rückwand noch mehr ins Erzählende gehen kann.

Die Entstehungszeit läßt sich nicht mit Sicherheit bestimmen. Daß der Grabower Altar älter ist, scheint mir zunächst aus innern Gründen wahrscheinlich.

Auf dem Buxtehuder Altar geht der Künstler dem Problem des Raums konsequenter zu Leib. Er sucht entschieden so weit wie möglich in die Tiefe zu kommen. Bei der Geburt der Maria schildert er eine ganze Zimmerecke; bei der Verkündigung wird Maria von drei Wänden ihres Kämmerleins umgeben, und der Engel blickt durchs Fenster. An sich ausschlaggebend erscheint die weitere Ausbildung der Technik. Das Auflichten eines Farbenflecks durch Punktierung, Strichelung und Schraffierung mit einer andern Farbe — zinnober mit gelb, karmin mit weiß, gelb mit weiß, grau mit hellgrau und braun — wiederholt sich überall, während es auf dem Grabower Altar nur in den ersten Spuren vorkommt.

Auch äußere Anzeichen sprechen dafür, den Buxtehuder Altar etwa in die Mitte der neunziger Jahre zu rücken. Später möchte ich ihn nicht ansetzen, weil er mir das Werk eines noch jugendlichen Mannes scheint.

Das Testament von 1390 errichtet Bertram vor seiner Pilgerfahrt nach Rom. Wenn er den Buxtehuder Altar bald nach der Rückkehr gemalt hat, erklären sich einige Dinge, die auf die Bekanntschaft mit der Natur und der Kunst des Südens deuten können. Auf der Verkündigung an die Hirten kommt eine aus Nordafrika stammende, in Italien gezüchtete rammsnasige Ziege mit langen Hängeohren vor, die der Künstler, wenn sie nicht etwa schon durch den Handel nach dem Norden gebracht worden war, nur im Süden beobachtet haben konnte. Ihre Darstellung hat, was vielleicht ins Gewicht fällt, im Vergleich zu andern Tierbildern des Meisters, etwas Unlebendiges, das zu einer verblaßten Erinnerung stimmen würde. Dann fühle ich etwas von italienischer Monumentalität und Größe in einzelnen Figuren, so in der des Engels, der hinter dem h. Joachim steht, in der großartigen Frauengestalt hinter der Maria bei der Darstellung im Tempel. Aber ich wüßte nicht zu sagen, was Bertram etwa in der Erinnerung gehabt haben könnte oder was ihn vielleicht befruchtet haben möchte.

Auch der letzte äußere Grund, den ich anführen kann, ist noch nicht ausschlaggebend. Im Testament von 1390 werden verschiedene Kirchen und Klöster erwähnt, das bei Buxtehude noch nicht. Im Testament von 1410 wird es reicher bedacht, als alle andern. Das muß einen Grund haben. Und da er nicht in dem Umstande zu suchen ist, daß er eine Schwester oder Tochter unter den Klosterfrauen hatte, so bleibt nur die Annahme, daß er nach 1390 seinen Altar für das Kloster geschaffen hat.

Das Kostüm des vierzehnten Jahrhunderts kennen wir noch nicht genau genug, um Schlüsse auf Datierung in so kurzen Abständen darauf bauen zu können.

Auf den Außenflügeln ist links der Tod, rechts die Krönung der Jungfrau geschildert. Nur die Abwesenheit der Vergoldung auf den Rahmen bedeutet eine

Dämpfung der Wirkungen. Die Bilder sind so goldig und farbig wie die der Innenseite und sogar noch prächtiger, weil sie die Abmessungen von vier der Innenbilder haben. Der Rhythmus, der von sachtern Wirkungen der Außenflügel auf die stärksten beim Zurückschlagen der Flügel ausging, war noch nicht sicher durchgebildet.

JOACHIMS OPFER

Die Einleitung des Marienlebens bilden drei Szenen aus der Legende ihrer Eltern, des h. Joachim, eines Priesters aus Nazareth, und der h. Anna, die aus Bethlehem stammte. Als Joachim eines Tages unter den Opfernden im Tempel erschien, wurde seine Gabe zurückgewiesen, da auf seiner Ehe der Makel der Kinderlosigkeit lag.

Die Szene wird sehr lebhaft erzählt. Joachim, das Lamm auf dem Arm, wendet sich, mit der Linken in schmerzlicher Gebärde nach dem Kopf fassend, vom Altar. Einer der Priester stößt ihn mit abgewandtem Antlitz zurück. Der Hohepriester streckt abwehrend die Hand gegen ihn aus. Hinter ihm stehen Wartende, die zum Opfern kommen, ein vornehmer Mann mit langem, weichem, gepflegtem hellblonden Haar und Bart, ein dunkler derber mit funkelnden Augen und dicken einzelnen Grannen in Augbrauen und Schnurrbart; hinter ihnen die Spitzen von Judenhüten. Auf dem Altar Opfertiere, zum Teil sehr stark verkleinert.

JOACHIMS OPFER

Der Hohepriester trägt karmin Mantel mit goldenem Halsbesatz und grünem Futter, dazu goldenes Untergewand und goldenes Judenhütlein. Joachim blauen Rock mit gelbem Futter, die Haube mit rotem Futter. Der Altar ist grüngrau.

JOACHIM BEI DEN HIRTEN

Bei der Erscheinung des Engels wendet sich Joachim um, die Linke staunend erhoben, die Rechte auf einen Stab mit forkenartiger Spitze gestützt. Der Engel, dessen Gewand noch von rascher Bewegung zeugt, weist auf sein Spruchband mit der Inschrift: annuncio tibi preces tuas esse exauditas. Er hat grüngoldene noch vom Fluge hochstehende Flügel von Pfauenfedern, karmin Mantel mit grünem Futter, grünes Untergewand mit goldenen Ranken. Joachim trägt auf allen drei Bildern das gleiche Gewand.

Rechts eine Berglehne, auf der eine Schafherde weidet. Oben im Schatten des Waldes, der den Abhang krönt, lauert der Fuchs auf die jungen Lämmer. Im Halbdunkel steht er fast als Silhouette, nur das Weiß das Bauches leuchtet heraus. An den Früchten in den Bäumen nascht ein Vogel, ein anderer sieht sich nach dem Engel um. Unter der Herde fällt das säugende Mutterschaf auf. Beim saugenden Lamm ist außerordentlich fein beobachtet, wie es vor dem Euter kniet, mit dem Kopf gegenstößt und mit dem Schwanz schlägt. Zwei Böcke stoßen sich, vorn liegt ein wiederkäuendes Schaf. Hinter dem Abhang erscheint der graue Kopf des Wolfes.

DIE BEGEGNUNG UNTER DER GOLDENEN PFORTE

Wie der Engel dem Joachim verkündet, trifft er seine Frau, die h. Anna, unter der goldenen Pforte.

JOACHIM BEI DEN HIRTEN

Nach der Trennung umfassen sich die alten Eheleute. Joachim küßt seine Frau auf die eine und streichelt ihr die andere Backe. Durch das vergoldete Tor sieht ihnen eine Frau in Grün zu, deren Antlitz unten durch das grüne Kopftuch wie durch einen Schleier verhüllt ist. Neben ihr der Kopf eines neugierigen Mannes, ein anderer Männerkopf in der offenen Tür eines Hauses.

Unter der grauen Umfassungsmauer eine Gruppe von vier Häusern, von einer Kirche mit rundem Dachreiter — dem Tempel — überragt.

Zwei der Häuser sind mit roten, eins ist mit braunen Langziegeln bedeckt, das oberste mit Schindeln oder Schiefer, der Tempel mit Kupferplatten. Die Farbe der Häuser ist braun, grau und rot, die des Tempels ebenfalls rot.

Joachim trägt einen langen blauen Rock mit rotgefütterter Kapuze. Anna ein goldenes Untergewand mit braunen Lasuren, karmin Mantel und weißes Kopftuch. Sie hat sich bräutlich geschmückt, wie der Engel es ihr befohlen.

DIE GEBURT DER MARIA

Der Künstler denkt sich den Vorgang in einem Zimmer, dessen Vorraum — Diele — zugleich als Küche dient. Die Zwischenwand wird ignoriert, die Längsachse der beiden Räume aufs äußerste verkürzt. Mutter Anna liegt halb aufgerichtet auf ihrem Lager, einer dicken Strohmatte. Die Kissen sind mit weißen Linnen bedeckt. Hinten wird das Kopfende des hölzernen Bettgestelles sichtbar, die Konstruktion ist nicht zu erkennen. Rot und grüngoldene Kissen mit goldenen Quasten stützen den Rücken, der Unterkörper ist durch eine braune Decke mit grünem Schatten, einen chan-

DER BUXTEHUDER ALTAR 351

DIE BEGEGNUNG UNTER DER GOLDENEN PFORTE

gierenden Stoff, verhüllt. Sie hat die erste Nahrung zu sich genommen. Der braune Napf mit dem Löffel ist ihr in den Schoß gesunken. Die Rechte preßt sie auf die Brust, sie fühlt die Muttermilch aufquellen („die Milch schießt zu" nach dem volkstümlichen Ausdruck) und spricht darüber mit der prächtig gekleideten Frau, die hinter dem Bett steht, in der Rechten einen Breitopf, die Linke erhoben. Eine alte Magd hockt im Vorraum neben der offenen Feuerstelle, auf deren Flammen ein großer Wassertopf steht. Mit der Rechten schöpft sie aus dem Topfe, mit der Linken hebt sie das weiße Tuch von der kleinen Maria, die mit ihrem Heiligenscheine im hölzernen Badetrog liegt. Daneben hockt die graue Hauskatze, den Schwanz um den Leib geringelt. Hinter der alten kniet eine junge Magd, breitet das Badetuch zum Anwärmen gegen die Flamme und blickt über die Schulter der alten andächtig auf das Marienkind; eine sehr anmutige Figur. In der offenen Tür des Hintergrundes wird der Kopf des schüchtern hineinblickenden Joachim sichtbar.

Mutter Anna trägt über goldenem Untergewand einen karmin Mantel und hat den Kopf mit dem weißen Tuch umhüllt. Die Frau neben dem Bett hat ein weit ausgeschnittenes Kleid aus Goldbrokat an. Die rechte Seite ist rot lasiert, die linke hat goldene Ornamente auf grünlichem Grund. Bei den Ärmeln ist es umgekehrt. Den Kopf deckt ein goldenes Häubchen („Schwälmer" Häubchen) mit goldenem Kinnband. Die Spuren einer ähnlichen Kappe von spitzovaler Form sind hie und da (auf der Hochzeit zu Kana, bei der Statuette der Maria Magdalena) unter der Rüschenhaube sichtbar. Lange blonde Zöpfe fallen über die Schultern. Die alte Magd trägt blaues Gewand mit rotem Futter und weißes Kopftuch. Die junge Magd hat offenes, sehr blondes Haar und rotes Kleid mit ovalem Halsausschnitt.

DER BUXTEHUDER ALTAR 353

DIE GEBURT DER MARIA

Viel bestimmter als auf früheren Bildern ist der Raum charakterisiert. Das Bett steht in der Ecke eines Zimmers mit grünen Wänden und gewölbter Holzdecke. Die Fensterwand hinter dem Bett ist schon als im Schatten gedacht und einen Ton tiefer im Grün. Die hölzerne Voute wird über der Wand noch vom Licht erhellt und die Maserung ist nicht vergessen. An die

Stelle des phantastischen Baldachins über dem Zimmer tritt ein richtiges mit Kupfer (?) gedecktes Dach. Die Tür, durch die Joachim hereinlugt, liegt in einem Nebenhaus mit rotem Dach und rauchendem Schornstein. Die Architektur des Hinterhauses ist grau, die des Vorderhauses violett.

DIE VERKÜNDIGUNG MARIÄ

Zum ersten Mal schildert der Künstler einen völlig geschlossenen Raum, dessen drei sichtbare Wände nicht hinter der Figur stehen, sondern sie umschließen. Die Decke des Zimmers ist so hoch angenommen, daß für die noch immer nicht entbehrlich erscheinende Angabe des Daches nicht viel Platz mehr bleibt. Es wirkt kaum noch mit.

Maria kniet mit zusammengelegten Händen vor ihrem Betpult. Durch eine Öffnung in der Wand, die nicht als Fenster gedacht ist, denn es strömt kein Licht herein, neigt sich der Engel Gabriel zu ihr, das Spruchband — ave gratia plena dominus tecum — in der Linken, die Rechte weisend erhoben. Oben links aus blauen Wolken die segnende Hand Gottes, von der rote Strahlen in Kreuzform ausgehen, das Christkind mit dem Kreuz und die Taube des heiligen Geistes.

Maria trägt den blauen Mantel mit brandrotem, gelbschraffiertem Futter, goldenes, kirschrot lasiertes Untergewand. Die Bücher unten im Betpult mit blauem und karmin Deckel und weißen Schnitten. Der Engel hat

DER BUXTEHUDER ALTAR 355

DIE VERKÜNDIGUNG MARIÄ

einen karmin Mantel mit grünem Futter um. Er trägt goldene schwarzkarrierte Schuhe. Seine Flügel sind aus grüngoldenen Pfauenfedern.

Die Architektur ist grau. Nur ein kleines baldachinartiges Kreuzgewölbe in der schwarzen Decke des Zimmers ist rot. Aus dem Schlußstein hängt die ewige Lampe herab. Als Lichtquelle für das Zimmer ist das

Fenster hinter der Maria gedacht. Die Fensterwand ist dunkel, die gegenüberliegende Wand hell. Daß diese Helligkeit von rechts einfallen soll, beweisen die scharfen Schlagschatten und Lichter der Kassetten links unten am Fußboden und der Laibungen der blinden Fenster im Hintergrund.

DIE HEIMSUCHUNG

Elisabeth, von links gekommen, hat der Gebenedeiten die Linke um die Schulter und die Rechte auf den Leib gelegt und spricht die vom Evangelisten berichteten Worte. Maria erwidert den Blick der Elisabeth nicht. Sie senkt die Augen und erhebt wie in Abwehr des Lobes die Linke. Die Rechte — ganz ausnahmsweise ist hier ein Bewegungsmotiv bei Bertram nicht gleich klar — ruht auf der Hüfte der Elisabeth. Aus Wolken in den Ecken neigen sich zwei Engel mit Räuchergefäßen, um den Augenblick zu heiligen. Der rechts weist auf Maria.

Die beiden heiligen Frauen treffen sich auf einem Hügel. Zu beiden Seiten Berglehnen mit blühenden Bäumen. Elisabeth trägt eine weiße Rüschenhaube über karmin Mantel und Rock. Das Mantelfutter ist grün. Maria hat den blauen, brandrotgefütterten Mantel über den Kopf geschlagen. Ihr Untergewand ist gold mit kirschroter Lasur. Der Engel links hat rotgoldenes Gewand und blaue, der rechts grünes Gewand und karmin Flügel.

DIE HEIMSUCHUNG

DIE GEBURT CHRISTI

Maria legt das Kind in die geflochtene Krippe neben ihr Lager. Joseph sitzt rechts und stärkt sich aus einer Pilgerflasche. Erschöpft ruht seine Linke auf dem Knie. Über das Strohdach des Stalles beugt sich ein Engel mit dem Rauchfaß, ein anderer sieht schüchtern mit einem Auge zur Stalltür herein und schiebt einen

Arm hindurch, der das Rauchfaß schleudert. An die Krippe gebunden ruht rechts der Ochs. Der Esel naht wiehernd aus dem Hintergrund. Vorn macht sich neben der Krippe ein Schwein zu schaffen. Oben im Gebälk schleicht gestreckten Leibes neugierig hinabspähend eine graue Katze.

Der Stall mit seinem Dach bezeichnet einen sehr großen Fortschritt gegen die mißglückte Perspektive des Stalles auf dem Grabower Altar. Links schließt sich eine Planke mit zugespitzten Brettern an. Die Füße der heiligen Jungfrau ruhen auf Garben. Katze und Schwein waren schon in früher Zeit übermalt. Die Köpfe der Maria und des Christkindes sind zum Teil alte, zum Teil neue Restauration.

DIE VERKÜNDIGUNG AN DIE HIRTEN

Gegen die Erscheinung des Engels wendet sich der älteste der Hirten, der sich in der Achsel auf seinen Stab gestützt hatte, die Hand vor die Augen haltend. Er hat ehrfürchtig den Hut abgenommen. Ein sitzender Hirt, auf seine schwere Keule gestützt, bläst das Horn. Hinter ihm der dritte, der sich mit der Linken an einen Baum hängt, ruft ihn an und weist auf die himmlische Erscheinung. Lauter uralte Motive. Der Engel im grünen Rock mit roten Flügeln aus blauen Wolken trägt das Schriftband: annuncio vobis gaudium magnum (Siehe, ich verkündige euch große Freude).

Auf dem reichbewegten und farbenreichen Abhang,

DIE GEBURT CHRISTI

über dem sich rechts der Wald erhebt, allerlei Getier. Links die sogenannte abessinische Ziege mit Rammsnase und Hängeohren, neben dem sitzenden Hirten der Hund, der aus einem Sack das Frühstück stiehlt, rechts unten eine Schafherde von einem grauen Wolf belauert. Oben strebt ein Ziegenbock (Steinbock?) mit langen Hörnern am Baum hinauf und nascht an den Früchten.

Vor dem Engel erschrecken die Vögel, die an den Früchten der Bäume naschen. Einer sieht sich um, einer hebt schon die Flügel.

Der alte Hirt trägt einen tiefvioletten Rock und karmin Strümpfe. Sein hoher Hut ist grau. Der sitzende hat blauen langen Rock, schwarze Schuh und karmin Kappe. Um den Hals hat er eine gelbe Pilgerflasche. Der dritte hat einen feuerroten Rock und grünen Hut, der das kurzbärtige Antlitz bei den Augen überschneidet.

Dieses Bild gehört in Bezug auf Originalität der Typen und der Komposition und in seinem feingestimmten Reichtum an Farben und Tönen zu den wichtigsten des Meisters.

DIE BESCHNEIDUNG

Der Innenraum ist noch nicht vollkommen ausgedrückt, obwohl alle Einzelheiten angegeben sind, der Fliesenfußboden, der graue Steinaltar und der Chorabschluß der Architektur. Die Figuren sind aber wiederum nicht hinein- sondern davorgestellt.

Maria reicht von links das Kind über den Altar. Sie hält es in einem langen weißen Tuch mit roten und blauen Querstreifen und Fransen. Der rechte Arm des Kindes hängt über ihr Handgelenk, der linke liegt über

DIE VERKÜNDIGUNG AN DIE HIRTEN

der Brust. Ruhig sieht das Kind, den rechten Arm hängen lassend, auf den Priester, der eben den Schnitt vollführt, daß das Blut spritzt. Der kleine Finger der Rechten drückt den linken Arm des Kindes an, die Linke hält den linken Fuß. Hinter Maria eine junge Frau, die mit einer beschwörenden oder beschwichtigenden Gebärde die Rechte erhebt. Der Kopf eines Mannes mit zwei Schellen auf der Schulter wird hinter ihr sichtbar.

Hinter dem Priester am Altar wartet ein kahlköpfiger Mann mit eirundem Schädel und langem weißen, vierspitzigem Bart auf die Reliquie und hebt den Deckel des türkisfarbenen Kästchens mit goldenen Beschlägen, zugleich auch erwartungsvoll die Augbrauen. Die Köpfe von drei Männern werden hinter ihm sichtbar.

Ungemein reich und mannigfaltig hat der Künstler die Farbe gewählt und benachbart. In der Gruppe links herrschen Weiß, Karmin und Hellblau begleitet von kleineren Flecken eines gelbschraffierten Brandrot, eines Gold mit grün lasiert, eines Türkis mit goldenem Muster. Die Gruppe rechts wird koloristisch durch den moosgrünen Mantel des Priesters beherrscht, den das Hellkarmin des Futters, das gelbschraffierte Brandrot des Untergewandes umspielt. Das Weiß der linken Seite klingt in dem flammenartig aufstrebenden Rand der Priestermütze an, das Blau kehrt wieder in dem Kopfstück dieser Mütze und — nach Türkis gebrochen — in dem Kasten in der Hand des wartenden Priesters. Es kommen noch hinzu das lichte aber stumpfe Violett eines Mantels mit gelbem, weißgehöhtem Futter, das über gold lasierte Kirschrot des Untergewandes.

Der Altar, der die Gruppen trennt, hat ein sehr

DIE BESCHNEIDUNG

vornehmes Grau, das durch hellgraue, dunkelgraue und bräunliche Haken und Striche belebt wird. Die Architektur dahinter ist rot, die Gewölbe sind schwarz gestrichen und durch Widerschein gelichtet. Bertram sucht offenbar das Licht des Innenraums auszudrücken.

DIE ANBETUNG DER KÖNIGE

Sehr reif entwickelt ist wiederum das Motiv der Madonna mit dem Christkind in ihrem Schoß. Ihre Rechte stützt das Kind, das quer auf dem Schoße sitzt, unter der Schulter. Den rechten Fuß stemmt das Kind gegen das linke Bein der Mutter, deren linke Hand mit dem freien Fuß des Kindes spielt. Das Christkind wendet Kopf und Oberkörper dem knieenden Könige zu. Beide Hände sind lebhaft ausgestreckt, die rechte langt schon in das Gefäß mit Gold, das der König hinhält. Maria neigt das Haupt, zwei blonde Locken lösen sich von der Schläfe, über die Schultern fallen dickere Strähnen.

Der alte König liegt auf den Knieen. Gegen das linke, etwas vorgeschobene Knie stützt er die abgenommene Krone. Der mittlere König hält ein goldbeschlagenes Horn in der rechten und winkt mit der anderen Hand dem dritten König. Dieser hält mit der vom Mantel bedeckten Linken einen goldenen Pokal mit Straußenei, die Rechte weist auf dies Geschenk.

Maria trägt blauen Mantel mit brandrotem Futter, ein rechteckig ausgeschnittenes Gewand mit langen, engen, glockenförmig über die Hand fallenden Ärmeln. Es ist kirschrot über gold lasiert. Der knieende König ist in einen langen moosgrünen Mantel mit gelbem, weiß gehöhtem Futter gehüllt, das vorn und am Hals umschlägt. Die Zusammenstellung von Gelb, Grün und Weiß erinnert an dieselbe Farbengruppe bei Francke

DIE ANBETUNG DER KÖNIGE

(Magdalena, die Frauen unter dem Kreuz). Der mittlere König trägt einen langen brandroten, gelbschraffierten Mantel mit türkis Futter und zierlich wirkenden weißen Umschlägen auf der Brust, der dritte König hat einen karmin Mantel mit grünem Futter an. Auf Schulter und

Brust goldene Schellen. Das Untergewand ist rechts kirschrot über gold lasiert, die linke Hälfte türkis mit goldenem Muster. Während auf den meisten andern Bildern des Buxtehuder Altars schon eine Tiefenwirkung angestrebt wird, hält sich der Meister hier noch in den Grenzen des herkömmlichen Flächenstils. Räumlich konzipiert ist nur die gegensätzliche Bewegung der Jungfrau und des Kindes. Hier freilich erreicht der Meister gleich ein äußerstes.

DIE DARSTELLUNG IM TEMPEL

Maria reicht von links dem Simeon das Kind über den Altar. Simeon streckt ihm die Hände entgegen, die Rechte unter dem weißen Zipfel seines Schultertuches. Das Kind, mit dem Rücken dem h. Simeon zugekehrt, wendet den Kopf nach ihm um, streckt aber die Hände ängstlich nach der Mutter aus. Hinter Maria eine schöne Frau mit brennendem Licht in der Rechten, die Linke mit dem Rosenkranz auf die Brust legend. Zwischen den beiden heiligen Frauen erscheinen Augen und Nasenwurzel eines zuschauenden Mannes. Hinter Simeon wendet ein Mann in Grün, der einen Weihwedel in der Rechten und in der Linken einen Korb mit Tauben trägt, beim Weggehen den Kopf nach dem Christkinde um, die Köpfe von zwei andern zuschauenden Männer sind hinter ihm sichtbar. Die Züge aller dieser Männer tragen semitisches Gepräge.

Über dem grauen Steinaltar liegt ein weißes quergestreiftes Tuch, in einer Nische unter der Platte steht

DIE DARSTELLUNG IM TEMPEL

eine Zinnkanne. Oben hängt ein weißer runder Baldachin mit Franzen in Gelb, Gold und Grün über der ewigen Lampe. Das tonige Weiß mit dem Bunt der grün-rot-goldenen Franze haben ein feines Malerauge und eine Malerhand hingesetzt.

Die Farben sind sehr mannigfaltig und gewählt. Die vornehme Dame links trägt den weißen „Krüseler", halblangen karmin Mantel mit blauem Futter und ein Unterkleid mit sehr breiten grünen und braunen Querstreifen. Das lange Gewand des Simeon ist braun mit breiten stumpfgelben Lichtern. Er hat eine goldene Kappe mit Quast auf, zwei der Begleiter tragen Judenhüte in Grün und Rot.

DER BETHLEHEMITISCHE KINDERMORD

Herodes wohnt auf seinem Throne der Szene bei. Ein roher Krieger, von vorn gesehen, hält im linken Arm ein nacktes Kind und durchbohrt ihm mit seinem Schwert den Leib. Das Kind sieht entsetzt zu ihm auf, faßt mit der Rechten nach der Wunde und hebt im Schmerz das rechte Bein. Die Mutter, schreiend und mit fliegenden Haaren von rechts herangestürzt, packt ihn mit beiden Händen an der Schulter. Hinter dem Mordenden beugt sich ein Gewappneter fragend gegen Herodes und zeigt mit der Linken auf die Frau, mit der Rechten auf den Kameraden, als ob er um den Befehl bäte, die Frau entfernen zu dürfen. Herodes weist mit der Rechten auf den Angegriffenen, der sich wohl selber helfen könne. Rechts am Boden hockt eine Frau. Sie drückt ihr gemordetes Kind an sich, dessen Kopf mit geschlossenen Augen zurücksinkt. Eine mitleidige Freundin wendet sich zu ihr. Am Boden neben dem Thron liegen die Leichen ermordeter Kinder.

Die Farbe wird von dem weißen, wattierten und abgesteppten Wams des mittleren Soldaten beherrscht.

DER BETHLEHEMITISCHE KINDERMORD

Im weißen Bart und Haar des Herodes und im weißen Kopftuch der Frau am Boden klingt das Weiß wieder an. Das mittlere Weiß wird von dem Blau der Helme und Eisenhandschuhe umspielt. Blau ist auch der gemauerte Sitz des Thrones. Der hölzerne Baldachin ist grün, hat turmartige Ecken und hausförmige Aufsätze mit roten Dächern. Die Decke ist schwarz. Herodes trägt seinen kirschroten Mantel mit gelbem Futter auf der Schulter geschlossen, hat weite goldverbrämte Oberärmel über engen die Hand deckenden Unterärmeln. Der erste Krieger hat karmin Beinkleider enganliegend, der zweite einen weitärmligen grauen Rock an. Karmin klingt noch einmal an im Mantel der hockenden Frau, Brandrot rechts im Untergewand der Verzweifelten, die die Krieger anfällt, und in Kappe und Rock des Neugierigen hinter dem Thron des Herodes.

Das Physiognomische ist sehr bedeutend in dem Kopfe des fragenden Soldaten, dem des mordenden, dessen Augen vom Helm überschnitten werden, und der verzweifelten Mutter.

DIE FLUCHT NACH ÄGYPTEN

Joseph führt am Strick den Esel, der die Jungfrau und das Christkind trägt. Da es gerade wieder beginnt, steil bergan zu gehen, wendet er sich vorsorglich nach Mutter und Kind um. Maria merkt es nicht. Sie sieht lächelnd das Kind an, das ihr die Wange streichelt. Sie reitet der Sicherheit halber nicht im Damensitz. Hinter ihr steile von Wald gekrönte Abhänge, deren Masse der Figur des h. Joseph das Gleichgewicht hält. Der Eindruck der Fortbewegung wird dadurch verstärkt, daß die Gestalten wenig Raum vor sich und viel Landschaft hinter sich haben.

Maria trägt über Kopf und Körper den blauen Mantel mit brandrotem Futter. Das Kind und Joseph

DIE FLUCHT NACH ÄGYPTEN

tragen karmin. Joseph hat derbe lederne Schnürstiefel an. An seinem Stock mit der geschnitzten Maske, den er über der linken Schulter trägt, hängen Brote, künstlich in ein weißes Tuch geknüpft, und die flache Pilgerflasche.

Eine liebliche Wirkung machen neben dem Weiß des Kopftuchs die zwei verschieden getönten roten

Flecke vom Futter des blauen, über den Kopf gezogenen Mantels.

DER CHRISTUSKNABE IM TEMPEL

Auf engem Raum eine Fülle neuer Erfindungen. Der Christusknabe hockt auf grüngestrichener, sechsseitiger Kanzel, zu der eine graue Treppe hinaufführt, alles ohne Geländer. Links die Gruppe der Schriftgelehrten, rechts die der Eltern.

Der Christusknabe hält das alte Testament schräg auf dem Schoße. Während er, zu den Schriftgelehrten gewandt, seine Worte durch die darbietende Gebärde der rechten Hand unterstützt, rollt die Linke unterdes verloren ein Blatt des Buches um.

In Mienen und Gebärden der Schriftgelehrten tritt die Wirkung seiner Worte zu Tag. Oben erhebt ein erregter alter Mann das Buch hoch über seinen Kopf, aber nicht, um es als Banner protestierend dem Gegner hinzuhalten, sondern um es an die Erde zu werfen. Die zeigende Gebärde der Linken sagt es deutlich. Auf ihn folgt ein Alter, der wie in Anbetung die beiden Hände zum Christusknaben erhebt. Aber er scheint sich dieser Gebärde kaum bewußt zu sein, denn er hat in tiefem, fast träumendem Sinnen den Blick abgewandt. Es ist ein Blick aus den Augenwinkeln, sehr bezeichnend für das gebannte Sinnen. Sein Mund mit der nachdenklich hochgeschobenen Unterlippe verstärkt den Zug. Daß der Künstler die verschiedene Form der Reaktion auf die Worte des Redenden hat schildern wollen, lehrt

DER CHRISTUSKNABE IM TEMPEL

ein Vergleich dieses sinnenden Antlitzes mit dem Ausdruck des Mannes, der das Buch wegschleudert. Mit der Stumpfnase, dem breit geöffneten Mund und dem forschen Blick ist es das Antlitz eines Cholerischen.

Der Jüngling unten links mit blonden Locken blickt von dem Buch zum Christusknaben auf und krault sich mit der Linken nachdenklich unter dem Kinn. Der

Alte, der am Fuß des Katheders auf einem niedrigen Schemel sitzt, hat das linke Bein weit ausgestreckt und hält mit dem Zeigefinger der Linken die Textstelle fest. In die Rechte hat er den Kopf gestützt und sieht über die Schulter nachdenklich zu Christus auf.

Oben zwei größtenteils verdeckte Männer, einer weist auf Christus.

Maria hat im Eintreten den Sohn erkannt, sie sieht ihn an und hebt beide Hände, wie um ihn zu fassen. Joseph zeigt mit der Linken auf ihn und wendet sich mit einem Ruck zu Maria, um ihr seine Entdeckung mitzuteilen. Die Rechte trägt den Stock mit der Maske, der schon auf der Flucht nach Ägypten vorkommt.

Der Innenraum ist wiederum durch keinerlei Architektur angedeutet.

Zu den stets wiederkehrenden Farben des Karmin, des Blau, des über Gold lasierten Kirschrot, des Grün in verschiedenen Tönen tritt auf der Jacke des Mannes, der das Buch wegwirft, ein sonst nicht vorkommendes helles Mennigrot, das alle anderen Farben überstrahlt. Es steht sehr gut zu dem Weiß der Wäsche und zu dem Blau der Kapuze. Die besondere Leuchtkraft dieses Rot ist durch eine Lage kurzer gelber Strichel erzielt. Das Grauviolett des Rockes vom Christkind enthält Weiß und Rot.

DER BESUCH DER ENGEL

Für diese Darstellung fehlt es in der Epoche Bertrams und noch lange nachher an einem Seitenstück.

DER BUXTEHUDER ALTAR 375

DER BESUCH DER ENGEL

Inhalt und Aufbau sind gleich originell. Die Dichtung, aus der der Stoff stammen dürfte, kann ich noch nicht nachweisen. Maria sitzt auf einem hölzernen Thron und strickt mit langen hölzernen Nadeln den purpurnen ungenähten Rock, der mit dem Kinde wächst und unter dem Kreuz ausgelost wird. Neben ihr steht ein Korb mit Garnknäueln. Das Christkind an der Erde ist vom Kreiselspiel zum Bilderbesehen übergegangen. Es hat ein Geräusch gehört, schaut vom Buch auf und läßt dabei die Hand stehen, die den Kopf gestützt hat. Zwei ernste Engel, Erwachsene, sind zu Besuch gekommen, der eine mit Speer und Dornenkrone; der andere mit dem Kreuz und den drei Nägeln. Der vordere trägt einen karmin Mantel und ein türkisfarbenes Untergewand mit goldenen Blumen. Der andere grünen Mantel und violettes Untergewand. Das Kreuz, das er trägt, ist violett. Er hat große braune, noch nicht zusammengeklappte Flügel, sein Kamerad, der noch vom Rahmen überschnitten wird (ein Mittel, das plötzliche Erscheinen fühlbar zu machen) hat Flügel mit Pfauenfedern. Hinter dem Sitz der Maria eine Art offenen Gartenpavillons mit Sterngewölbe, das grüne Innere feinfühlig zu dem tiefen Violett des Mauerwerks gestimmt, als perspektivische Darstellung für Bertrams Zeit eine Meisterleistung. Zwischen den ragenden Gestalten der Maria und der Engel über den Kopf des Kindes ein ungemein reizvoller Blick in den Garten. Eine der reifsten und schönsten Kompositionen des Meisters.

DIE HOCHZEIT ZU KANA

Hinter dem Tisch sitzt die Hochzeitsgesellschaft, Christus in der Mitte. Vor dem Tisch geht ein Diener, der den Sturz von einer Schüssel hebt. Christus, die

DIE HOCHZEIT ZU KANA

Linke auf die Brust gelegt, vollzieht mit segnender Gebärde der Rechten das Wunder am Wein. Maria erhebt neben ihm die anbetend zusammengelegten Hände. Auf der andern Seite beugt sich eine vornehme Dame im weißen „Krüseler" lebhaft redend zu ihrem Partner am

Ende des Tisches und reicht ihm, auf Christus weisend, ein grünes Glas mit dem umgeschaffenen Wein. Der dicke Herr streckt die Rechte dem Glas entgegen und bricht mit der Linken ein Stück Gebäck auf dem Tische durch. Wenn die Künstler anfangen, solche Bewegungen zu beobachten, bricht ein neues Zeitalter der Kunst an. Von den heiligen Personen und dem Pathos ihrer Gesten beginnt die Teilnahme sich auf die Nebenfiguren zu verlegen und auf die außerhalb der seelischen Erregung liegenden fast funktionellen Bewegungen, die halb unbewußte Arbeit dieser Hand, die den harten flachen Kuchen mit dem Rande gegen die Tischplatte drückt, um ihn mit Hilfe der Hebelkraft durchzubrechen, verdient als eine der frühesten Äußerungen des neuen Geistes besondere Aufmerksamkeit. Hinter der Dame ein Ritter mit Federbarett. Er legt, zum Schweigen auffordernd und sich nach Johannes umblickend zwei Finger auf den Mund: das Wunder! Der Jünger neben Maria (Petrus?) gehört zu einer Restauration des sechzehnten Jahrhunderts. Der geschäftige Diener ist der einzige Anwesende, der von dem Vorgange nichts merkt.

Die Komposition ist ungemein inhaltreich. Farbig zerlegt sie sich von oben nach unten in vier Schichten. Zu oberst der perspektivisch sehr gut aufgebaute grüne Baldachin mit violetten Häuschen und tiefschwarzer Decke. Darauf die bunte Schicht der Tafelnden, von dem Karmin und Grün der Christusfigur in der Mitte beherrscht. Dann das weiße buntgestreifte Tischtuch mit allen Geräten und Speisen darauf, die Ende des vierzehnten Jahrhunderts auf eine vornehme Hamburger Tafel kamen. Vorn unten der grauviolette Steintisch von den rotvioletten sechs Tonkrügen überschnitten. Der Diener in stumpfem Karmin ragt bis in die bunte Schicht der Tafelnden hinein.

Der Goldgrund ist schon fast beseitigt.

In dem Ritter, der Dame, dem dicken Herrn rechts und dem Diener hat der Meister Typen seiner eigenen Zeit geschildert. Am meisten Bildnis dürfte der dicke Patrizier mit dem Stoppelbart sein, im grauen, über der Stirn gescheitelten, sorgfältig gepflegten Haar mit blau und roter Kapuze im Nacken.

DER TOD DER JUNGFRAU MARIA

Maria ruht auf dem niedrigen Sterbelager ausgestreckt, die Hände übereinander gelegt. Die Mundwinkel sind im Todesschmerz heruntergezogen, die Finger der Linken gekrümmt, die der Rechten staunend gespreizt, als habe die Mutter des Herrn im letzten Augenblick vor dem Tode den Sohn in seiner Glorie herabsteigen sehen. Über ihr schwebt Christus in der Mandorla und neigt sich, mit der Rechten segnend, über den Leichnam. Auf dem linken Arm trägt er die Seele der Maria. Die zu den Seiten gruppierten Apostel sind zum großen Teil zerstört. Rechts beugt sich ein Alter — Petrus — über den Körper der Maria und fühlt mit beiden Händen, ob die Wärme schon entwichen ist. Über ihm betet ein Alter aus einem Buch und verhält sich mit der Hand den Atem. Ein Weißgekleideter, dessen Kopf zerstört ist, hält Eimer und Weihwedel. Auf der linken Seite ist vorn der Rest einer Figur zu erkennen, die mit ausgestrecktem Fuß auf dem Boden kniet und wie es scheint, ein Räuchergefäß anbläst. Über das Haupt der Jungfrau beugt sich Johannes und schwingt das Räuchergefäß. Oben jederseits zwei Engel, die der linken Seite bis auf Spuren zerstört. Die unteren musizieren, die oberen schwingen Räuchergefäße. Der rechts unten spielt die Harfe. Ein blauer Mantel hüllt seinen Körper ein, dessen Formen klar durchscheinen, seine roten Flügel sind pfauenfederartig geäugt. In den Ecken Engelsköpfe blau in blau in Wolken.

Farbig gehört dies Bild mit zu den schönsten der Reihe. Wie bei den meisten Bildern des Buxtehuder Altars spricht auch hier das Grau im Aufbau der Farbenkomposition entscheidend mit. Es tritt im Mittelpunkt unten im tonigen Weiß des Betttuches auf. Der Künstler benutzt die Farbe der Fliesen, der Strohmatte, des Betttuches, um den Vordergrund vom Ton aus räumlich aufzubauen. Das wirkt noch jetzt, wo es allein steht und die Gestalt des vorn an der Erde knieenden Jüngers, der das Rauchfaß anbläst, fast zerstört ist. Die Malerei ist in diesem Vordergrund so breit und flüssig, wie sie sich in der ganzen Epoche kaum wieder beobachten läßt, allein die Matte! Christus trägt, dem Augenblick

DER TOD MARIÄ

der Trauer angemessen, ein reiches Violett, umspielt
von Grün und dem Silber des Kleides, das die Seele
der Maria trägt, und der Kirschrot auf Gold lasierten
Pracht des Untergewandes. Herrlich die Purpur, Türkis,
Grün und Rot und Weiß rechts in der Umgebung des

Petrus, die verschiedenen Rot um das Buch mit dem weißen Schnitt des Jüngers, der sich den Atem verhält.

DIE KRÖNUNG MARIÄ

Christus und Maria auf dem Thron Salomonis, den die Löwen umspielen. Anbetend neigt sich Maria zu ihrem Sohne. Christus ist im Begriff, ihr mit der Rechten die Krone aufzusetzen. Die Linke mit der Weltkugel ruht auf dem Knie. Der reiche Thron hat einen grauen Steinsitz mit hölzernem grünbemalten Baldachin, dessen Decke schwarz gestrichen ist. Musizierende Engel umgeben den Baldachin. Links spielt einer die Harfe. Er hat roten Mantel mit grünem Futter, türkis Untergewand mit goldenen Ranken, dazu blaue Flügel. Die Harfe ist holzfarben. Rechts streicht ein Engelsknabe mit keckem Strich erhobenen Hauptes die Geige. Er trägt Grün, Purpur und Gold. Von den Engeln oben mit den Weihrauchfässern hat der links violettes Gewand und grüngoldene Flügel, der rechts tiefpurpur zu rotgoldenen Flügeln.

Die graue Steinmasse des Thronsitzes ist koloristisch mit höchstem Geschmack als Harmonisator hinter der starken Pracht der Gewänder ausgenutzt. Ebenso oben der moosgrün gestrichene Baldachin mit seiner Unterseite von edelm Schwarz, auf dem golden die Rauchfässer fliegen. Das Grün ist nicht sehr stark an sich, wirkt aber sehr lebendig durch den Gegensatz des Schwarz der Decke und des Violett der Häuser des

DIE KRÖNUNG MARIÄ

Aufsatzes. — Von hoher Pracht ist das goldene Untergewand Christi. Die Ornamente sind, wie es scheint, auf dem Goldgrund poliert oder leicht geschabt, die Schatten der Falten sind grün lasiert, das Ganze ist mit einer braunen Lasur übergangen. Die Wirkung erscheint erst, wenn man vor dem Bilde sitzt oder kniet. Das Brandrot des Untergewandes der Maria ist durch gelbe Punkte strahlend gemacht. Diese Komposition ist nicht nur in bezug auf die Farbe eine der anziehendsten des Zyklus. An so großem Aufbau wie dem Thronsitz konnte der Meister sonst nirgend seine Kunst der Perspektive zeigen. Es sieht geradezu aus, als wolle er sein Meisterstück vorführen. Und er geht sogar über die Linearperspektive hinaus und nimmt die Farbe zu Hilfe. Die Stufen vorne haben ein gelbliches, der Sitz und die Lehne ein kühleres Grau. Es ist zu raten, vor diesem Bilde langsam bis zur entgegengesetzten Wand zurückzutreten und zu beobachten, wie von jedem ferneren Standpunkt das Räumliche des Thrones, das der Meister hat ausdrücken wollen, nur immer klarer wird.

DER HARVESTEHUDER ALTAR

uch der kleine Altar des Harvestehuder Klosters ist ein Marienaltar. Aber er läßt sich mit dem Buxtehuder an Umfang und Inhalt nicht vergleichen. Alles ist auf das geringste Maß herabgestimmt wie bei einem Hausaltärchen.

Es sind nur vier Szenen ausgewählt, die Verkündigung, die Geburt Christi, die Darstellung im Tempel und die Anbetung der Könige. Bei dieser Darstellung hat der Künstler sich sogar auf die Könige beschränkt und das Bild auf die geschnitzte Gruppe der Geburt Christi bezogen.

Die Verkündigung — auf den Außenseiten der Türen — hat schwarzen Grund. Die Figuren der Innenseiten stehen auf goldenem Grund mit feuerrotem, gemaltem Rahmen in Nachahmung eines wirklichen Rahmens mit Abfasung.

Für eine Datierung fehlen sichere Anhaltspunkte. Ich habe die Empfindung, daß bei der Verkündigung die Reife der Komposition auf die Zeit nach dem Grabower Altar weist. Doch ist dabei wieder die Gunst des Raumes, die mehr Bewegungsfreiheit gewährte, mit in Anschlag zu bringen. Der altertümliche Typus der Geburt Christi würde dagegen als ein Hinweis auf eine ziemlich frühe Zeit zu deuten sein.

DER ENGEL DER VERKÜNDIGUNG

MARIA

Die Flügel mußten, weil sie zu blättern begannen, restauriert werden. Der Mittelteil ist im alten Zustand belassen.

DIE VERKÜNDIGUNG MARIÄ

Maria und der Engel knieen. Der Engel hat sich eben vom Flug niedergelassen. Er hat die Flügel noch nicht zusammengeschlagen. Das rechte Knie berührt noch nicht ganz die Erde. In der Linken trägt er das Schriftband mit der üblichen Inschrift, die Rechte ist grüßend erhoben. Maria, auf den Knieen vor dem hölzernen Betpult, neigt das Haupt erschrocken zum Engel und blickt verloren in die Ferne. Den Rücken der Linken hält sie gegen das Blatt des Gebetbuchs, die Rechte legt sie auf die Brust. Ihr goldenes Haar fällt in losen Strähnen über die Schulter und hängt an der Schläfe. Sie trägt blauen Mantel mit brandrotem Futter und karmin Untergewand, das am Hals und an den über die Hand fallenden engen Ärmeln schwarz gesäumt ist. Ihr goldener Heiligenschein — wie der des Engels und der Taube — hat roten Saum. Das Betpult ist aus ungestrichenem Eichenholz.

Der Buchständer zeigt grünen Anstrich. Links neben Maria ein weißes Band mit der Inschrift: Ecce ancilla domini. Fiat mihi... Der Engel trägt karmin Mantel. Unterfutter, Untergewand und Flügel sind blau. Der Grund ist schwarz. Oben und unten sind die Stellen sichtbar, auf denen die eisernen Türbänder saßen.

DIE ANBETUNG DER KÖNIGE

DIE ANBETUNG DER KÖNIGE

Caspar, der Greis, ist im Begriff, auf das Knie zu sinken, die Linke auf das linke Knie gestützt. In der Rechten trägt er das Gefäß mit Gold. Melchior, stehend, halb von dem kahlköpfigen und weißbärtigen Alten verdeckt, trägt in der Linken den Becher mit Weihrauch und zeigt, sich zu Balthasar wendend, auf den Stern. Balthasar, der Jüngling, hält in der Linken ein pokalartiges Gefäß mit Myrrhen. Der älteste König trägt grünen, der zweite karmin Mantel und zinnober Untergewand, der jüngste blauen Mantel mit zinnober Unterfutter und goldenes Untergewand.

DIE DARSTELLUNG IM TEMPEL

Simeon, rechts hinter dem Altar, streckt die mit dem weißen Obergewand verhüllten Hände über den Altar, das Kind zu empfangen. Maria reicht es ihm. Das Kind wendet über den Rücken den Kopf zum Priester und langt mit den Händen nach der Mutter. Hinter Maria eine junge Frau mit brennender Kerze in der Linken und einem Korb mit Trauben. Hinter Simeon ein zuschauender Mann, von dem, wie oft bei Bertram, nur Stirn und Nase sichtbar werden. Simeon trägt eine Art phrygischer Mütze, rot mit blauem Futter, der weiße Mantel steht tonig zu dem Rot mit Pfauenfedern des langen Gewandes. Dies Gewand ist in seiner farbigen Schönheit echter Bertram. Marias blauer Mantel hat rotes Futter, das Kind hat ein rotes Kleidchen an,

DIE DARSTELLUNG IM TEMPEL

DIE GEBURT CHRISTI

die Frau mit der Kerze roten Mantel mit grünem Futter und blauem Untergewand. Der Altar ist violett mit dunkeln und hellen Strichelchen.

DIE GEBURT CHRISTI

Bemalte Holzschnitzerei. Maria richtet sich von den Kissen auf und erhebt die Hände anbetend zum — fehlenden — Christuskinde in der Krippe. Es mag einst der Mutter die Arme entgegengestreckt haben. Über der Krippe die Köpfe von Ochs und Esel. Rechts Joseph, in der Linken einen eisernen Kessel mit drei Füßen, in der Rechten einen flachen Napf. Maria ruht in goldenem Gewand unter goldener Decke. Ihr goldenes Haar breitet sich über ihre Schulter. Ihre Züge sind die des Idealtypus der Bilder des Grabower Altars. Mit dem individuellen Gesicht der geschnitzten Heiligen haben sie keinerlei Verwandtschaft. Josephs Gewand war in rot — violett — und silber quergestreift mit Ornamenten. Die Krippe hat noch die Altarform. Der Rahmen war rot mit goldenen Rosen, der Hintergrund blau mit goldenen Sternen, die dick aufgetragen waren. Wo sie abgesprungen sind, sieht man noch den blauen Grund.

KRÖNUNGSLEISTE

DER LONDONER ALTAR

Das South-Kensington-Museum hat den Apokalypsenaltar Meister Bertrams 1861 in Brüssel erworben. Wie er dorthin gelangt ist, in welcher hamburgischen Kirche oder wo sonst er seine Heimat gehabt haben mag, kann ich noch nicht sagen. Vielleicht läßt es sich noch einmal erraten aus der Zusammenstellung der Heiligen, deren Legende erzählt wird.

Die äußere Erscheinung des Altars stimmt genau mit dem bei Bertram bekannten Typus. Da keine Skulptur angewandt ist, fehlt auch jede Architektur. Doch sind die Rahmen oben durch ein Zierbrett bekrönt. Von den Rahmen ist keiner vergoldet, auch die der Innenseiten nicht. Sie gleichen mit ihrem Ornament von Rosen und Lilien genau den äußern Rahmen des Buxtehuder Altars, nur daß die Abfasung ein wenig breiter verläuft. Die Schmuckleiste, die den oberen Abschluß bildet, hat ein Rahmenprofil, das von den Profilen der hineingestellten Kreise angeschnitten wird. Als oberer Abschluß dient eine Zierform aus Drittelkreisen. — Ornamente füllen die Flächen zwischen den Kreisen, von den Kreisen werden Köpfe von Männern

DIE VERKÜNDIGUNG MARIÄ

und Frauen auf Goldgrund eingerahmt. Die Stellungen dieser Köpfe wiederholen sich nirgend ganz genau und zeugen von sehr feinem Gefühl für Rhythmus und Gleichgewicht. So blicken auf den Flügeln die seitlichen beiden Köpfe im Profil nach innen, der mittlere geradeaus — das eine Mal mit erhobenem, das andere mit so stark gesenktem Kopf, daß das Gesicht in der Überschneidung verkürzt erscheint. Um dies ausdrücken zu können, hat der Künstler einen bärtigen Kopf gewählt. Einmal wird ein Kopf im Profil über den Rücken gesehen. Diese Reihe von Köpfen weist auf hohen dekorativen Sinn, wie überhaupt die schmückende Kraft des Altars sehr stark ist.

Außen- und Innenflügel sind insgesamt mit 57 Darstellungen bedeckt. Die zwölf auf den Außenseiten behandeln verschiedene Legenden, die fünfundvierzig innern die Apokalypse.

Von den zwölf Darstellungen der Außenflügel sind für uns je drei aus dem Marienleben und dem Leben der heiligen Büßerin Maria von Ägypten die wichtigsten. Die aus dem Marienleben, weil sie sich mit den Szenen auf den Altären in der Kunsthalle berühren, die drei der Maria von Ägypten, weil der Typus der Gesichter und Figuren und die Behandlung von Bäumen und Erdreich am deutlichsten die Hand Bertrams verraten.

Wo beim Grabower und Buxtehuder Altar die Nachahmung kostbarer Goldschmiedsarbeit die Darstellungen trennen, ziehen sich auf dem Londoner schmale, rein dekorativ wirkende Inschriften hin.

Die Verkündigung steht am nächsten der auf dem Grabower Altar, nur daß dem mehr quadratischen Felde angemessen die Figuren mehr Platz haben. Im einzelnen sind alle Bestandteile dieselben und alles befindet sich an derselben Stelle. Nur der Gestus der Maria ist neu und kommt auch auf den übrigen Dar-

DER TOD DER JUNGFRAU MARIA

stellungen der Verkündigung bei Bertram nicht vor. Mit dem Rücken der Linken hält sie das Blatt im Gebetbuch angedrückt, die Rechte ist erschrocken und abwehrend mit der Fläche nach außen erhoben. — Die Inschriften der Spruchbänder gehören dem (belgischen?) Restaurator.

Tod und Krönung der Maria können als abgekürzte Wiederholungen aus dem Buxtehuder Altar gelten.

DIE KRÖNUNG MARIÄ

Beim Tode der Maria ist die Gesamtanlage identisch, nur daß oben links und rechts neben der Mandorla kein Platz für die Engel bleibt, und daß einzelne Züge, wie das Befühlen des Leichnams aus demselben Grunde wegbleiben mußten. Ähnliches gilt von der Krönung. Für den Baldachin fehlte der Platz, auch die spielenden Löwen am Fuß des Thrones und die Engel

EIN ENGEL BRINGT DER H. MARIA VON ÄGYPTEN
SPEISE. ENGEL TRAGEN DIE H. MARIA VON
ÄGYPTEN IM GEBET ZUM HIMMEL

um den Baldachin sind weggeblieben. Nur oben in den Ecken war für zwei musizierende Engel Platz.

Die h. Maria von Ägypten, desselben Standes wie Maria Magdalena, war als Sünderin zum Osterfest nach Jerusalem gegangen. Als sie in den Tempel treten wollte, fühlte sie sich von unsichtbarer Macht zurückgestoßen. Sie tat Buße und begab sich als Einsiedlerin in die Wüste. Engel brachten ihr Brot und Gewand. Schließlich wuchs ihr so langes Haar, daß es den ganzen Körper einhüllte und das Gewand überflüssig machte.

Auf dem ersten Bild aus dem Leben der Maria von Ägypten werden zwei Szenen gegeben, was Bertram auf den andern Altären vermeidet. In der waldigen Einöde kniet sie links vor dem Engel, der ihr Brot und Gewand bringt. Auf einer Bergkuppe rechts tragen Engel sie im Gebet zum Himmel. Die Bewegung der Körper der Engel unter den straffen Gewändern ist überaus lebendig und entspricht genau der Art, die vom Buxtehuder Altar bekannt ist.

Dann findet der h. Zosimus, Priester und Einsiedler, die heilige Büßerin in der Einöde. Betend kniet die nackte Heilige vor dem Priester, der ihr im Bischofsgewande die Hostie reicht, in der Linken den Kelch haltend. Hinter ihm Kirchendiener, einer mit dem Krummstab, der andere mit der Kerze.

Auf dem letzten Bilde liegt der Leichnam der Heiligen nackt im langen Haar, die Hände gekreuzt über dem Leib unter den Bäumen im Walde. Zwei Engel schweben durch die Bäume herab und schwingen Rauchfässer. Oben tragen vier Engel ihre betende Seele in einem Tuch zum Himmel. Ein Engel musiziert dazu auf der Geige.

Die Anordnung dieser Bilder zeugt von dem sel-

DER H. ZOSIMUS BRINGT DER H. MARIA VON
ÄGYPTEN DAS ABENDMAHL

tenen malerischen Gefühl des Meisters. Er hat offenbar empfunden, wie stark der Gegensatz der nackten weiblichen Gestalt zu dem Bischof in seiner prunkenden Amtstracht wirkt, vor dem sie kniet. Den Oberkörper der Leiche läßt er dunkel gegen den goldenen Himmel silhouettieren, die Beine und Füße hell gegen das Dunkel des Waldes. Die Bäume und das Helldunkel

DER TOD DER H. MARIA VON ÄGYPTEN

des Waldes entsprechen genau den verwandten Darstellungen des Grabower Altars.

Die Untersuchung der übrigen Darstellungen des Altars, die nicht so unmittelbar überzeugend Bertrams Urheberschaft verraten, muß einer spätern Gelegenheit vorbehalten werden. Für den Augenblick kommt es nur darauf an, die Zugehörigkeit nachzuweisen.

In den drei Bildern aus dem Leben der h. Maria von Ägypten offenbart sich das Raumgefühl und die Naturfreude des Künstlers. Der Legende von dem Büßerleben der heiligen Einsiedlerin entsprechend, nimmt die Landschaft sehr breiten Raum ein. Die Figuren stehen so frei in der Landschaft, daß sie wenig, einmal überhaupt nicht mehr mit dem Goldgrund in Berührung kommen. Die Bäume sind im Verhältnis zum Menschen noch zu klein, wirken aber doch schon durchaus als Wald.

BERTRAMS WERKE UND IHRE ERHALTUNG
1. Der Grabower Altar 1379

Maße:

Breite mit den Flügeln . . m 7.240
Höhe mit der Predella . . m 2.175
Höhe der Predella . . . . . m 0.600
Breite der Predella . . . . m 3.700
Höhe der Figuren . . . . . m 0.500—600
Höhe der Reliefs . . . . . m 0.400
Maße der Bilder . . . . . . m 0.800 : 0.510

Es fehlen die Darstellungen auf den äußern Flügeln, wenn sie, worüber wir nicht unterrichtet sind, vorhanden waren.

Von den vierundzwanzig Bildern waren die mittleren zwölf seit 1595 dem Licht beständig ausgesetzt und sind deshalb etwas verblaßt; die äußeren waren seit 1595 unter der Übermalung von Coignet vor dem Licht geschützt und sind in der Farbe wesentlich kräftiger erhalten, namentlich im Blau. Sie zeigen wenigstens in einem Falle ein weit stärkeres Ultramarin.

Mit Ausnahme eines Stückes, das schon zu Coignets Zeit aus dem Noahbilde ausgesprungen war, ist auf dem Grabower Altar fast überall die alte Farbe unversehrt erhalten. Es sind nur die Kratzer und einige unbedeutende Schabstellen in den Gewändern auf der letzten Tafel zugedeckt. Die Löcher, die auf dieser Tafel für die Flämmchen des h. Geistes gebohrt waren, haben zum Glück nur an einer Stelle ein Gesicht verletzt, den Nasenrücken des hackenden Adam.

Die Skulpturen sind in den sechziger Jahren des

neunzehnten Jahrhunderts abgelaugt, mit einer dicken Kreideschicht überdeckt und neubemalt worden. Es zeigte sich, daß Köpfe und Hände unter der letzten Übermalung noch die alte Farbe besaßen. Bei zweien war es die einer früheren Restauration (wohl der von 1596), bei den andern die ursprüngliche. Darauf wurden sämtliche Figuren von der Übermalung und der Kreideschicht des neunzehnten Jahrhunderts befreit, unter der ein großer Teil des Faltenwerks verschwunden und der noch sichtbare Teil erheblich vergröbert war. Die Vergoldung und die Farbe der Gewänder sind sodann von Herrn Maler Böhnke in Berlin erneuert worden.

Ergänzt sind die linken Hände der Figuren der Propheten Jeremias, Hosea und Micha, der heiligen Agathe und des heiligen Thomas, und die rechte des Kruzifixus und des heiligen Erasmus.

Aus dem 18. Jahrhundert stammt die Halbfigur des Propheten Micha der Bekrönung. Die Inschriften der Bekrönung sind im 18. Jahrhundert erneuert.

2. Der Harvestehuder Altar

Maße:
    Mittelteil mit Bekrönung . . m 0.66 : 0.76
    Flügel . . . . m 0.58 : 0.35

Die Flügel sind, da sie zu blättern begannen, auseinandergesägt. Ihr Zustand war der aus Genslers Publikation ersichtliche.

Bei der Skulptur, die in der ursprünglichen Farbigkeit erhalten ist, fehlt das Christkind.

3. Der Buxtehuder Altar

Maße:
Krönung Mariä . . . . . . m 1.005 : 0.900
Bilder der Außenflügel . . m 0.520 : 0.430
Bilder der Rückseite . . . m 0.520 : 0.470

Der Altar ist schon früher (im sechzehnten Jahrhundert?) an einzelnen Sprungstellen restauriert, im übrigen aber nie übermalt worden. Von der früheren Restauration sind auf der Geburt Christi der Kopf der Maria und Teile der Figur des Kindes, auf der Hochzeit zu Kana der bärtige Kopf links erhalten geblieben.

Um die unumgängliche Parkettierung vorzunehmen, sind die Außenflügel auseinandergesägt worden.

Auf den Außenflügeln liefen die Fasern des Holzes senkrecht, auf der Rückseite wagerecht. Daher gingen die Risse auf den Außenflügeln senkrecht durch die Bilder, auf der Rückseite wagerecht. Zum Glück haben sie, abgesehen von den eben aufgeführten alten Restaurationen, nur auf zwei Bildern Köpfe berührt, ohne sie jedoch ganz zu zerstören.

Die meist verhältnismäßig schmalen, vielfach haarfeinen Risse sind überall ausgefüllt und durch Restauration bedeckt worden. Nur auf einer Tafel, dem Tod der Maria, war so viel abgeblättert, daß eine Bemalung dieser Flächen untunlich erschien.

Zustand vor der Restauration:

1. Die Außenseiten.

Der Tod der Maria zeigt alle Beschädigungen.

Die Krönung der Maria hatte vier senkrechte Risse. Der — von links — erste, sehr schmal, ging durch die linke Seite des Türmchens am Baldachin, über die Schulter und den Arm der Madonna und messerrückenschmal durch das Gewand bis auf den Boden. Der zweite durch das Häuschen auf dem Thron — die rechte Seite des Giebels streifend — durch die Krone und die Hand Christi, die sie hält (die Hand ist bis auf die Fingerspitzen restauriert) und verlief neben dem Gewand, den linken Zipfel durchschneidend. Der dritte Riß beginnt rechts vom Giebel des zweiten Häuschens, streift den Heiligenschein und durchschneidet Schulter und Oberarm Christi, sowie den rechten Zipfel seines Mantels. Der vierte Riß beginnt hart hinter dem Türmchen oben rechts am Baldachin, durchschneidet den Körper des oberen Engels an der rechten Schulter, streift den Kopf des geigenden Engels hinter dem linken Auge, überschneidet die Geige und die Lehne des Thrones vor der Schlußkrabbe und verläuft, wie die andern, senkrecht nach unten.

Die Innenseite des linken Außenflügels, deren drei Darstellungen mit Joachims Opfer beginnen, hatte zwei senkrechte Risse. Der erste ging mitten durch zwei Darstellungen, Joachims Opfer und die Beschneidung. Er verbreitete sich ein wenig neben dem Gesicht des Priesters, der die Hand auf Joachims Schulter legt und zerstörte die Wange bis nahe an das Auge. Durch das untere Bild lief er sehr dünn, nur unten am Altar sind seitlich Stückchen abgesprungen. Der zweite Riß ging oben durch die linke Schulter Joachims und unten — sehr dünn — über die rechte Hand des Christkindes.

Die Innenseite des rechten Außenflügels hatte, wie die Krönung, vier senkrechte Risse. Der erste links ging auf der Darstellung der Geburt durch den Kopf des Christkindes, der zerstört ist, und verlief unten an der linken Seite des zweiten Engels, das Gesicht bis an das Auge mitreißend. Der Kopf der Maria auf der Geburt rührt von einer alten Restauration her. Der zweite Riß verläuft auf dem obern Bilde durch das Dach über die Hüfte der Maria und setzt sich unten rechts vom Christkinde haarfein fort. Der dritte Riß hält sich auf der Verkündigung an die Hirten links an den Rahmen und springt an derselben Stelle auf die untere Komposition über. Die Figur Petri neben der Maria ist alte Restauration. Der vierte Riß geht haarfein in der Mitte durch beide Kompositionen und nimmt nur unten aus der rechten Wange des Johannes neben dem Munde ein kleines Stück fort.

Die acht Kompositionen der Rückseite wurden von zwei Querrissen durchzogen, der obere begann an den Schultern des h. Joachim und der h. Anna, nahm auf der Geburt der Maria die untere Hälfte des Gesichts der stehenden Frau und die Stirn der h. Anna mit, blätterte auf der Verkündigung das Kinn des Engels und der Jungfrau ab und verlief auf der Begegnung in

Ellbogenhöhe der beiden Gestalten ohne die Hände zu berühren.

Auf der untern Reihe verlief der Riß in Hüfthöhe der Figuren und traf nur auf der letzten Darstellung — Christus unter den Schriftgelehrten — das Gesicht des links sitzenden Jünglings, der sich unter dem Kinn krault. Nase und Augen waren abgesplittert. —

Übermalt waren nur die Katze im Dach und das Schwein neben der Krippe auf der Geburt Christi.

Die Rahmen mußten, wo sie von Würmern zerstört waren, erneuert werden. Die alten in der ursprünglichen Vergoldung erhaltenen Teile sind leicht zu erkennen.

Die Rahmen der Außenflügel sind nach den vorhandenen Resten der ursprünglichen Bemalung ergänzt. Sie waren im 17. Jahrhundert marmoriert worden, doch war unter dieser Übermalung der alte Zustand stellenweise unberührt erhalten. Das Motiv ist genau das des Londoner Altars von Meister Bertram.

Nach der Reinigung und Festlegung sind, wie auch beim Grabower Altar, alle Tafeln photographiert, damit die Spur der Risse jederzeit festgestellt werden kann.